GREGOR

DE LAS
TIERRAS ALTAS

GREGOR
DE LAS
TIERRAS ALTAS

SUZANNE COLLINS

TRADUCCIÓN DE ISABEL GONZÁLEZ-GALLARZA

Alfaguara

ALFAGUARA

Título original: *GREGOR THE OVERLANDER*
Publicado en español con la autorización de Scholastic Inc., 557 Broadway,
Nueva York, NY 10012, Estados Unidos

© Del texto: 2003, Suzanne Collins
© De las ilustraciones de cubierta: 2003, Daniel Craig
© Del diseño de cubierta: Dave Caplan
© De las ilustraciones de interiores: 2004, Juárez
© De la traducción: 2004, Isabel González-Gallarza

© De esta edición:
2007, Santillana USA Publishing Company, Inc.
2105 NW 86th Avenue
Miami, FL 33122, USA
www.santillanausa.com

Edición: Vanesa Pérez-Sauquillo
Dirección técnica: Víctor Benayas
Coordinación de diseño: Beatriz Rodríguez
Maquetación: Cristina Hiraldo
Cuidado de la edición para América: Isabel Mendoza

Alfaguara es un sello editorial del Grupo Santillana. Éstas son sus sedes:
ARGENTINA, BOLIVIA, CHILE, COLOMBIA, COSTA RICA, ECUADOR,
EL SALVADOR, ESPAÑA, ESTADOS UNIDOS, GUATEMALA, MÉXICO,
PANAMÁ, PARAGUAY, PERÚ, PUERTO RICO, REPÚBLICA DOMINICANA,
URUGUAY Y VENEZUELA.

Gregor de las Tierras Altas
ISBN-10: 1-60396-014-7
ISBN-13: 978-1-60396-014-4

Published in the United States of America
Printed by HCI Printing and Publishing, Inc.

10 09 08   1 2 3 4 5 6 7 8 9 10

Para mi madre y mi padre

P

primera parte

LA CAÍDA

CAPÍTULO PRIMERO

Gregor llevaba tanto tiempo con la cabeza apoyada en la malla del mosquitero que tenía impresa en la frente una multitud de cuadritos. Se tocó los bultitos con los dedos y resistió el impulso de dejar escapar el grito primitivo del hombre de las cavernas. En su pecho crecía por momentos ese largo aullido gutural reservado para las auténticas emergencias, tales como toparse desarmado con un tigre furioso, o que se apagara el fuego en plena Edad del Hielo. Llegó incluso a abrir la boca para respirar hondo, pero se contentó con golpear la cabeza contra el mosquitero con un débil quejido de frustración. «Agghh».

¿De qué servía gritar? No cambiaría nada. Ni el calor, ni el aburrimiento, ni el interminable verano que se extendía ante él.

Pensó en despertar a Boots, su hermanita de dos años, sólo para distraerse un poco, pero la dejó dormir. Por lo menos ella estaba fresquita en la habitación con aire acondicionado que compartía con Lizzie, su hermana de siete años, y con su abuela. Era la única habitación con aire acondicionado del apartamento. En las noches más calurosas, Gregor y su madre extendían colchas en el suelo para dormir, pero con cinco personas en la habitación, la temperatura ya no era fresca, sino apenas tibia.

Gregor sacó un cubito de hielo del congelador y se lo pasó por la cara. Miró al patio, y vio un perro vagabundo olisqueando un cubo de basura lleno hasta rebosar. El animal apoyó las patas en el borde y volcó el contenedor, esparciendo la basura por toda la acera. Gregor alcanzó a ver dos sombras que se alejaban corriendo a toda velocidad junto a la pared, e hizo una mueca. Ratas. Nunca terminaba de acostumbrarse a ellas.

Exceptuando las ratas, el patio estaba desierto. Normalmente se encontraba lleno de niños jugando a la pelota, saltando a la cuerda, o columpiándose. Pero por la mañana había pasado el autobús del campamento, llevándose con él a todos los niños entre los cuatro y los catorce años. Todos, menos uno.

—Lo siento, cariño, pero no puedes ir —le había dicho su madre hacía unas semanas. Y era cierto que lo sentía, Gregor lo había visto en la expresión de su rostro—. Alguien tiene que cuidar de Boots mientras yo estoy trabajando, y los dos sabemos que tu abuela ya no puede hacerlo.

Claro que lo sabía. Durante aquel último año, su abuela había estado entrando y saliendo de la realidad. En un momento estaba tan lúcida como una persona joven y, de repente, de buenas a primeras, se ponía a llamarlo Simón. ¿Quién era ese Simón? Gregor no tenía ni la menor idea.

Hace algunos años todo habría sido diferente. Por aquel entonces su madre sólo trabajaba media jornada; y su padre, que era profesor de ciencias en un instituto, estaba de vacaciones todo el verano. Él se habría ocupado de Boots. Pero desde aquella noche en que su padre desapareció, el papel de Gregor en la familia había cambiado. Era el mayor, por lo que habían recaído sobre él muchas responsabilidades. Cuidar de sus hermanas pequeñas era una de ellas.

De modo que Gregor se había limitado a contestar: «No pasa nada, mamá, de todas maneras, el campamento es para niños pequeños». Se había encogido de hombros para hacer ver que, a sus once años, el campamento ya no le interesaba. Pero sólo había conseguido que su madre se entristeciera más.

«¿Quieres que se quede Lizzie en casa contigo? ¿Para que te haga un poco de compañía?», le había preguntado.

Al oír esto, una expresión de pánico había cruzado el semblante de Lizzie. Probablemente se habría echado a llorar si Gregor no hubiera rechazado la idea. «No, deja que se vaya. Será divertido quedarme con Boots».

De modo que ahí estaba. No era divertido. No era divertido pasarse todo el verano encerrado con una niña de dos años y una abuela que pensaba que él era alguien llamado...

—¡Simón! —oyó a su abuela llamar desde el dormitorio. Gregor sacudió la cabeza, pero no pudo reprimir una sonrisa.

—¡Ya voy, abuela! —contestó, metiéndose en la boca lo que quedaba del cubito de hielo.

Un resplandor dorado invadía la habitación mientras los rayos del sol pugnaban por abrirse paso a través de las persianas. Su abuela estaba tumbada en la cama, cubierta con una fina colcha de retazos de algodón. Cada retazo provenía de algún vestido de los que la abuela se había ido haciendo a lo largo de los años. En sus momentos de mayor lucidez, repasaba los retazos con Gregor.

—Éste de lunarcitos lo llevé en la graduación de mi prima Lucy, cuando yo tenía once años; éste amarillo limón era de un vestido de fiesta, y éste blanco es de mi vestido de novia, no te miento.

Éste, sin embargo, no era un momento de lucidez.

—Simón —dijo, y su rostro mostró una expresión de alivio al verlo—. Pensé que se te había olvidado el almuerzo. Te entrará hambre después de arar la tierra.

Su abuela se había criado en una granja en Virginia, y había venido a Nueva York cuando se casó con su abuelo. Nunca se había acostumbrado del todo a la ciudad. A veces Gregor se alegraba secretamente de que, en su cabeza, la abuela pudiera regresar a su granja. Y le daba un poquito de envidia. No era nada divertido estar encerrado todo el tiempo en casa. A estas horas el autobús ya estaría llegando al campamento, y Lizzie y los demás niños estarían...

—¡Gue-go! —chilló una vocecita. Una cabecita rizada asomó por el borde de la cuna—. ¡Quero salir! —Boots se metió en la boca la punta empapada en saliva del rabo de un perrito de peluche y extendió ambos brazos hacia él. Gregor levantó a su hermanita por los aires y le dio besos ruidosos en la panza. Ella se rió, soltando el peluche. Gregor la dejó en el suelo para recogerlo.

—¡Llévate el sombrero! —le dijo su abuela, que seguía en algún lugar de Virginia.

Gregor le tomó la mano para tratar de atraer su atención al presente.

—¿Quieres beber algo fresquito, abuela? ¿Qué tal una gaseosa?

Ella se echó a reír.

—¿Una gaseosa? ¿Qué es, mi cumpleaños?

¿Qué se podía contestar a una pregunta así?

Gregor le apretó la mano y cogió a Boots en brazos.

—Vuelvo enseguida —dijo en voz alta.

Su abuela seguía riéndose.

—¡Una gaseosa! —repitió, secándose los ojos.

En la cocina, Gregor sirvió gaseosa helada en un vaso, y le preparó a Boots un biberón de leche.

—*Fío* —dijo la niña muy contenta, pasándoselo por la cara.

—Sí, bien fresquito, Boots —le contestó Gregor.

Se sobresaltó al oír el timbre de la puerta. Hacía más de cuarenta años que la mirilla no servía para nada.

—¿Quién es? —preguntó.

—Soy la señora Cormacci, cielo. ¡Le dije a tu madre que me pasaría a las cuatro a hacerle compañía a tu abuela! —le respondió una voz. Entonces Gregor recordó el montón de ropa sucia que tenía que llevar a la lavandería. Era un buen pretexto para salir un rato del apartamento.

Abrió la puerta y en el umbral encontró a la señora Cormacci derretida de calor.

—¡Hola! Qué horror, ¿verdad? ¡Con lo mal que soporto yo el calor! —Entró afanosamente, limpiándose el sudor con un viejo pañuelo—. Oh, eres un amor, ¿es para mí? —dijo, y antes de que Gregor pudiera decir nada, se había bebido la gaseosa de un solo trago, como si llevara varios días perdida en el desierto sin probar una gota de agua.

—Claro —farfulló Gregor, dirigiéndose a la cocina para servirle otra a su abuela. No le caía mal la señora Cormacci, y hoy era casi un alivio verla—. «Fantástico; apenas es el primer día y ya me emociono con la idea de ir a la lavandería», pensó Gregor. «Para cuando llegue septiembre, seguro que doy saltos de alegría sólo porque llega el recibo del teléfono».

La señora Cormacci le devolvió el vaso para que le sirviera otra gaseosa.

—Bueno, jovencito, ¿cuándo me vas a dejar que te eche las cartas? Ya sabes que tengo dotes adivinatorias —dijo. La señora Cormacci ponía anuncios en los buzones ofreciéndose para leer el tarot por diez dólares. «A ti no te cobro nada», solía decirle a Gregor. Él nunca aceptaba porque tenía la sospecha de que la señora Cormacci terminaría haciendo muchas más preguntas que él. Preguntas que no podía contestar. Preguntas sobre su padre.

Farfulló algo sobre que tenía que ir a la lavandería y se fue corriendo a buscar la ropa sucia. Conociendo a la señora Cormacci, probablemente tendría una baraja de cartas en el bolsillo.

Abajo, en la lavandería, Gregor separó la ropa lo mejor que supo, en tres montoncitos distintos: uno para la ropa blanca, otro para la de color y otro para la oscura... ¿Qué se suponía que tenía que hacer con los pantaloncitos a rayas blancas y negras de Boots? Los colocó en el montón de la ropa oscura, con la certeza de que era un error.

De todas maneras la mayor parte de su ropa tenía un colorcillo como tirando a gris, no porque hubiera desteñido al lavarla, sino de puro vieja. Los pantalones cortos de Gregor no eran más que sus viejos pantalones de invierno, cortados a la altura de las rodillas, y sólo tenía unas cuantas camisetas del año pasado, si es que no se le habían quedado pequeñas ya. Pero, ¿qué más daba? Si de todos modos se iba a quedar encerrado en casa todo el verano.

—¡Pelota! —gritó Boots, angustiada—. ¡Pelota!

Gregor extendió el brazo entre las secadoras y sacó la vieja pelota de tenis con la que Boots estaba jugando. La sacudió para desprender las pelusas que se le habían quedado pegadas y se la lanzó a su hermana. Boots corrió como un perrito detrás de ella.

«Qué pinta tienes», pensó Gregor con una risita. «¡Estás hecha un desastre!». Los restos del almuerzo —ensalada de huevo duro y natillas de chocolate— se veían con toda claridad en la carita y la camiseta de la niña. Tenía las manitas pintadas de rotulador violeta, y Gregor pensó que esas manchas no saldrían ni con amoniaco. El pañal le colgaba casi hasta las rodillas. Hacía demasiado calor para ponerle un pantalón corto.

Boots volvió corriendo hacia él blandiendo la pelota, con los rizos llenos de pelusas. Su carita sudorosa lucía una sonrisa de oreja a oreja mientras le tendía la pelota.

—¿Dime por qué estás tan contenta, Boots? —le preguntó.

—¡Pelota! —contestó, y luego chocó a propósito su cabeza contra la rodilla de Gregor, para que espabilara.

Gregor le lanzó la pelota por el pasillo, entre las lavadoras y las secadoras, y Boots salió corriendo tras ella.

Mientras proseguía el juego, Gregor trató de recordar la última vez que se había sentido tan feliz como Boots ahora con su pelota. Había habido momentos bastante buenos en los últimos dos años. La banda de música de la escuela pública había tocado en el Carnegie Hall. Eso había estado genial. Gregor incluso había tocado un solo con su saxofón. Las cosas siempre se veían mejor cuando tocaba; las notas de música parecían llevarlo a un mundo totalmente distinto.

El atletismo también estaba bien. A Gregor le gustaba correr por la pista, esforzar su cuerpo al máximo, hasta expulsar todo pensamiento de su mente.

Pero, si era sincero consigo mismo, Gregor sabía que hacía años que no había conocido la verdadera felicidad. Exactamente dos años, siete meses y trece días, pensó. No necesitaba pararse a contar, los números aparecieron automáticamente en su cabeza. Tenía una calculadora interna que siempre sabía exactamente cuánto tiempo hacía que había desaparecido su padre.

Claro que Boots podía sentirse feliz, ella entonces ni siquiera había nacido, y Lizzie tenía sólo cuatro años. Pero Gregor tenía ocho, y no se había perdido un solo detalle de cuanto había sucedido; por ejemplo, las llamadas desesperadas a la policía, que había reaccionado casi con aburrimiento al hecho de que su padre se hubiera desvanecido sin dejar rastro. Era obvio que pensaban que se había largado. Incluso habían dado a entender que había sido con otra mujer.

Pero eso no podía ser cierto. Si había algo de lo que Gregor estaba seguro, era de que su padre quería a su madre, que los quería a él y a Lizzie, y que habría querido también a Boots.

Pero, entonces... ¿cómo podía haberlos abandonado así, sin una sola palabra?

Gregor no podía creer que su padre fuera capaz de dejar tirada a su familia sin mirar atrás.

—Acéptalo —dijo en voz queda—. Está muerto. —Una oleada de dolor lo recorrió de arriba abajo. No era cierto. No podía ser cierto. Su padre iba a regresar porque... porque... ¿porque qué? ¿Porque lo deseaba tanto que tenía que ser verdad? ¿Porque lo necesitaban?—. «No», pensó Gregor. «Es porque lo presiento. Sé que va a regresar».

El ciclo de lavado llegó a su fin, y Gregor apiló toda la ropa en un par de secadoras.

—¡Y cuando vuelva, será mejor que tenga una buena explicación para justificar dónde ha estado todo este tiempo! —rezongó Gregor cerrando con fuerza la puerta de la secadora—. Por ejemplo, que se dio un golpe en la cabeza y olvidó quién era. O que lo secuestraron unos extraterrestres. —En la tele salía mucha gente que decía que había sido secuestrada por extraterrestres. A lo mejor podía ocurrir de verdad.

En su cabeza solía barajar distintas posibilidades, pero en casa raramente hablaban de su padre. Había un acuerdo tácito de que iba a regresar. Todos los vecinos pensaban que se había largado sin más. Los adultos nunca mencionaban a su padre, ni tampoco la mayoría de los niños; de todas maneras, cerca de la mitad de ellos tampoco tenía padre. Pero los desconocidos sí que preguntaban a veces. Tras cerca de un año de tratar de explicar lo que había pasado, Gregor se inventó la historia de que sus padres estaban divorciados y su padre vivía en California. Era mentira, pero la gente se lo creía, mientras que nadie parecía dispuesto a creerse la verdad, fuera cual fuera.

—Y cuando vuelva a casa me acompañará a... —empezó a decir Gregor en voz alta, y luego se detuvo. Estaba a punto de romper la norma. La norma consistía en que no podía pensar en cosas que ocurrirían cuando volviera su padre. Y como su padre podía volver en cualquier momento, Gregor no se permitía a sí mismo pensar en absoluto en el futuro. Tenía la extraña sensación de que si imaginaba acontecimientos concretos, como tener a su padre de vuelta en casa la próxima Navidad, o que ayudara a entrenar al equipo de atletismo, nunca sucederían. Además, por muy feliz que se sintiera mientras soñaba despierto, la vuelta a la realidad resultaba siempre más dolorosa. De modo que ésa era la norma. Gregor tenía que mantener su mente en el presente, y olvidarse del futuro. Era consciente de que su sistema no era muy bueno, pero era la mejor manera que había encontrado para sobrellevarlo.

Gregor se dio cuenta entonces de que Boots llevaba un tiempo sospechosamente callada. Miró a su alrededor y se asustó al no encontrarla inmediatamente. Entonces descubrió una sandalia rosa que sobresalía de la boca de la última secadora.

—¡Boots! ¡Sal de ahí! —gritó Gregor.

Había que vigilarla cuando había aparatos eléctricos cerca. Le encantaban los enchufes.

Mientras atravesaba corriendo la lavandería, Gregor oyó un sonido metálico y luego una risita de Boots. «Genial, ahora está destrozando la secadora», pensó apretando el paso. Cuando llegó al otro extremo de la habitación, se encontró cara a cara con una extraña escena.

La rejilla metálica que cerraba un viejo conducto de aire y que estaba fijada al marco por dos tornillos oxidados, se encontraba ahora abierta de par en par. Boots miraba por el agujero, de unos sesenta centímetros cuadrados, que se abría en la pared del edificio. Desde donde se encontraba, Gregor sólo veía oscuridad. Después vio una voluta de... ¿qué era aquello? ¿Vapor? ¿Humo? No parecía ni una cosa ni la otra. Un extraño vaho salía del agujero, formando espirales alrededor de Boots. La niña estiró los brazos con curiosidad y se inclinó hacia delante.

—¡No! —gritó Gregor lanzándose hacia ella, pero el conducto de aire pareció aspirar el cuerpecito de Boots. Sin pararse a pensar, Gregor metió la cabeza y los hombros en el agujero. La rejilla metálica se cerró de repente, golpeándole la espalda. Cuando quiso darse cuenta, Gregor estaba cayendo al vacío.

CAPÍTULO SEGUNDO

Gregor giró en el aire, tratando de colocar su cuerpo de manera que no cayera encima de Boots cuando chocaran contra el suelo del sótano, pero el impacto no llegó. Entonces recordó que la lavandería estaba en el sótano del edificio. ¿Adónde llevaba pues el agujero por el que habían caído?

Las volutas de vaho se habían convertido en una densa neblina que generaba una tenue luz. Gregor sólo alcanzaba a ver cerca de un metro en cada dirección. Sus dedos pugnaban desesperadamente por aferrar la neblina blanquecina, tratando de encontrar algún asidero, pero en vano. Estaba cayendo en picado a tanta velocidad que su ropa se inflaba como un globo alrededor del cuerpo.

—¡Boots! —gritó. La voz retumbó con un eco sobrecogedor. Así que pensó que el agujero debía de tener paredes. Volvió a llamar—: ¡Boots!

Oyó una risita alegre unos metros más abajo.

—¡*Gue-go*, yupiiii! —exclamó Boots.

«Debe creer que está en un gran tobogán, o algo así», pensó Gregor. «Bueno, por lo menos no tiene miedo».

Él sí tenía, y mucho. Fuera lo que fuera este extraño agujero por el que habían caído, tenía que tener fondo. Esa caída en picado por el espacio sólo podía terminar de una manera. El tiempo pasaba. Gregor no sabía exactamente cuánto, pero mucho más de lo normal. La profundidad de un agujero tenía que tener un límite, a la fuerza. Llegado un momento, uno tenía que toparse con agua, o con rocas, o con las placas tectónicas, o algo.

Era como esa pesadilla recurrente suya. Soñaba que estaba en un lugar alto, donde se suponía que no debía estar, como el tejado de su escuela. Mientras caminaba por el borde, la materia sólida bajo sus pies se derrumbaba de repente, y él caía. Todo desaparecía salvo la sensación de estar cayendo al vacío, de que el suelo se acercaba cada vez más, y un terror inmenso lo invadía. Entonces, justo en el momento del impacto, se despertaba sobresaltado, empapado en sudor, con el corazón acelerado.

«¡Un sueño! ¡Me he quedado dormido en la lavandería y ésta es la pesadilla de siempre!», pensó Gregor. ¡Claro! ¿Qué otra cosa podía ser si no?

Tranquilizado por la idea de que estaba dormido, Gregor empezó a calcular el tiempo de su caída. No tenía reloj, pero cualquiera podía contar segundos.

—Uno... dos... tres... —Cuando llegó a setenta dejó de contar y volvió a sentir que lo invadía el pánico. Aunque esto fuera un sueño, tenía que aterrizar en algún momento, ¿no?

Justo entonces Gregor se percató de que la neblina se disipaba ligeramente. Pudo entonces vislumbrar las superficies lisas y oscuras de una pared circular. Al parecer, estaban cayendo por un amplio tubo oscuro. Notó una corriente ascendente que se elevaba por debajo de él. Las últimas volutas de vaho se desvanecieron, y Gregor fue perdiendo velocidad. Su ropa se desinfló.

Por debajo de él oyó un pequeño golpe, y luego el suave tamborileo de las sandalias de Boots. Unos segundos después, sus propios pies tocaron tierra firme. Trató de orientarse, sin atreverse a avanzar en ninguna dirección. Estaba sumido en la más completa oscuridad. Cuando sus ojos se fueron acostumbrando al lugar, distinguió a su izquierda un tenue rayo de luz.

Detrás de éste se oyó un alegre chillido.

—¡Un bicho! ¡Un bicho *gande*!

Gregor corrió hacia la luz que se colaba por una estrecha grieta entre dos paredes rocosas muy lisas. Consiguió a duras penas escurrirse por la apertura. Su zapato tropezó con algo, haciéndole perder el equilibrio, y fue a dar de bruces contra el suelo.

Cuando levantó la cabeza, Gregor se encontró cara a cara con la cucaracha más grande que había visto en toda su vida.

En el edificio donde vivía había insectos bastante grandes. La señora Cormacci aseguraba haber visto uno tan grande como su mano, que había subido por el desagüe de la bañera, y de hecho nadie lo ponía en duda. Pero la criatura que tenía Gregor delante medía por lo menos un metro y medio de altura, y eso que estaba sentada sobre las patas traseras, una postura muy extraña para una cucaracha, por cierto...

—¡Un bicho *gande*! —volvió a exclamar Boots, y Gregor consiguió cerrar la boca. Se irguió sobre las rodillas, pero con todo tuvo que inclinar la cabeza hacia atrás para ver entera a la cucaracha. Ésta llevaba una especie de antorcha. Boots corrió hacia Gregor y le tiró del cuello de la camisa.

—¡Un bicho *gande*! —insistió.

—Sí, ya lo veo, Boots. ¡Un bicho grande! —dijo Gregor en voz baja, rodeándola muy fuerte con los brazos—. Un bicho... muy... grande.

Se esforzó por recordar qué comían las cucarachas. Basura, comida podrida... ¿gente? No, no le parecía que comieran gente. Por lo menos, no las cucarachas pequeñas. A lo mejor sí pretendían comerse a las personas, pero éstas siempre se las arreglaban para pisarlas antes de que les diera tiempo a intentarlo. Fuera como fuere, éste no era el mejor momento para averiguarlo.

Tratando de aparentar naturalidad, Gregor fue retrocediendo despacio hacia la grieta.

—Bueno, señor insecto, nosotros ya nos íbamos, no se mosquee, digo no se moleste, digo...

—¿Huele qué, tan bien, huele qué? —siseó una voz, y Gregor tardó un minuto entero en darse cuenta de que provenía de la cucaracha. Estaba demasiado estupefacto como para acertar a comprender lo que había dicho.

—Eh... ¿qué, perdón? —consiguió articular.

—¿Huele qué, tan bien, huele qué? —volvió a sisear la voz, pero el tono no era amenazador. Tan sólo curioso, y tal vez un poco ilusionado—. ¿Eres pequeño humano, eres?

«Muy bien, estoy hablando con una cucaracha gigante», pensó Gregor. «Sé amable y simpático, y contéstale al insecto. Quiere saber "¿huele qué, tan bien, huele qué?", así que díselo». Con gran esfuerzo, Gregor inspiró una buena cantidad de aire por la nariz, y al segundo se arrepintió de haberlo hecho. Sólo había una cosa que oliera de esa manera.

—¡*Teno* caca! —contestó oportunamente Boots—. ¡*Teno* caca, *Gue-go*!

—Mi hermana necesita un pañal limpio —dijo Gregor, un poquito avergonzado.

Le pareció que su respuesta impresionaba ligeramente a la cucaracha.

—Ah. ¿Ir más cerca podemos, más cerca, podemos? —preguntó la cucaracha, barriendo el suelo delicadamente con una de sus patas.

—¿Quiénes? —preguntó Gregor. Entonces, a su alrededor, vio que otras siluetas emergían de la oscuridad. Los montículos negros y lisos que había tomado por rocas eran en realidad los lomos de alrededor de una docena de enormes cucarachas. Éstas se arremolinaron entusiasmadas alrededor de Boots, agitando al aire sus antenas, y estremeciéndose de placer.

Boots, que adoraba cualquier tipo de piropo, supo instintivamente que la estaban admirando. Extendió sus bracitos regordetes hacia los enormes insectos.

—*Teno* caca —les dijo con un aire enternecedor. Las cucarachas emitieron un siseo apreciativo.

—¿Es ella princesa, Tierras Altas, es ella? ¿Es ella

reina, es ella? —preguntó la cucaracha que parecía el jefe, postrando la cabeza en un gesto de devoción absoluta.

—¿Boots? ¿Una reina? —preguntó Gregor. No pudo contener una carcajada.

Su risa pareció desconcertar a las cucarachas, que se echaron para atrás, algo tensas.

—¿Ríes por qué, Tierras Altas, ríes por qué? —siseó una de ellas, y Gregor comprendió que las había ofendido.

—Pues porque... porque somos pobres, y ella... ella es un poquito desastre y... ¿cómo me estás llamando? ¿Tierras Altas? —concluyó con aire poco convincente.

—¿No eres humano de Tierras Altas, no eres? De Tierras Bajas no eres, no eres —dijo la cucaracha que llevaba la antorcha, mirándolo de cerca—. Aspecto tienes, pero olor no tienes.

Y entonces pareció que el jefe de los insectos caía en la cuenta de algo.

—Rata mala. —Se volvió hacia sus compañeros—. ¿Dejamos aquí a Tierras Altas, dejamos? —Las cucarachas se congregaron para deliberar y se pusieron a hablar todas a la vez.

Gregor oía trozos de conversación, pero no lograba entender nada. Estaban tan enfrascadas en su discusión que pensó en tratar de escapar. Miró a su alrededor. A la tenue luz de la antorcha, le pareció ver que se encontraban en un túnel largo y llano. «Para volver tenemos que ir hacia arriba, no hacia los lados», pensó. Con Boots en brazos nunca podría escalar las paredes del tubo por el que habían caído.

Las cucarachas tomaron una decisión.

—Ven, Tierras Altas, ven. Vamos con humanos —dijo el líder.

—¿Humanos? —preguntó Gregor aliviado—. ¿Hay otros seres humanos aquí abajo?

—¿Montas, Tierras Altas, montas? ¿Corres, Tierras Altas, corres? —preguntó la cucaracha, y Gregor entendió que se estaba ofreciendo para llevarlo a cuestas. No parecía lo suficientemente robusta como para aguantar su peso, aunque Gregor sabía que algunos insectos, como por ejemplo las hormigas, podían soportar varias veces su propio peso. Durante un segundo cruzó por su mente una horrible imagen en la que se veía a sí mismo tratando de subirse a lomos de la cucaracha, y aplastándola con su peso.

—Creo que mejor iré caminando. Bueno, quiero decir corriendo —contestó Gregor.

—¿Monta, la princesa, monta? —preguntó la cucaracha con aire esperanzado, agitando obsequiosamente las antenas y postrándose ante Boots. Gregor iba a decir que no, pero, sin pensárselo dos veces, la pequeñita se subió a lomos del insecto. Debería habérselo imaginado. A Boots le encantaba sentarse sobre las gigantescas tortugas metálicas del zoológico de Central Park.

—Está bien, pero me tiene que dar la mano —exigió Gregor, y Boots se agarró obedientemente de su dedo.

La cucaracha se puso en camino inmediatamente, y Gregor tuvo que correr para no quedarse atrás. Sabía que las cucarachas se movían deprisa; había visto a su madre tratando de matar a muchas. Aparentemente, estas cucarachas gigantes eran capaces de alcanzar una velocidad proporcional a su tamaño. Por fortuna, el suelo del túnel era llano, y Gregor había concluido su entrenamiento de atletismo hacía tan sólo unas semanas. Acompasó su paso al de las cucarachas y pronto encontró un ritmo que le resultaba cómodo.

El túnel empezó a describir curvas y más curvas. Las cucarachas tomaban por caminos laterales, y a veces incluso volvían sobre sus pasos para escoger una nueva ruta. Tras unos minutos, Gregor estaba totalmente perdido, y la imagen mental del camino que había ido formando en su cabeza se parecía a los dibujos llenos de garabatos sin sentido que hacía Boots. Renunció a tratar de recordar el camino y se concentró en mantener el ritmo de los insectos. «Vaya, pensó, ¡estos bichos corren a toda máquina!».

Gregor empezó a jadear, pero las cucarachas no mostraban signos visibles de cansancio. No tenía ni idea de lo lejos que podía quedar su destino. No tendría nada de raro que estuviera a cientos de kilómetros, considerando lo que aguantaban corriendo estos bichos.

Justo cuando estaba a punto de decirles que necesitaba descansar, Gregor percibió un sonido que le resultó familiar. Al principio pensó que era imposible, pero conforme se fueron aproximando, sus dudas se despejaron. Era el clamor de una multitud, y a juzgar por la intensidad, debía de ser muy grande. Pero, ¿dónde había espacio para una multitud en esos túneles?

El suelo empezó a describir una abrupta pendiente, y Gregor tuvo que frenar para no pisar a la cucaracha que iba a la cabeza. Algo suave y ligero le rozó la cara y los brazos. ¿Una tela? ¿Alas? Atravesó frente a él y, de repente, una luz inesperada lo cegó. Instintivamente, Gregor se llevó la mano a los ojos para protegerlos hasta que se acostumbraran a la repentina claridad.

Una muchedumbre dejó escapar un suspiro de sorpresa. Había acertado en lo de la multitud. Después reinó un silencio sobrecogedor, y Gregor se sintió observado por innumerables ojos.

Empezó a comprender dónde se encontraba. En realidad no era tanta la claridad. De hecho, era más bien una luz como la del atardecer, pero Gregor llevaba tanto tiempo sumido en la oscuridad, que por contraste le pareció muy intensa. Lo primero que distinguió fue el suelo, que parecía cubierto de un musgo verde oscuro, pero no irregular, sino liso como pavimento. Lo sentía mullido bajo sus pies. «Es un campo», pensó. «Para algún tipo de deporte. Por eso hay una multitud. Estoy en un estadio».

Gradualmente apareció ante sus ojos una pared muy lisa, de unos quince metros de altura, que rodeaba una amplia cueva ovalada. Toda la parte superior de la pared estaba ocupada por tribunas. Gregor recorrió con la mirada las filas lejanas de espectadores, esperando ver el techo del estadio. En su lugar, sus ojos se toparon con los atletas.

Una docena de murciélagos describían lentas espirales alrededor del campo. El color de su manto iba del amarillo pálido hasta el negro más oscuro. Gregor calculó que el más pequeño tendría una envergadura de unos cinco metros. Seguro que la multitud estaba contemplándolos en el momento en que ellos irrumpieron en el estadio, porque el resto del campo estaba vacío. «Quizá hacen como los romanos, y dan de comer humanos a los murciélagos. Quizá sea ése el motivo por el que nos trajeron aquí las cucarachas», pensó.

Algo cayó de uno de los murciélagos. Golpeó el suelo en el centro del estadio, y rebotó, elevándose como a tres metros en el aire. Gregor pensó: «Pero si es una...».

—¡Pelota! —exclamó Boots, y antes de que Gregor pudiera detenerla, se bajó de la cucaracha, esquivó los cuerpos de los demás insectos, y echó a correr por la superficie de musgo, con sus torpes pasitos de bebé.

—Qué elegante, la princesa, qué elegante —siseó embelesada una cucaracha mientras Gregor se lanzaba tras su hermana. Los insectos se habían echado a un lado gustosos para dejar pasar a Boots, pero ahora se erguían ante Gregor como en una carrera de obstáculos. Una de dos, o trataban de frenarlo intencionalmente, o estaban tan cautivados por la belleza de Boots que se habían olvidado por completo de él.

La pelota rebotó en el suelo por segunda vez y volvió a elevarse por los aires. Boots corrió tras ella, con los bracitos extendidos por encima de su cabeza, siguiendo su trayectoria.

Cuando Gregor logró zafarse de las cucarachas y echó a correr tras su hermana, una sombra pasó por encima de él. Al levantar la mirada vio horrorizado que un murciélago dorado se lanzaba en picado sobre Boots. Gregor no podría alcanzarla a tiempo.

—¡Boots! —gritó, sintiendo que se le contraía el estómago.

Su hermana se dio la vuelta hacia él y vio entonces el murciélago. Se le iluminó por completo el rostro y gritó, señalando...

—*¡Mulcélago!*

«¡Caray!», pensó Gregor. «¿Es que a esta niña no le da miedo nada?».

El murciélago descendió en picado sobre Boots, rozando suavemente con su cuerpo el índice extendido de la niña, y luego volvió a elevarse describiendo una pirueta. En el punto más alto de su trayectoria, el murciélago, que estaba volando cabeza abajo, extendió el cuerpo por completo. Gregor pudo ver entonces por vez primera que había alguien montado encima. El jinete rodeaba con sus piernas el cuello del murciélago. Gregor descubrió entonces que se trataba de una chica.

La muchacha aflojó la presión de las piernas y abandonó su montura. Ejecutó un perfecto doble salto mortal hacia atrás, girando su cuerpo en el último momento para colocarse frente a Gregor, y aterrizó sobre el suelo con la misma delicadeza que un felino, justo delante de Boots. Extendió una mano, sobre la cual cayó la pelota, en lo que a Gregor le pareció una auténtica proeza de sincronización, o la más pura suerte.

Contempló el rostro de la chica. La expresión arrogante que vio reflejada en él le hizo comprender que las acrobacias anteriores no eran, en absoluto, cuestión de suerte.

CAPÍTULO TERCERO

Era, por mucho, la persona más extraña que Gregor había visto en su vida. Tenía la piel tan clara que se le transparentaban todas las venas del cuerpo. Gregor se acordó de la sección de anatomía humana de su libro de Ciencias. Pasabas una página y aparecía el esqueleto. Pasabas a la siguiente página, y veías el sistema digestivo. Esta chica era un sistema circulatorio con patas.

A primera vista le pareció que tenía el pelo gris, como su abuela; pero luego vio que era de un color más bien plateado, como rubio con un tono metálico. Lo llevaba recogido en una complicada trenza que le caía por la espalda, y cuyo extremo había remetido por debajo de su cinturón, a la altura de la cadera. Una fina banda de oro rodeaba su cabeza. Podría haber sido algún tipo de diadema, pero Gregor tenía la desagradable sensación de que se trataba de una corona.

No quería que esa chica estuviera al mando. Por su postura altanera, por la media sonrisa que se le escapaba por la comisura izquierda de los labios, por la manera en que se las arreglaba para que pareciera que lo miraba desde arriba, aunque Gregor le sacara un palmo por lo menos, se veía que la chica tenía verdadera presencia. Eso era lo que solía comentar su madre de algunas de las chicas que él conocía. «Esa chica tiene verdadera presencia», decía, sacudiendo la cabeza, pero Gregor se daba cuenta de que su madre lo decía en un tono de aprobación.

Bueno, una cosa era tener presencia, y otra muy distinta ser una auténtica creída.

A Gregor no le cabía duda de que había hecho el numerito del doble salto mortal hacia atrás sólo para impresionarlo. Con una sola voltereta habría sido suficiente. Era su manera de intimidarlo, pero Gregor no tenía intención de dejarse intimidar. La miró directamente a los ojos y entonces vio que sus iris eran de un deslumbrante violeta pálido. Gregor sostuvo su mirada sin pestañear.

No sabía cuánto tiempo habrían permanecido allí de pie, midiéndose mutuamente, si Boots no llega a intervenir. La niña se abalanzó sobre la chica, haciéndole perder el equilibrio. Ésta dio un paso atrás, mirando a Boots como si no diera crédito a lo que acababa de suceder.

Boots esbozó una sonrisa encantadora y extendió una manita regordeta.

—¿Pelota? —preguntó esperanzada.

La chica clavó la rodilla en el suelo y le tendió la pelota, sin soltarla.

—Es tuya si consigues quitármela —dijo con una voz como sus ojos: fría, clara y extraña.

Boots trató de coger la pelota, pero la chica no hacía nada por soltarla. Desconcertada, la niña tiró de los dedos de la muchacha.

—¿Pelota?

La chica negó con la cabeza.

—Si la quieres, tienes que ser más fuerte o más inteligente que yo.

Boots levantó la mirada hacia ella. En ese momento se dio cuenta de algo, y le metió un dedo en el ojo.

—¡*Lioleta!* —exclamó.

La chica se echó bruscamente hacia atrás, soltando la pelota. Boots corrió tras ella y la atrapó. Gregor no pudo evitar decir:

—Me parece que la niña es más inteligente que tú.

—No era un comentario muy amable, pero no le había gustado nada que hiciera rabiar de esa manera a su hermana.

La chica entrecerró los ojos.

—Pero tú, desde luego, no lo eres. De lo contrario, no le hablarías así a una reina.

De modo que había acertado: la chica tenía sangre real. Ahora probablemente le cortaría la cabeza, o algo así. Sin embargo, Gregor tenía la sensación de que sería contraproducente mostrar temor. Se encogió de hombros.

—No, de haber sabido que eras una reina, supongo que te habría dicho algo mucho más chévere.

—¿Chévere? —preguntó la chica, arqueando las cejas con asombro.

—Algo mejor —dijo Gregor, a falta de una palabra más chévere, justamente.

La chica decidió tomárselo como una disculpa.

—Te perdono, pues veo que no obraste a sabiendas. ¿Cómo te llamas?

—Gregor. Y ésta es Boots —contestó, señalando a su hermana—. Bueno, su verdadero nombre no es ése, sino Margaret, pero la llamamos Boots porque en invierno se pone las botas de todos y se lanza a corretear con ellas por toda la casa; y también por un músico que le gusta a mi padre. —Esa explicación le pareció confusa al propio Gregor—. ¿Y tú cómo te llamas?

—Soy la reina Luxa —contestó la chica.

—¿Luc-sa? —pronunció Gregor, tratando de reproducir la extraña entonación.

—¿Qué significa eso, lo que dice la bebé? ¿*Líoleta*? —preguntó.

—Violeta. Es su color preferido. Tus ojos son color violeta, y ella nunca había visto antes unos ojos así —explicó Gregor.

Boots oyó la palabra y se acercó mostrando sus manitas manchadas todavía de rotulador violeta.

—¡*Líoleta*!

—Yo nunca había visto unos ojos de color marrón. No en un ser humano —observó Luxa, mirando a Boots a los ojos—. Ni esto. —Tomó a Boots por la muñeca y acarició su suave piel morena—. Ha de necesitar mucha luz.

Boots soltó una risita. Tenía cosquillas por todo el cuerpo. Luxa la acarició a propósito por debajo de la barbilla, para hacerla reír. Durante un segundo, la reina perdió su pose, y Gregor pensó que a lo mejor no era tan creída. Pero acto seguido se irguió y recuperó sus aires altaneros.

—Bien, Gregor de las Tierras Altas, tú y la bebé se tienen que bañar.

Gregor sabía que estaba sudado por la carrera por los túneles, pero aun así le pareció un comentario muy grosero.

— Mejor aún, creo que nos vamos a ir.

—¿Irse? ¿Adónde? —preguntó Luxa sorprendida.

—A casa —contestó Gregor.

—¿Oliendo como huelen? —replicó Luxa—. Estarían muertos antes de alcanzar el Canal, y eso aunque supieran qué camino tomar. —Se dio cuenta de que Gregor no entendía—. Llevan el olor de las Tierras Altas. Eso aquí no es seguro para ustedes. Ni para nosotros.

—Ah —contestó Gregor, sintiéndose un poco tonto—. Bueno, entonces supongo que será mejor que nos enjuaguemos un poco antes de volver a casa.

—No es tan sencillo. Pero dejaré que sea Vikus quien te lo explique —dijo Luxa—. Grande ha sido hoy su ventura, al ser hallados tan pronto.

—¿Cómo sabes que nos han encontrado pronto? —preguntó Gregor.

—Nuestros vigías los detectaron al poco tiempo de tocar tierra. Como han sido los reptantes los primeros en encontrarlos, les hemos permitido que vengan a presentarlos —explicó.

—Ah, entiendo —contestó Gregor. ¿Dónde estaban los vigías? ¿Ocultos en la oscuridad de los túneles? ¿Escondidos en algún lugar entre la neblina que habían atravesado al caer? Hasta llegar al estadio, no había visto a nadie aparte de las cucarachas.

—En cualquier caso, se dirigían hacia aquí —añadió Luxa, señalando con un gesto a los insectos—. ¿Ves?, llevan antorchas. No se molestarían si no tuvieran intención de visitarnos.

—¿Y eso por qué? —quiso saber Gregor.

—Los reptantes no necesitan luz. Pero nos la muestran a nosotros para que sepamos que vienen en son de paz. ¿No les extrañó lo sencillo que les resultó llegar hasta aquí? —preguntó. Sin esperar respuesta, se volvió hacia las cucarachas que aguardaban pacientemente a un lado del campo—. Reptantes, ¿qué quieren a cambio de los de las Tierras Altas?

El líder de las cucarachas avanzó hacia ellos.

—¿Das cinco cestos, das? —siseó.

—Les daremos tres cestos de grano —contestó Luxa.

—Las ratas dan muchos peces —replicó la cucaracha, limpiándose las antenas con parsimonia, como si la cosa no fuera con ella.

—Pues entonces llévenlos con las ratas. Eso *no les dará tiempo* —contestó Luxa.

Gregor no sabía exactamente de qué estaban hablando, pero tenía la desagradable sensación de que lo habían puesto en venta.

El insecto consideró la última oferta de Luxa.

—¿Das cuatro cestos, das? —preguntó.

—Daremos cuatro cestos, y uno más en agradecimiento —dijo una voz detrás de Gregor. Éste se dio la vuelta y vio a un hombre de tez clara y barba que se acercaba a ellos. Su cabello corto era de verdad plateado, no rubio metálico como el de la chica.

Luxa miró enojada al hombre, pero no intentó llevarle la contraria.

La cucaracha sumó trabajosamente cuatro cestos más uno con sus patas.

—¿Das cinco cestos, das? —preguntó, como si la idea le resultara totalmente nueva.

—Daremos cinco cestos —dijo Luxa sin un ápice de amabilidad, haciéndole una seca reverencia al insecto. Éste le devolvió el gesto de cortesía y se marchó corriendo del estadio seguido de los demás bichos.

—Y si de Vikus dependiera, pronto no nos quedaría ninguno —declaró la chica, lanzándole al hombre una mirada cargada de significado. Éste se había volteado para observar a Gregor y Boots.

—Cinco cestos no me parece que sea un alto precio si él es el Esperado —contestó. Sus ojos violetas se posaron sobre a Gregor con atención—. Dime, muchacho, ¿vienes de...? —Hizo un esfuerzo por recordar las palabras—. ¿Nueva York?

CAPÍTULO CUARTO

Como si le hubieran arrojado una jarra de agua fría, Gregor regresó de pronto a la realidad. Desde que se había caído por el agujero, las cosas habían sucedido tan deprisa, que Gregor apenas había tenido tiempo de asimilarlas. Ahora, en ese momento de calma momentánea, las palabras «Nueva York» lo sacaron de su estupor.

¡Sí! Él era un chico que vivía en Nueva York, tenía que lavar la ropa en la lavandería y volver a casa con su hermanita antes de que su madre... ¡Su madre!

—¡Tengo que volver a casa ahora mismo! —articuló Gregor atropelladamente.

Su madre trabajaba de recepcionista en la consulta de un dentista. Normalmente terminaba su jornada a las cinco y llegaba a casa a las cinco y media. Se preocuparía muchísimo si al volver descubría que él y Boots habían desaparecido. Sobre todo después de lo que le había pasado a su padre. Gregor trató de calcular cuánto tiempo habría transcurrido desde que bajó a la lavandería. «Probablemente tardamos unos cinco minutos en caer, pongamos, y luego calculo que habremos corrido durante unos veinte minutos, y aquí debemos de llevar unos diez», pensó. Treinta y cinco minutos en total.

—¡Muy bien, entonces la ropa ya debe de estar seca! —exclamó en voz alta—. Si volvemos dentro de unos veinte minutos, creo que no habrá problema. —Nadie los buscaría antes, y Gregor podría subir la ropa y doblarla en casa.

—De verdad, necesito volver a mi casa ahora mismo —le dijo a Vikus.

El anciano seguía observándolo atentamente.

—Bajar resulta sencillo, pero subir requiere mucho afán.

—¿Qué quiere decir con eso? —preguntó Gregor, sintiendo un nudo en la garganta.

—Quiere decir que no pueden regresar a casa —contestó Luxa rotundamente—. Deben permanecer con nosotros en las Tierras Bajas.

—¡Huy, no! ¡No, gracias! —exclamó Gregor—. O sea, quiero decir, ustedes son todos muy simpáticos, ¡pero tengo cosas que hacer... arriba! —dijo—. ¡Gracias, otra vez! ¡Ha sido un placer conocerlos! ¡Vamos, Boots!

Gregor alzó a su hermana en brazos y se dirigió al arco por el que habían desaparecido las cucarachas. Con el rabillo del ojo vio que Luxa levantaba la mano. Durante un segundo pensó que le estaba diciendo adiós, pero no podía ser. Luxa no era tan amable como para hacer algo así.

—¡Si no es un gesto de despedida, entonces es una señal! —le murmuró a Boots, e inmediatamente, se precipitó hacia la salida.

Podría haberlo conseguido de no haber tenido que cargar con Boots, pero con ella en brazos le resultaba muy difícil correr. A pocos metros de la salida, el primer murciélago pasó volando a ras del suelo delante de él, haciéndolo caer de espaldas. Su cuerpo amortiguó la caída de Boots, y ésta se le sentó inmediatamente sobre el estómago para disfrutar del espectáculo.

Todos los murciélagos del estadio se habían lanzado en picado y volaban en un círculo estrecho sobre Gregor y Boots, encerrándolos en una cárcel de alas y pelo. Sobre cada uno iba un jinete de tez tan clara y cabello tan plateado como Luxa. Pese a la proximidad y la velocidad de los murciélagos, ninguno de los jinetes tenía dificultad para mantenerse en su montura. De hecho, sólo unos cuantos se molestaban en agarrarse. Un chico con aires de gallito, montado sobre un murciélago de un negro brillante, estaba incluso tumbado sobre el lomo del animal, con la barbilla apoyada en una mano.

Los jinetes no apartaban la mirada de los prisioneros. Mientras pasaban a toda velocidad, Gregor vio que la expresión de sus rostros iba desde la diversión, hasta la más completa hostilidad.

Boots saltó sobre su estómago, aplaudiendo.

—¡Mulcélagos! ¡Mulcélagos! ¡Mulcélagos! ¡Mulcélagos!

«Bueno, por lo menos uno de los dos se está divirtiendo», pensó Gregor.

A Boots le encantaban los murciélagos. En el zoológico, si la dejaban, era capaz de pasarse horas y horas delante del cristal que separaba a los visitantes de la cueva de los murciélagos. En el interior del pequeño habitáculo oscuro, cientos de murciélagos revoloteaban continuamente sin chocar unos con otros. Podían hacerlo gracias a una cosa que se llama ecolocalización. Los murciélagos emiten un sonido que produce un eco al chocar contra algo sólido, y así son capaces de ubicarlo. Gregor había leído el texto que explicaba este fenómeno por lo menos mil veces mientras esperaba a que Boots se cansara de mirar los murciélagos. Se sentía casi un experto en la materia.

—*¡Mulcélagos! ¡Mulcélagos! ¡Mulcélagos!* —cantaba Boots, utilizando el estómago de su hermano como cama elástica. Mareado, Gregor se incorporó apoyándose sobre los codos, y depositó a su hermana en el suelo. Lo último que le faltaba era vomitar delante de esa gente.

Se puso en pie. Boots le rodeó la rodilla con el brazo y se apoyó en él. El círculo de murciélagos se cerró aún más.

—¿Qué pasa? ¿Acaso creen que quiero ir a alguna parte? —preguntó Gregor fastidiado. Oyó reír a un par de jinetes.

Luxa debió de haber hecho otra señal, porque los murciélagos se elevaron en el aire todos a la vez y se pusieron a describir complicados círculos por encima del campo. Gregor se dio cuenta de que ni ella ni Vikus se habían molestado en moverse de donde se encontraban. Miró hacia la salida y supo que era inútil. Con todo... esta gente era un poquito más arrogante de la cuenta.

Gregor corrió tres pasos hacia la salida antes de girar en redondo para dirigirse hacia Luxa, agarrando de camino la mano de su hermana. Agarrados por sorpresa, los murciélagos rompieron la formación y se lanzaron en picado hacia abajo, pero cuando se quisieron dar cuenta, no había nadie a quien capturar. Volvieron a levantar torpemente el vuelo, y aunque no llegaron a chocar unos con otros, Gregor se alegró de ver que algunos jinetes tuvieron que esforzarse por no caer de sus monturas.

La multitud, que había guardado un silencio sobrecogedor desde su aparición, rompió a reír, apreciando el espectáculo. Gregor se sintió un poco más seguro de sí mismo. Por lo menos no era el único que había quedado como un idiota.

—Se han quedado con dos palmos de narices —le murmuró a Boots.

Luxa le dedicó una mirada helada, pero Gregor vio que Vikus trataba de reprimir una sonrisa mientras se acercaba a él.

—Bueno, ¿habías dicho algo de un baño, no? —le preguntó a Luxa.

—Diríjanse al palacio ahora mismo —dijo ésta enfadada. Chasqueó los dedos, y su murciélago dorado descendió hacia ella. Justo cuando estaba a punto de chocarla, Luxa saltó en el aire. Estiró las piernas hacia los lados, tocándose los dedos de los pies con la punta de las manos, en un movimiento que Gregor recordó haber visto hacer a las porristas del equipo de su escuela. El murciélago se agachó para colocarse por debajo de ella, y ésta aterrizó sin esfuerzo sobre su lomo. El animal se arqueó, levantó el vuelo y pasó rozando el cuerpo de Gregor. Tras enderezarse en el aire, salió zumbando del estadio.

—¡Pierdes el tiempo con esas tonterías! —le gritó Gregor, pero Luxa estaba ya demasiado lejos para oírlo. Estaba enfadado consigo mismo porque no tenía más remedio que reconocer que esa chica lo impresionaba.

Pero Vikus sí lo oyó. Su sonrisa se ensanchó. Gregor lo miró con el ceño fruncido.

—¿Qué pasa?

—¿Les gustaría acompañarnos al palacio? —le preguntó Vikus con mucha educación.

—¿En calidad de qué, de prisionero? —preguntó Gregor sin rodeos.

—En calidad de invitado, espero —contestó Vikus—. Aunque no me cabe duda de que la reina Luxa ha ordenado que les preparen el calabozo. —Sus ojos violetas lanzaron destellos, y Gregor se dio cuenta de que le caía bien ese hombre, a pesar de todo. Tal vez porque estaba bastante seguro de que él le caía bien a Vikus. Sin embargo, resistió la tentación de sonreír.

—Muéstreme el camino —le dijo con aire indiferente.

Vikus asintió con la cabeza y le indicó con un gesto que lo siguiera hacia el otro extremo del campo. Gregor lo siguió a unos pasos, tirando de Boots.

Las gradas estaban empezando a desocuparse. Allá en lo alto, la gente iba saliendo paulatinamente por unas puertas colocadas entre las tribunas. Fuera cual fuera el juego que se había estado desarrollando, había terminado al aparecer Gregor. Algunos murciélagos y sus jinetes seguían volando alrededor del estadio, ejecutando maniobras aerodinámicas. Permanecían allí para vigilarlo.

A pocos metros de la entrada principal del estadio, Vikus se rezagó y dejó que Gregor lo alcanzara.

—Debes de sentirte como atrapado en un sueño.

—Más bien una pesadilla —replicó Gregor tranquilamente. Vikus se rió.

—Nuestros murciélagos y reptantes... no, ¿cómo los llamas tú? ¿Cucamonas?

—Cucarachas —corrigió Gregor.

—Ah, sí, cucarachas —repitió Vikus—. En las Tierras Altas no son sino unas pocas, pero aquí se dan en abundancia.

—¿Cómo lo sabe? ¿Ha estado en las Tierras Altas? —preguntó Gregor. Si Vikus había conseguido llegar hasta allí, entonces también podrían hacerlo él y Boots.

—Oh, no, las visitas de ese tipo son tan escasas como los árboles. Son los habitantes de las Tierras Altas quienes nos visitan a veces. Yo he conocido a seis o siete. Uno llamado Fred Clark, otro llamado Mickey y, más recientemente, una mujer que se hacía llamar Coco. ¿Cuál es tu nombre? —preguntó Vikus.

—Gregor. ¿Están todavía aquí? ¿Están todavía aquí los de las Tierras Altas? —preguntó Gregor muy esperanzado.

—Infortunadamente, no. Éste es un lugar hostil para ellos —contestó Vikus, y su semblante se ensombreció.

Gregor se detuvo, tirando bruscamente de Boots.

—¿Quiere decir que los mataron?

Al instante comprendió que sus palabras habían insultado al anciano.

—¿Nosotros? ¿Nosotros, humanos, matar a los habitantes de las Tierras Altas? Conozco tu mundo, conozco los males que lo asolan. ¡Pero nosotros no matamos por diversión! —declaró Vikus severamente—. Hoy los hemos acogido entre nosotros. ¡Si los hubiéramos rechazado, te aseguro que ahora mismo no estarían respirando!

—No quise decir eso... O sea, es que yo no tengo ni idea de cómo funcionan aquí las cosas —farfulló Gregor. Aunque debería haberse imaginado que no era muy diplomático sugerir que Vikus podía ser un asesino—. Entonces, ¿nos hubieran matado las cucarachas?

—¿Los reptantes? —dijo Vikus—. No, de ningún modo, *eso no les daría tiempo.*

Otra vez esa expresión. ¿Qué significaba eso de «dar tiempo» a las cucarachas?

—Pero si nadie más sabe siquiera que estamos aquí —objetó Gregor.

Vikus lo miró con expresión grave. El enfado había dado paso a la preocupación.

—Créeme, muchacho, ahora ya toda criatura de las Tierras Bajas sabe que están aquí.

Gregor resistió el impulso de mirar a su espalda.

—Y eso no es bueno, ¿verdad?

Vikus negó con la cabeza.

—No. Eso no es bueno en absoluto.

El anciano se volvió hacia la salida del estadio. A cada lado de dos gigantescas puertas de piedra había media docena de guardias de tez clara y ojos violetas. Necesitaron la fuerza de todos para abrir las puertas lo suficiente para que pudiera pasar Vikus.

Gregor cruzó también tirando de Boots, e inmediatamente cerraron las puertas a su espalda. Siguió a

Vikus por un túnel flanqueado de antorchas de piedra hasta un pequeño arco cubierto por algo oscuro que se agitaba. Gregor pensó que tal vez serían más murciélagos, pero observándolo con atención descubrió que se trataba de una nube de diminutas polillas negras. ¿Era esto mismo lo que había atravesado antes, al entrar al estadio?

Vikus penetró suavemente con la mano la cortina de insectos.

—Estas polillas son un sistema de alerta empleado tan sólo en las Tierras Bajas, según tengo entendido. En el preciso instante en que la trayectoria de vuelo de las polillas se ve perturbada por un intruso, todos y cada uno de los murciélagos de la zona lo detectan. Este sistema se me antoja perfecto en su extrema sencillez —explicó antes de desaparecer entre las polillas.

Al otro lado de la cortina de diminutas alas, Gregor le oyó anunciar:

—¡Gregor de las Tierras Altas, bienvenido a la ciudad de Regalia!

Gregor bajó la vista hacia Boots, que lo miraba con una expresión perpleja.

—¿*Mamos* a casa, *Gue-go*? —preguntó.

Él la cogió en brazos y la apretó dulcemente para tranquilizarla.

—Ahora no, linda. Primero tenemos que hacer unas cuantas cosas aquí. Después podremos irnos a casa.

Gregor respiró hondo y atravesó decidido la cortina de polillas.

CAPÍTULO QUINTO

L a cortina de alas aterciopeladas acarició su mejilla. Al dejarla atrás, la ciudad de Regalia apareció ante sus ojos.

—¡Guau! —exclamó, deteniéndose en seco. Gregor no sabía muy bien qué se había imaginado. Casas de piedra, tal vez, o cuevas, algo primitivo, a fin de cuentas. Pero la grandiosa ciudad que se extendía ante él no tenía nada de primitiva.

Se encontraban al pie de un valle ocupado por los edificios más hermosos que había visto en su vida. Nueva York era famosa por su arquitectura, sus elegantes casas de piedra rojiza, sus altísimos rascacielos y sus grandiosos museos. Pero comparada con Regalia, no parecía una urbe planeada, sino más bien un lugar en el que alguien hubiera alineado un puñado de cajas de distintas y extrañas formas.

Aquí, los edificios eran todos de un hermoso gris brumoso que les confería un aspecto onírico. Parecían surgir directamente de la roca, como si fueran parte de ella, y no un producto de la mano del hombre. Tal vez no fueran tan altos como los rascacielos cuyos nombres Gregor conocía, pero se elevaban muy por encima de su cabeza. Algunos tenían hasta treinta pisos, y estaban rematados por artísticos picos y torres. Había cerca de un millar de antorchas dispuestas estratégicamente de manera que una tenue luz iluminara toda la ciudad.

Y los relieves... Gregor había tenido ocasión de ver angelitos y gárgolas en otros edificios, pero los muros de Regalia bullían de vida. Figuras humanas, cucarachas, peces y criaturas cuyos nombres Gregor no conocía luchaban, se divertían y bailaban en cada milímetro de espacio concebible.

—¿Aquí sólo vive gente, o también cucarachas y murciélagos? —preguntó Gregor.

—Ésta es una ciudad de humanos. Las demás criaturas tienen sus propias ciudades, o tal vez «tierras» sea la palabra más adecuada —explicó Vikus—. La mayor parte de nuestro pueblo vive aquí, aunque algunos habitan en la periferia, si así lo exige su trabajo. He ahí nuestro palacio —indicó Vikus, dirigiendo la mirada de Gregor hacia una enorme fortaleza de forma circular que se erguía al otro extremo del valle—. Hacia allí nos encaminamos.

Las luces que brillaban en las numerosas ventanas daban a la ciudad un aire festivo, y Gregor sintió que las sombras de su corazón se disipaban un poco. Nueva York también resplandecía toda la noche... Después de todo, tal vez este lugar no fuera tan extraño.

—Es fantástico —comentó. Le hubiera encantado explorar Regalia, pero tenía que volver urgentemente a su casa.

—Sí, lo es —corroboró Vikus, y sus ojos abarcaron la ciudad con una expresión admirativa—. Mi pueblo tiene en gran estima la piedra. Si tuviéramos tiempo, creo que tal vez podríamos crear una tierra de belleza singular.

—Pues yo creo que ya lo consiguieron —dijo Gregor—. O sea, ésta ciudad es mil veces más bonita que cualquier ciudad de las Tierras Altas.

Vikus parecía contento.

—Ven, el palacio ofrece la mejor vista de la ciudad. Tendrás tiempo de admirarla antes de cenar.

Mientras Gregor seguía sus pasos por la calle, Boots echaba la cabeza hacia atrás, moviéndola de lado a lado.

—¿Qué buscas, Boots?

—¿Luna? —preguntó la niña. Desde su casa rara vez se veían las estrellas, pero si la noche era clara sí se veía la luna—. ¿Luna?

Gregor levantó la vista hacia el cielo de un negro como de tinta china, y entonces cayó en la cuenta de que, por supuesto, no había luna. Se encontraban en una especie de gigantesca cueva subterránea.

—No hay luna, linda, esta noche no —le dijo.

—El sol se la comió —dijo la niña como si se tratara de la cosa más normal del mundo.

—Ajá —convino Gregor. Si las cucarachas hablaban, y los murciélagos jugaban a la pelota, ¿entonces por qué no podría ser verdad eso también? Suspiró al recordar el viejo libro de cuentos guardado en una caja junto a la cuna de Boots.

La gente se quedaba mirándolos desde las ventanas sin ningún disimulo. Vikus saludaba a algunas personas por sus nombres, o con un gesto de cabeza, y éstas le devolvían el saludo con la mano.

Boots se dio cuenta y empezó a saludar a todo el mundo ella también.

—¡Hola! —exclamó—. ¡Hola! —Aunque ningún adulto le devolvió el saludo, Gregor vio que algunos niños agitaban las manitas a su paso.

—Les produces una gran fascinación —explicó Vikus, señalando a la gente en las ventanas—. No recibimos muchas visitas de las Tierras Altas.

—¿Cómo supo que yo era de Nueva York? —preguntó Gregor.

—Que nosotros sepamos, sólo existen cinco puertas de comunicación con las Tierras Bajas —explicó Vikus—. Dos de ellas llevan a la Tierra de la Muerte, pero no hubieras sobrevivido. Otras dos desembocan en el Canal, pero tus ropas están secas. Están vivos, están secos, por lo que conjeturo que cayeron por la quinta puerta, que sé que se halla en Nueva York.

—¡En nuestra lavandería! —exclamó Gregor—. ¡Justo en el edificio en el que vivimos! —De alguna manera, el hecho de que su lavandería conectara con ese extraño lugar hizo que se sintiera como si hubieran invadido su territorio.

—Tu lavandería, sí —dijo Vikus pensativo—. Bueno, la caída de ustedes coincidió con las corrientes de manera muy favorable.

—¿Las corrientes? ¿Se refiere a esa especie de vaho? —preguntó Gregor.

—Sí, les permitieron llegar aquí sanos y salvos. La sincronización lo es todo —dijo Vikus.

—¿Qué pasa si no hay sincronización? —inquirió Gregor, aunque ya se imaginaba la respuesta.

—Entonces, en lugar de un huésped, tenemos un cuerpo que enterrar —contestó Vikus serenamente—. A decir verdad, eso es lo más frecuente. Un habitante de las Tierras Altas que llega vivo como tú, acompañado de una hermana, es francamente algo singular.

Les tomó unos buenos veinte minutos alcanzar el palacio. Gregor sentía cómo le temblaban los brazos de cargar con Boots, pero no quería dejarla en el suelo. No le parecía seguro, con todas esas antorchas alrededor.

Conforme se iban aproximando a la espléndida estructura, Gregor se percató de que en sus paredes no había ningún relieve. La superficie era lisa como el cristal, y la ventana más baja se abría a unos sesenta metros del suelo. Algo no le cuadraba del todo, pero no sabía qué era. Faltaba algo.

—No hay puerta —comentó en voz alta.

—No —confirmó Vikus—. Las puertas son para quienes carecen de enemigos. Ni el mejor escalador podría subir por estos muros.

Gregor acarició el muro de piedra lisa. No había una sola grieta, ni siquiera la más mínima hendidura.

—Y entonces, ¿cómo entran?

—Por lo general, volando; pero si nuestros murciélagos no están disponibles... —Vikus hizo una señal por encima de su cabeza.

Gregor inclinó el cuello hacia atrás y vio que desde una gran ventana rectangular estaban bajando rápidamente una plataforma. Estaba fijada a unas cuerdas, y se inmovilizó a treinta centímetros del suelo. Vikus subió sobre ella.

Gregor subió a su vez con Boots. Su reciente caída a las Tierras Bajas no había hecho sino reforzar su aversión a las alturas. La plataforma se elevó inmediatamente, y Gregor tuvo que agarrarse de una de las cuerdas para no perder el equilibrio. Vikus permanecía tranquilo, con las manos cruzadas sobre el pecho; pero bueno, él no cargaba con una niña pequeña que no paraba de moverse, y probablemente ya habría montado en ese aparato un millón de veces.

El ascenso fue rápido y regular. La plataforma se detuvo a la altura de una ventana, delante de una pequeña escalera de piedra. Gregor y Boots entraron en una espaciosa sala de techos abovedados. Allí esperaba para darles la bienvenida un grupo de tres habitantes de las Tierras Bajas, todos con la misma piel transparente y esos extraños ojos color violeta.

—Buen atardecer —los saludó Vikus, acompañando sus palabras con un gesto de cabeza—. Les presento a los hermanos Gregor y Boots, de las Tierras Altas, que recientemente han caído entre nosotros. Hagan el favor de bañarlos, y a continuación procedan al Gran Salón. —Vikus salió de la habitación sin mirar atrás.

Gregor y los demás se observaron unos a otros, incómodos. Ninguno de ellos mostraba la arrogancia de Luxa, ni la imperiosa presencia natural de Vikus. «Son gente normal», pensó Gregor. «Apuesto a que se sienten tan raros como yo».

—Encantado de conocerlos —dijo, cambiándose a Boots a la otra cadera—. Boots, di hola.

—¡Hola! —obedeció la niña, saludándolos con la mano, con una expresión de total felicidad—. ¡Hola, hola!

El recelo del grupo se fundió como el hielo. Todos se echaron a reír, y sus cuerpos se relajaron. Su risa contagió a Gregor. Su madre solía decir que Boots no sabía lo que era un extraño, lo cual quería decir que pensaba que todo el mundo era su amigo.

A veces, a Gregor le hubiera gustado parecerse un poquito más a su hermana. Tenía un par de buenos amigos en la escuela, pero evitaba formar parte de ningún grupito. Al final, lo importante era con quién te sentabas en el comedor. Podría haberse sentado con los chicos de su equipo de atletismo, o con los de la banda de música. Pero a él le gustaba en cambio estar con Angelina, que siempre andaba metida en la preparación de alguna obra de teatro, y Larry, a quien lo que más le gustaba en el mundo era dibujar. Los que no lo conocían bien pensaban que Gregor era un estirado, pero en realidad más que nada era tímido. Y le resultaba aun más difícil abrirse a la gente desde la desaparición de su padre. Pero incluso antes, nunca había sido tan extrovertido como Boots.

Una chica de unos quince años dio un paso adelante, tendiendo los brazos.

—Mi nombre es Dulcet. ¿Puedo tomarte en brazos, Boots? ¿Deseas tomar un baño? —Boots miró a Gregor como pidiéndole aprobación.

—Está bien. Es la hora del baño. ¿Quieres un bañito, Boots? —le dijo.

—¡Síííí! —exclamó Boots muy contenta—. ¡A bañar! —Tendió los brazos hacia Dulcet, que se hizo cargo de ella inmediatamente.

—Te presento a Mareth y a Perdita —dijo Dulcet, indicando con la mano al hombre y a la mujer que estaban a su lado. Ambos eran altos y musculosos y, pese a no llevar armas, Gregor tuvo la impresión de que eran guardias.

—Hola —les dijo.

Mareth y Perdita lo saludaron con un gesto de cabeza formal, aunque no exento de cordialidad.

Dulcet arrugó la nariz y le dio a Boots una palmadita en la panza.

—Necesitas un paño empapador limpio —dijo.

Gregor se imaginaba lo que podía ser aquello.

—Ah, sí, hay que cambiarle el pañal. —Hacía rato que su hermanita necesitaba un pañal limpio—. Le va a salir un sarpullido.

—¡*Teno* caca! —exclamó Boots sin la menor disculpa, tirándose del pañal.

—Me ocuparé de ello —contestó Dulcet con una sonrisa divertida. Gregor no pudo evitar pensar que era muchísimo más simpática que Luxa—. ¿Quieres proceder a tomar las aguas, Gregor de las Tierras Altas?

—Sí, gracias, procederé a tomar las aguas —contestó. Le llamó la atención lo formales que sonaron sus propias palabras, y temió que pensaran que se estaba burlando de ellos. Recordó lo fácilmente que se habían ofendido las cucarachas—. O sea, quiero decir que sí, gracias.

Dulcet asintió con la cabeza y esperó a que Gregor

la alcanzara. Mareth y Perdita cerraban la marcha, unos pasos detrás. «Sí, son guardias», pensó Gregor.

El grupo abandonó el vestíbulo y caminó por un ancho pasillo. Pasaron por delante de docenas de puertas en forma de arco que se abrían sobre amplias cámaras, escaleras y vestíbulos. Gregor no tardó en darse cuenta de que necesitaría un mapa para orientarse por el palacio. Podía pedir ayuda, pero eso no sería muy inteligente si su intención era escapar. Bien podían llamarlo su huésped, pero eso no cambiaba el hecho de que Boots y él eran prisioneros. Los huéspedes podían marcharse si querían. Los prisioneros tenían que escaparse. Y eso era exactamente lo que pensaba hacer.

Pero, ¿cómo? Aunque lograra encontrar el camino de vuelta a la plataforma, nadie lo dejaría bajar, y no podría saltar al suelo desde esa altura. «Pero tiene que haber otras formas de entrar en el palacio», pensó. «Tiene que haber...».

—Nunca había conocido a nadie de las Tierras Altas —dijo Dulcet, interrumpiendo el hilo de sus pensamientos—. Y si ahora tengo el honor de hacerlo es sólo por la bebé.

—¿Por Boots? —preguntó Gregor.

—Estoy a cargo de los más pequeños —explicó Dulcet—. Normalmente yo nunca llegaría a conocer a alguien tan importante como un habitante de las Tierras Altas —añadió tímidamente.

—Pues es una pena, Dulcet —dijo Gregor—, porque eres la persona más simpática que he conocido desde que estoy aquí.

Dulcet se sonrojó, ¡y caray, cuando esta gente se sonrojaba, se sonrojaba de verdad! Su piel se tornó del color de una sandía madura. Y no sólo la piel de su rostro, sino la de todo su cuerpo, de los pies a la cabeza.

—Oh —balbuceó avergonzada—. Oh, ésa es una gentileza que no puedo aceptar. —Detrás de él, los dos guardias se susurraron algo al oído.

Gregor adivinó que había dicho algo totalmente fuera de lugar, pero no sabía exactamente qué. Tal vez, se suponía que no podías dar a entender que una niñera era más simpática que la propia reina. Aunque fuera verdad. De ahora en adelante, tendría que tener más cuidado con lo que decía.

Afortunadamente, en ese mismo momento se detuvieron en el umbral de una puerta. Gregor oyó agua correr, y unas nubes de vapor se escaparon hasta el pasillo.

«Debe de ser el cuarto de baño», pensó. Miró hacia dentro y vio que una pared dividía la habitación en dos secciones.

—Me llevaré a Boots, y tú te quedarás aquí —dijo Dulcet, indicando una de las secciones.

Gregor se imaginó que las chicas estarían a un lado, y los chicos al otro, como en un vestidor. Pensó que tal vez debía quedarse con Boots, pero algo le decía que podía confiar en Dulcet. Además, no quería volver a disgustarla.

—¿Está bien, Boots? ¿Nos vemos luego?

—¡Adiós, adiós! —dijo Boots agitando la manita por encima del hombro de Dulcet. Estaba claro que la separación no le angustiaba en absoluto.

Gregor se dirigió hacia la derecha. Aquel lugar sí que parecía un vestidor, si es que los vestidores podían ser bonitos y oler bien. En las paredes había relieves de exóticas criaturas marinas, y unas lámparas de aceite iluminaban la sala con un tenue resplandor. «Bueno, sí, pero estos de aquí parecen bancos y casilleros», pensó, abarcando con la mirada los bancos de piedra y la hilera de cubículos que ocupaban uno de los lados de la sala.

Mareth lo había seguido al interior. Se dirigió a Gregor nerviosamente.

—Éste es el cuarto para cambiarse. Aquí están las cámaras de alivio y limpieza. ¿Necesitas algo de mí, Gregor de las Tierras Altas?

—No, gracias, en esto me las arreglo yo solo —le contestó Gregor.

—Estaremos en el pasillo por si nos necesitas —añadió Mareth.

—Muchas gracias —respondió Gregor. Cuando el guardia se agachó para cruzar el umbral, Gregor sintió que los músculos de su cara se relajaban. Se alegraba de estar por fin solo.

Efectuó una rápida inspección del lugar. En la cámara de alivio no había nada más que un sólido asiento de piedra con una abertura en el centro. Gregor miró dentro y vio una corriente de agua que fluía continuamente por debajo. «Ah, esto debe de ser el retrete», pensó.

En la cámara de limpieza había una pequeña piscina llena de agua humeante, con unos escalones de piedra que llevaban al fondo de la cubeta. Una rica fragancia impregnaba el aire. Todo su cuerpo anhelaba sumergirse en el agua.

Gregor volvió rápidamente al cuarto para cambiarse y se deshizo de su ropa sudada. Sintiéndose algo cohibido, orinó en el retrete. Luego se dirigió rápidamente hacia la piscina. Comprobó la temperatura con la punta del pie, y entró despacio en el agua caliente. Le llegaba sólo hasta la cintura, pero entonces descubrió que un banco bordeaba todo el perímetro de la piscina. Cuando se sentó, el agua le llegó hasta las orejas.

Una corriente de agua lo cubrió entonces, deshaciendo los nudos de tensión que agarrotaban los músculos de sus hombros y su espalda. Gregor cortó la superficie de la piscina con la mano, dejando que el agua se escapara entre sus dedos. Como en el retrete, el agua entraba por un extremo, y salía por el otro.

«Debe de tratarse de alguna corriente subterránea, o algo así», pensó.

De repente, cayó en la cuenta de algo importante, y se incorporó rápidamente. ¡El agua entraba y salía por algún sitio!

Si el agua podía entrar y salir del palacio... entonces tal vez él también podría hacerlo.

CAPÍTULO SEXTO

Gregor se frotó el cuerpo con una esponja y una sustancia viscosa que encontró en un cuenco junto a la piscina. Se la untó también en el pelo, y se limpió incluso el interior de las orejas, con el deseo de eliminar hasta el más mínimo rastro de olor de su cuerpo. Si quería escapar, debía pasar lo más desapercibido posible. Colgadas de unos ganchos junto a la piscina había unas toallas blancas. Gregor no podía identificar el grueso tejido con el que estaban fabricadas.

—Algodón no es, seguro —murmuró, pero el paño era suave y absorbía el agua mucho mejor que las toallas delgadas y gastadas que usaban en su casa.

Salió de la cámara de limpieza, secándose el pelo, y descubrió que su ropa había desaparecido. En su lugar encontró montoncito de prendas de un color azul grisáceo dobladas con mucho esmero. Había una camisa, unos pantalones y algo que parecía ropa interior. Eran mucho más delicadas que las toallas, y la tela tenía un tacto sedoso. «¿Qué material será éste?», se preguntó mientras se ponía la camisa.

Se calzó un par de sandalias de esparto trenzado y salió de la habitación. Mareth y Perdita lo estaban esperando.

—¿Dónde está mi ropa? —les preguntó.

—La hemos quemado —dijo Mareth con aprensión. Gregor se dio cuenta entonces de que el guardia temía que él se enfadara por ello.

—Sería muy peligroso conservarla —dijo Perdita, a modo de explicación—. Las cenizas no conservan el olor.

Gregor se encogió de hombros para hacerles ver que no le importaba.

—Está bien —dijo—. Ésta me gusta.

Mareth y Perdita mostraron una expresión de agradecimiento.

—Luego de unos pocos días de consumir nuestra comida, también tú irás perdiendo el olor —dijo Perdita en tono alentador.

—Muy bien —contestó Gregor secamente. Esta gente estaba francamente obsesionada con su olor.

Dulcet emergió de la sección izquierda del cuarto de baño llevando en brazos a una Boots limpia y contenta. Vestía una suave camisa rosa y un pañal limpio fabricado con el mismo material que la toalla de baño de Gregor. La niña extendió la pierna y se señaló orgullosamente las sandalias nuevas.

—Za-pa-to —le dijo a Gregor.

—Yo también —dijo él, estirando la pierna para enseñarle sus sandalias.

Supuso que también habrían quemado la ropa de Boots. Trató de recordar lo que llevaba por si acaso su madre le pedía explicaciones. Un pañal sucio, eso no era ninguna pérdida. Un par de sandalias rosas que de todas maneras ya se le estaban quedando pequeñas, y una camiseta manchada. Suponía que no habría ningún problema.

Gregor no sabía exactamente lo que le diría a su madre sobre las Tierras Bajas... la verdad, le daría un susto de muerte. Ya se inventaría algo cuando estuviera de vuelta en la lavandería; pero cuanto antes regresaran, más sencilla habría de ser la historia.

Boots le tendió los brazos y Gregor la alzó, hundiendo la nariz en sus rizos húmedos. Olía a limpio, y un poco como a mar.

—Ya está bien crecida —comentó Dulcet—. Tus brazos deben estar cansados. —Volvió a entrar en el cuarto para cambiarse y salió con una especie de bolsa. La ajustó a la espalda de Gregor con unas correas, y colocó en ella a Boots, que así sentada podía mirar por encima de su hombro. Gregor había visto en Nueva York gente que llevaba así a sus bebés, en mochilas especialmente diseñadas para ello, pero su familia no tenía dinero para ese tipo de lujos.

—Gracias —dijo como si apenas le diera importancia al regalo, pero por dentro estaba eufórico. Sería mucho más fácil escapar llevando a Boots en una mochila que en brazos.

Dulcet los hizo subir por varias escaleras, atravesando un laberinto de pasillos. Desembocaron por fin en una enorme habitación que se abría sobre una terraza.

—Llamamos a esta habitación el Gran Salón —dijo Dulcet.

—¿Ah, sí?, pues me parece que se les olvidó el techo —comentó Gregor. Las paredes estaban decoradas con sumo gusto, pero por encima de sus cabezas no había nada más que la oscuridad de la cueva.

Dulcet se echó a reír.

—Oh, no, así es como debe ser. A menudo recibimos aquí a nuestros invitados, y pueden llegar muchos murciélagos a la vez. —Gregor se imaginó el atasco que provocaría un centenar de murciélagos tratando de entrar por la puerta. Ahora comprendía las ventajas de una pista de aterrizaje amplia.

Vikus los esperaba en la terraza, acompañado de una mujer mayor. Gregor calculó que tendría más o menos la edad de su abuela, aunque ella estaba encorvada y le costaba moverse por culpa de la artritis. Esta mujer, en cambio, tenía un porte erguido y parecía muy fuerte.

—Gregor y Boots de las Tierras Altas, les presento a Solovet, mi esposa —dijo Vikus.

—Hola —contestó Gregor—, encantado de conocerla.

Pero la mujer dio un paso adelante y le ofreció ambas manos. El gesto no dejó de sorprenderlo. Nadie más había hecho ademán alguno de tocarlo desde su caída.

—Bienvenido, Gregor. Bienvenida, Boots —dijo con una voz cálida y baja—. Es un honor tenerlos entre nosotros.

—Gracias —farfulló Gregor, confundido porque las palabras de la mujer contradecían su estatus de prisionero. Lo hacían sentir verdaderamente especial.

—¡Hola! —dijo Boots. Solovet extendió la mano para acariciarle la mejilla.

—Según me dice Vikus, deseas fervientemente regresar a casa. Me entristece que no podamos ayudarlos inmediatamente, pero buscar esta noche la superficie sería imposible —dijo—. En este momento, las Tierras Bajas son un hervidero de rumores sobre su llegada.

«Me imagino que todos querrán vernos, como si fuéramos animales de feria, o algo así. Pues bien, será mejor que se den prisa en mirar», pensó Gregor. Pero dijo:

—Entonces, tendré tiempo de darme una vuelta por aquí para conocer todo esto.

Vikus le hizo una seña para que se acercara a la barandilla que rodeaba la terraza.

—Ven, ven, hay mucho que ver —le dijo.

Gregor se acercó a la barandilla y sintió que se le formaba un nudo en el estómago. Retrocedió unos pasos involuntariamente. La terraza parecía colgar literalmente de una de las paredes del palacio. Tan sólo lo separaba del vertiginoso abismo la pequeña superficie de piedra.

—No temas, está muy bien construida —dijo Vikus para tranquilizarlo.

Gregor asintió con la cabeza, pero se quedó donde estaba. Si la terraza empezaba a derrumbarse, quería poder refugiarse en el Gran Salón.

—Veo bien desde aquí —dijo, y era verdad.

Desde arriba, Regalia era aún más impresionante. Desde el suelo no podía ver que las calles, cuyos adoquines tenían tonalidades distintas, estaban dispuestas formando complejos motivos geométricos que conferían a la ciudad el aspecto de un gigantesco mosaico. Tampoco se había fijado en lo grande que era. Se extendía varios kilómetros a la redonda.

—¿Cuánta gente vive aquí? —preguntó Gregor.

—Nuestro número asciende aproximadamente a tres mil —contestó Vikus—. Más, si la cosecha es buena.

Tres mil habitantes. Gregor trató de imaginarse cuánto podía ser eso. En su escuela había unos seiscientos estudiantes, así que sería como seis veces su escuela.

—Bueno, y a todo esto, ¿qué están haciendo aquí abajo? —preguntó Gregor.

Vikus se echó a reír.

—Nos sorprende que hayas tardado tanto en preguntar. Pues bien, es una historia maravillosa —dijo Vikus, respirando hondo para empezar a contarla—. Hace muchos años, vivía...

—¡Vikus! —lo interrumpió Solovet—. Tal vez la historia sea un buen acompañamiento para la cena.

Gregor le dio las gracias mentalmente. Estaba muerto de hambre, y algo le decía que Vikus era de los que se enrollan como una persiana.

El comedor se encontraba en una habitación contigua al Gran Salón. La mesa estaba puesta para ocho. Gregor esperaba que Dulcet cenara con ellos, pero después de sentar a Boots en una especie de trono, retrocedió y permaneció de pie a unos pasos de la mesa. Gregor no se sentía cómodo cenando con la muchacha allí de pie, pero pensó que le causaría problemas si decía algo.

Ni Vikus ni Solovet hicieron ademán de sentarse, por lo que él también decidió esperar. Poco después entró Luxa en la habitación, con un atuendo mucho más elegante que el que vestía en el estadio. Llevaba el pelo suelto, y le caía hasta la cintura como una brillante cortina de plata. La acompañaba un chico de unos dieciséis años que se estaba riendo de algo que Luxa acababa de decir. Gregor lo reconoció: lo había visto en el estadio. Era ese jinete tan presumido que se tumbaba tranquilamente sobre el lomo de su murciélago mientras describían círculos por encima de la cabeza de Gregor.

«Otro engreído», pensó. Pero el chico le lanzó una mirada tan simpática que decidió no precipitarse en sus juicios. Luxa era algo desagradable, pero la mayoría de los humanos de las Tierras Bajas eran bastante simpáticos.

—Mi primo, Henry —dijo Luxa lacónicamente, y a Gregor le dieron ganas de reír. Aquí, entre todos esos nombres tan extraños, había un Henry.

Éste se inclinó con una gran reverencia y se acercó a Gregor sonriendo.

—Bienvenido, Gregor —dijo. Luego lo agarró del brazo y le dijo en un susurro teatral—: ¡Cuidado con el pescado, Luxa planea envenenarte esta misma noche!

Vikus y Solovet se rieron, y hasta Dulcet sonrió. Era una broma. Esta gente tenía sentido del humor.

—Cuidado con tu pescado, Henry —replicó Luxa—. Di orden de envenenar a los sinvergüenzas, pero olvidé que tú también cenabas con nosotros esta noche.

Henry le hizo un guiño a Gregor.

—Cambia tu plato con el de los murciélagos —susurró, y en ese momento dos murciélagos aterrizaron en el Gran Salón y entraron en el comedor—. ¡Ah, los murciélagos!

Gregor reconoció al murciélago dorado que Luxa montaba por la tarde en el estadio. El otro, uno grande y gris, se acomodó sobre una silla junto a Vikus, batiendo las alas, tras de lo cual todos los demás tomaron asiento a su vez.

—Gregor de las Tierras Altas, te presento a Aurora y a Eurípides. Están vinculados a Luxa y a mí mismo —declaró Vikus, extendiendo la mano hacia el murciélago gris sentado a su derecha. Eurípides la rozó con su ala. Luxa y su murciélago dorado esbozaron el mismo gesto.

Gregor se había imaginado que los murciélagos serían como caballos para los humanos, pero ahora veía que eran sus iguales. Se preguntó si también hablarían.

—Yo te saludo, Gregor de las Tierras Altas —dijo Eurípides con un suave susurro.

Pues sí, sí hablaban. Gregor empezó a preguntarse si el pescado que le iban a servir de cena no querría también charlar un poquito antes de que lo cortara en trocitos.

—Encantado de conocerte —dijo Gregor educadamente—. ¿Qué significa eso de que están vinculados unos a otros?

—Al poco tiempo de llegar a las Tierras Bajas, nosotros los humanos creamos una alianza especial con los murciélagos —explicó Solovet—. Ambas partes vieron las ventajas obvias de aunar fuerzas. Pero más allá de esa alianza, individualmente, los humanos y los murciélagos pueden formar sus propias uniones. A eso lo llamamos vincularse.

—¿Y qué hace uno cuando está vinculado a un murciélago? —preguntó Gregor—. Quiero decir, aparte de jugar a la pelota y tal.

Hubo una pausa en la que los comensales intercambiaron miradas. Otra vez había vuelto a meter la pata.

—Mantenernos con vida el uno al otro —dijo Luxa fríamente.

Les había parecido que se burlaba de algo serio.

—Ah, no lo sabía —se disculpó Gregor.

—Por supuesto que no lo sabías —dijo Solovet, lanzándole una ojeada a Luxa—. En tu propia tierra no tienen nada similar.

—¿Y también se vinculan con los reptantes? —quiso saber Gregor.

Henry soltó una carcajada despectiva.

—Antes preferiría vincularme a una piedra. Por lo menos estaría seguro de que no echaría a correr en el momento de la batalla.

Luxa sonrió.

—Y una piedra siempre podría servirnos de arma arrojadiza. Aunque supongo que también se puede lanzar a un reptante...

—¡Pero para eso tendría que tocarlo! —exclamó Henry, y los dos estallaron en sonoras carcajadas.

—Los reptantes no son famosos por sus habilidades guerreras —le dijo Vikus a Gregor a modo de explicación. Ni él ni Solovet reían. Se volvió hacia Luxa y Henry—. Y sin embargo, perduran. Tal vez, cuando logren comprender las razones de su longevidad les tendrán más respeto.

Henry y Luxa trataron de fingir seriedad, pero sus ojos seguían riendo.

—Para los reptantes tiene poca relevancia el que yo los respete o no —dijo Henry displicentemente.

—Tal vez, pero en cambio es de vital importancia para Luxa. O así lo será dentro de cinco años cuando tenga edad de reinar —dijo Vikus—. En ese momento, las bromas necias a expensas de los reptantes tal vez marquen la diferencia entre nuestra existencia o nuestra aniquilación. No necesitan ser guerreros para alterar el equilibrio de poder en las Tierras Bajas.

Estas palabras terminaron de calmar a Luxa, pero apagaron la conversación. La pausa incómoda se alargó hasta convertirse en un silencio violento. Gregor creía comprender lo que Vikus quería dar a entender. Era mejor tener a los reptantes como aliados que como enemigos, y los humanos no debían ir por ahí insultándolos.

Para alivio de Gregor, por fin llegó la comida, y un sirviente dispuso unos pequeños cuencos formando una media luna alrededor de su plato. Por lo menos tres de ellos contenían lo que parecían tres tipos distintos de champiñones. En otro había un cereal parecido al arroz, y el más pequeño albergaba un puñadito de verduras frescas. Lo reducido de la porción daba a entender que esas hojas se consideraban un preciado manjar.

Le colocaron delante una fuente con un pescado entero a la parrilla. Se parecía a los que Gregor estaba acostumbrado, sólo que no tenía ojos. Su padre y él habían visto una vez un documental en la tele sobre unos peces que vivían en lo más profundo de una cueva y tampoco tenían ojos. Lo curioso era que cuando los científicos se trajeron algunos de esos peces para estudiarlos en sus laboratorios, los peces habían percibido la luz, y les habían salido ojos. No inmediatamente, pero sí unas cuantas generaciones después.

A su padre le había encantado el documental, y había llevado a Gregor al Museo de Historia Natural para buscar peces sin ojos. Al final se habían acostumbrado a ir a menudo a ese museo, ellos dos solos. Su padre estaba loco por la ciencia, y parecía que quisiera pasarle a Gregor todos los conocimientos que había en su cerebro. Era un poco peligroso, porque la pregunta más tonta podía generar una explicación de media hora por lo menos. Su abuela siempre solía decir: «A tu padre, si le preguntas qué hora es, te acaba contando cómo se fabrica un reloj». Pero disfrutaba tanto explicando..., y Gregor se sentía feliz de estar con él. Además, le había encantado la exposición sobre la selva tropical, y la cafetería donde vendían papas fritas con forma de dinosaurio. Nunca habían llegado a entender cómo habían conseguido desarrollar ojos los peces. Su padre tenía sus teorías, claro, pero no era capaz de explicar cómo habían podido los peces evolucionar tan deprisa.

Gregor se preguntó cuánto tiempo era necesario para que la piel de alguien se volviera transparente y desarrollar ojos violetas. Se volvió hacia Vikus.

—Bueno, iba a contarme cómo vinieron a parar aquí abajo, ¿recuerda?

Mientras Gregor trataba de no lanzarse como un lobo hambriento sobre su comida, que resultó ser deliciosa, Vikus le fue contando la historia de Regalia.

No lo entendió todo, pero al parecer los habitantes habían llegado desde Inglaterra en el siglo XVII.

—Los condujo hasta aquí un cantero llamado Bartholomew de Sandwich —contó Vikus, y Gregor tuvo que esforzarse por reprimir una carcajada—. Tenía visiones sobre el futuro. Vio las Tierras Bajas en un sueño, y partió en su busca.

Sandwich y un grupo de seguidores se habían embarcado rumbo a Nueva York, donde es sabido que se llevaron muy bien con la tribu local. Los indígenas conocían muy bien las Tierras Bajas. Llevaban siglos realizado viajes periódicos bajo tierra por motivos rituales. No tenían mucho interés en vivir allá abajo, y no les importaba si Sandwich era lo bastante loco como para querer instalarse allí con su gente.

—Por supuesto, estaba totalmente cuerdo —aclaró Vikus—. Sabía que un día la superficie de la Tierra estaría totalmente yerma, y sólo perduraría la vida que se preservaba bajo tierra.

A Gregor no le pareció muy oportuno decirle a Vikus que ahora, en la superficie, vivían millones de personas. En vez de eso, preguntó:

—¿Y entonces todos hicieron las maletas y se mudaron aquí abajo?

—¡Desde luego que no! Pasaron cincuenta años hasta que bajaron las ochocientas personas y se sellaron las puertas que comunicaban con las Tierras Altas. Necesitábamos saber de qué podíamos alimentarnos y edificar muros para defendernos. Roma no se construyó en un día. —Vikus rió—. Así es como lo expresó Fred Clark de las Tierras Altas.

—¿Qué le ocurrió? —preguntó Gregor, pinchando un champiñón con el tenedor. Todos callaron.

—Murió —contestó Solovet con voz suave—. No pudo sobrevivir privado de tu sol.

Gregor dejó el champiñón en el plato. Miró a Boots, que estaba cubierta de los pies a la cabeza con una especie de papilla para bebés. Con un dedo trazaba distraídamente dibujitos en la salsa derramada sobre su mantelito de piedra.

Nuestro sol, pensó Gregor. ¿Se habría puesto ya? ¿Sería ya hora de irse a la cama? ¿Se habrían marchado ya los policías, o seguirían allí, interrogando a su madre? Si ya se habían marchado, Gregor sabía dónde estaría su madre: sentada a la mesa de la cocina, sola en la oscuridad, llorando.

De pronto, Gregor ya no soportaba oír una sola palabra más sobre las Tierras Bajas. Tenía que escapar de allí a toda costa.

CAPÍTULO SÉPTIMO

La oscuridad se abatió sobre los ojos de Gregor con tal intensidad que parecía tener un peso físico, como si fuera una cortina de agua. Nunca antes había estado totalmente sin luz. En su ciudad, el alumbrado de las calles, los faros y, de vez en cuando, los destellos de algún coche de bomberos se colaban por la ventana de su habitación. Aquí, una vez apagada la lámpara de aceite, era como si hubiera perdido por completo el sentido de la vista.

Había tenido la tentación de volver a encender la lámpara. Mareth le había dicho que en el pasillo junto a su habitación había antorchas que ardían toda la noche, y podía volver a encender su lámpara allí. Pero quería conservar el combustible. Sin él, estaría perdido en cuanto saliera de Regalia.

Boots resopló y se acurrucó más cerca de él. Gregor la abrazó con más fuerza. Los sirvientes les habían preparado camas separadas, pero Boots se había metido en la de Gregor.

No había sido difícil conseguir permiso para irse a la cama. Todos veían que Boots apenas podía mantener los ojos abiertos, y él mismo debía verse bastante cansado. Pero no lo estaba. La adrenalina corría por sus venas a tal velocidad que temía que la gente pudiera oír los latidos de su corazón a través de las pesadas cortinas que separaban su habitación del vestíbulo. Lo último que se sentía capaz de hacer era dormir.

Los habían invitado nuevamente a tomar un baño antes de irse a la cama. Para Boots era más que necesario, pues a la papilla se añadió luego una especie de flan con el que se embadurnó el pelo. Gregor tampoco había puesto objeción alguna. Con la excusa del baño podía disfrutar de un lugar tranquilo donde idear su plan de huida.

El baño también le brindó la oportunidad de preguntarle a Dulcet sobre el sistema de aguas del palacio sin levantar sospechas.

—Oye, ¿y ustedes por qué tienen agua corriente caliente y fría? —le preguntó.

La chica le explicó que unas bombas aspiraban el agua desde una serie de corrientes frías y calientes.

—¿Y esa agua luego va a parar otra vez a una de esas corrientes? —preguntó inocentemente.

—Oh, no, eso no sería higiénico —contestó Dulcet—. El agua sucia va a parar al río que discurre bajo el palacio, que a su vez va a parar al Canal.

Era justo la información que necesitaba. El río bajo el palacio era su vía de escape. Y lo mejor de todo era que luego desembocaba en el Canal. No sabía qué era eso exactamente, pero Vikus había mencionado que tenía dos puertas que comunicaban con las Tierras Altas.

Boots volvió a agitarse durante el sueño, y Gregor le dio palmaditas en el costado para tranquilizarla. No parecía haber echado de menos su casa hasta la hora de acostarse, pero se mostró algo inquieta cuando le dijo que era hora de irse a la cama.

—¿Mamá? —preguntó la niña—. ¿Liz-zie?

¿Había sido esa misma mañana cuando Lizzie tomó el autobús para ir al campamento? Parecía que hubiera sido hace miles de años.

—¿Casa? ¿Mamá? —insistió Boots. Aunque estaba agotada, a Gregor le costó mucho dormirla. Ahora se daba cuenta de que estaba nerviosa, a juzgar por su sueño inquieto. «Probablemente lleno de cucarachas y murciélagos gigantes», pensó Gregor.

No tenía forma de calcular cuánto tiempo había transcurrido ya. ¿Una hora, dos, tal vez? Pero los ruidos apagados que le llegaban a través del cortinaje ya habían cesado. Si quería llevar a cabo su plan, tenía que ponerse en movimiento ya.

Gregor se separó con cuidado de Boots y se levantó de la cama. Tanteó en la oscuridad hasta encontrar la mochila que le había dado Dulcet. Colocar dentro a Boots no resultó tarea fácil. Al final optó por cerrar los ojos y dejar que trabajaran los demás sentidos. Así era más fácil. La deslizó dentro de la mochila y se sujetó ésta a la espalda.

Boots murmuró «mamá», y reclinó la cabeza sobre el hombro de su hermano.

—Te llevaré con mamá, linda, te lo prometo —le susurró él a su vez, y buscó a tientas la lámpara. Eso era todo lo que se llevaba consigo: Boots, la mochila y la lámpara. Necesitaría las manos para otras cosas.

Gregor se dirigió a tientas hacia la cortina y descorrió una esquina. Las antorchas iluminaban lo bastante para ver que el pasillo estaba vacío. Vikus y los demás no se habían tomado la molestia de colocar guardias a su puerta ahora que lo conocían mejor. Se estaban esforzando por hacerle sentir como un huésped. Y, además, ¿adónde podría ir?

«Al río», pensó gravemente. «Dondequiera que éste me lleve».

Se deslizó por el pasillo, teniendo cuidado de andar sin hacer el más mínimo ruido. Afortunadamente, Boots seguía durmiendo. Su plan se echaría a perder si se despertaba antes de salir del palacio.

Su habitación estaba convenientemente situada cerca del cuarto de baño, y Gregor se dejó guiar por el sonido del agua. Su plan era sencillo. El río corría por debajo del palacio. Si conseguía llegar hasta la planta baja sin alejarse del sonido del agua, entonces encontraría el lugar por el que ésta iba a parar al río.

El plan era sencillo, pero no así su realización. Gregor tardó varias horas en recorrer todo el palacio hasta la planta baja. Los cuartos de baño no siempre estaban cerca de las escaleras, y más de una vez tuvo que volver sobre sus pasos para no perder el eco del agua. Dos veces tuvo que entrar en las habitaciones y ocultarse para evitar ser descubierto. No encontró a mucha gente levantada, pero había una especie de guardias que efectuaban rondas de vigilancia por el palacio.

Por fin el sonido del agua se amplificó, y Gregor llegó a la planta más baja del edificio. Se dejó guiar por su oído hacia donde el rugido del agua se hacía más potente, y se adentró por un pasillo.

Durante un instante, Gregor estuvo tentado a abandonar su plan. Cuando Dulcet había hablado de un «río», Gregor se había imaginado el que atravesaba la ciudad de Nueva York. Pero este río de las Tierras Bajas parecía sacado de una película de acción. No es que fuera muy ancho, pero la corriente alcanzaba tal velocidad que formaba remolinos llenos de espuma en la superficie del agua. Gregor no podía calcular su profundidad, pero veía que tenía fuerza suficiente para arrastrar grandes rocas a su paso, como si se tratara de latas vacías. Gregor comprendía ahora por qué no se molestaban en situar guardias en el muelle. El río era más peligroso que cualquier ejército que pudieran reunir.

«Pero tiene que ser navegable, porque tienen barcos», pensó Gregor, descubriendo media docena de embarcaciones amarradas por encima del nivel del agua. Estaban hechas con algún tipo de cuero tensado sobre una estructura rígida. Le recordaron las canoas del campamento.

¡El campamento! ¿Por qué no podía él estar en el campamento como un chico común y corriente?

Tratando de no pensar en las rocas azotadas por la corriente, encendió la llama de su lámpara de aceite con una antorcha que ardía junto al muelle. Lo pensó mejor, y cogió también la antorcha. Allí adonde se dirigía, la luz sería tan importante como el aire que respiraba. Apagó la lámpara para ahorrar combustible.

Trepó con cuidado a una de las embarcaciones y la inspeccionó. La antorcha encajaba en una horquilla claramente diseñada para ello.

«¿Cómo harán para bajar esta cosa al agua?», se preguntó. La embarcación estaba suspendida de dos cuerdas atadas a una rueda metálica que estaba fijada al muelle. «Bueno, habrá que probar», pensó Gregor, y le dio un empujón a la rueda. Esta emitió un sonoro crujido, y la nave cayó de golpe al agua, tirando a Gregor al suelo.

La corriente arrastró la embarcación como si de una hoja seca se tratara. Gregor se aferró a los bordes, sin soltarse, mientras se lanzaban a través de la oscuridad. Oyó unas voces, y por espacio de un segundo consiguió mirar hacia atrás, hacia el muelle. Dos hombres le estaban gritando algo. El río describió una curva, y entonces desaparecieron de su vista.

¿Tratarían de perseguirlo? Por supuesto que sí. Pero les llevaba una buena ventaja. ¿En cuánto tiempo llegaría al Canal? ¿Qué era aquello del Canal, y una vez que llegara allí, adónde tendría que ir después?

A Gregor le hubieran preocupado más esas preguntas de no haber estado tan concentrado en permanecer con vida. Además de las rocas, tenía que esquivar los escollos negros que sobresalían del agua. En el fondo de la barca encontró un remo que utilizó para alejar la barca de las rocas.

La temperatura de las Tierras Bajas se le había antojado agradablemente fresca desde su llegada, sobre todo después del intenso calor que hacía en su apartamento. Pero el frío viento que se levantaba del agua le puso la carne de gallina.

—¡Gregor! —le pareció oír que alguien lo llamaba por su nombre.

¿Sería su imaginación, o...? ¡No! Lo había oído otra vez. Sus perseguidores debían de encontrarse ya muy cerca.

El río describió un recodo y de repente Gregor pudo ver un poco mejor. Una larga cueva recubierta de cristales puntiagudos de roca brillaba a ambos lados del río, reflejando la luz de su antorcha.

Gregor distinguió una playa de arena brillante que bordeaba una orilla del río, unos metros más adelante. Un túnel llevaba de la playa a la oscuridad. Siguiendo un impulso, Gregor esquivó una roca y dirigió la canoa hacia la playa. Remó desesperadamente para llegar a la orilla. No tenía sentido permanecer en el río. Los de las Tierras Bajas le estaban pisando los talones. Tal vez le diera tiempo a atracar en la playa y ocultarse en el túnel. Una vez que hubieran pasado de largo, podría aguardar unas horas, y luego volver al río.

La canoa encalló en la arena de la playa. Gregor consiguió por poco no darse de bruces contra el suelo de la embarcación. Boots se medio despertó y lloriqueó un poco, pero Gregor la volvió a dormir arrullándola, pugnando a la vez por arrastrar la canoa sobre la arena con una mano, mientras con la otra sujetaba la antorcha.

—Ea, ea, Boots. Vuelve a dormirte.

—Hola, *mulcélago* —murmuró la niña, y su cabeza volvió a caer sobre el hombro de su hermano.

Gregor oyó su nombre en la distancia y echó a correr. Tan pronto como alcanzó la entrada del túnel, tropezó de bruces con un bulto peludo y cálido. Asustado, retrocedió unos pasos, dejando caer la antorcha. El bulto avanzó hasta colocarse dentro del tenue círculo de luz. Al verlo, las piernas de Gregor se volvieron de mantequilla y cedieron bajo el peso de su cuerpo. El chico cayó lentamente al suelo.

Ante él, el rostro de una rata monstruosa se contrajo en una sonrisa.

CAPÍTULO OCTAVO

Ah, aquí estás por fin —dijo la rata con voz lánguida—. Por tu hedor hace siglos que te esperábamos. Mira, Fangor, trae consigo al cachorro. Un largo hocico asomó por encima del hombro de la rata. Ésta tenía un compañero.

—Pero si es un manjarcito —comentó Fangor con una voz suave y melosa—. Te dejo al chico enterito para ti si me reservas la dulzura del cachorrito, Shed.

—Muy tentador, Fangor, pero el chico tiene más huesos que carne, y ella en cambio parece un bocadito suculento —contestó Shed—. Tu oferta me sume en un profundo dilema. Ponte de pie, chico, y deja que te veamos.

Las cucarachas le habían parecido muy extrañas, y los murciélagos, intimidantes, pero estas ratas, pensó Gregor, eran sencillamente aterradoras. Pese a estar sentadas sobre los cuartos traseros, medían más de un metro ochenta por lo menos, y sus piernas, sus brazos, o como hubiera que llamarlos, revelaban potentes músculos por debajo del pelaje. Pero lo peor de todo eran sus dientes, incisivos de diez centímetros que sobresalían de sus fauces, por debajo de los bigotes.

No, lo peor era que, evidentemente, estaban planeando comerse a Gregor y a Boots. Algunas personas creían que las ratas no se comían a la gente, pero Gregor sabía que se equivocaban. Incluso las de tamaño normal que poblaban las Tierras Altas podían llegar a atacar a una persona si se encontraba indefensa. Las ratas podían atacar a los bebés, los ancianos y los más débiles en general. Se oía cada historia... el vagabundo del callejón... aquel niño que perdió dos dedos... eran demasiado horribles para pensar en ellas.

Gregor se puso en pie despacio, recogiendo la antorcha, pero la mantuvo lejos de su rostro. Empujó a Boots contra la pared de la cueva.

Fangor agitó el hocico para husmear el aire.

—Éste cenó pescado, champiñones, cereales y un poquitín de verdura. Todo un amplio surtido de sabores, tendrás que reconocer, Shed.

—Y el cachorrito se ha atiborrado de puré de ternera con nata —replicó Shed—. Y sobra decir que sigue alimentándose de leche.

En ese momento Gregor comprendió el motivo de tanta insistencia en que se bañaran. Si las ratas podían detectar el puñadito de verdura que había tomado unas horas antes, es que tenían un olfato increíble.

No era pura grosería lo que empujaba a los habitantes de las Tierras Bajas a insistir en que se bañara. ¡Habían estado tratando de mantenerlo con vida!

De tratar de escapar de sus garras, Gregor había pasado a desear fervientemente que lo encontraran. Tenía que mantener a distancia a las ratas: así ganaría tiempo. La expresión lo sorprendió. Vikus había dicho que matándolo, las cucarachas «no ganarían tiempo». Eso de «tiempo», ¿no significaría simplemente más vida para los de las Tierras Bajas?

Se sacudió el polvo de la ropa y trató de imitar la manera de hablar de las ratas.

—¿Tengo yo vela en este entierro? —preguntó.

Para su sorpresa, Fangor y Shed se echaron a reír.

—¡Habla! —exclamó Shed—. ¡Qué regalo! ¡Normalmente sólo cosechamos chillidos y gimoteos! Dinos, muchacho, ¿qué te hace ser tan valiente?

—Oh, no soy valiente —negó Gregor—. Apuesto a que eso ya pueden olerlo.

Las ratas volvieron a reír.

—En efecto, tu sudor apesta a miedo, pero a pesar de todo has conseguido dirigirnos la palabra.

—Bueno, he pensado que tal vez quisieran informarse un poco sobre lo que van a cenar esta noche —les dijo Gregor.

—¡Me cae bien, Shed! —aulló Fangor.

—¡A mí también! —contestó Shed—. Los humanos suelen ser tan aburridos. ¿Qué te parece si nos lo quedamos, Fangor?

—Oh, Shed, ¿cómo podríamos hacer algo así? Habría que dar demasiadas explicaciones. Además, con tanto reír me está entrando hambre —dijo Fangor.

—A mí también. Pero, estarás de acuerdo conmigo en que comerse a una presa tan divertida no deja de ser una lástima.

—Una lástima, en efecto —convino Fangor—. Pero no hay más remedio. ¿Empezamos?

Y con esto, ambas ratas avanzaron hacia él enseñando los dientes. Gregor blandió entonces su antorcha, lanzando por los aires un puñado de chispas. La sostenía ante él, como una espada, iluminando su cara por completo.

Las ratas se detuvieron en seco. Al principio pensó que les daba miedo la llama, pero no se trataba sólo de eso. Parecían estupefactas.

—¿Has visto su rostro, Shed, lo has visto? —dijo Fangor con una voz ahogada.

—Lo he visto, Fangor —dijo Shed en voz baja—. Y no es más que un muchacho. ¿Crees que es...?

—¡No podrá serlo si lo matamos! —rugió Fangor, lanzándose al cuello de Gregor.

El primer murciélago llegó tan silenciosamente que ni Gregor ni las ensimismadas ratas lo vieron. Chocó con Fangor en mitad de su salto, derribándolo.

Fangor se estrelló contra Shed, y ambos cayeron al suelo. Al instante se pusieron en pie y se volvieron hacia sus atacantes.

Gregor vio a Henry, Mareth y Perdita zigzagueando con sus murciélagos por encima de las cabezas de las ratas. Aparte de evitar chocar unos con otros en un espacio reducido, tenían que esquivar las malvadas garras de las ratas. Fangor y Shed podían saltar hasta tres metros sin esfuerzo, y el techo refulgente de la cueva no era mucho más alto.

Los humanos se lanzaron en picado sobre las ratas, blandiendo sus espadas. Fangor y Shed contraatacaron ferozmente con uñas y dientes. La sangre empezó a manchar la playa, pero Gregor no acertaba a distinguir de quién era.

—¡Huye! —le gritó Henry a Gregor mientras pasaba junto a él—. ¡Huye!

Una parte de él deseaba obedecerle, pero otra no podía hacerlo. Para empezar, no tenía ni idea de hacia dónde ir. Su barca estaba encallada en la arena, y el túnel... bueno, si tenía que vérselas con las ratas, prefería hacerlo al aire libre antes que en la oscuridad de un túnel.

Lo más importante era que los habitantes de las Tierras Bajas estaban ahí por su causa, y no podía echar a correr sin más y dejar que se enfrentaran solos con las ratas.

¿Pero qué podía hacer?

En ese momento, Shed alcanzó con los dientes el ala del murciélago de Mareth. El animal se debatió para liberarse, pero la rata no soltaba su presa. Perdita se le acercó por detrás, rebanándole la oreja con su espada. Shed dejó escapar un aullido de dolor, y soltó al murciélago de Mareth. Pero justo cuando Perdita levantaba el vuelo, Fangor saltó sobre su murciélago, arrancándole un pedazo de la piel del cuello y arrastrándola al suelo. Perdita se golpeó la cabeza contra la pared de la cueva y perdió el conocimiento. Fangor se inclinó sobre ella, acercando los dientes hacia su cuello.

Gregor no recordaba si se paró a pensar en su próximo movimiento, sencillamente ocurrió. Un segundo antes estaba apretujado contra la pared de la cueva, y un segundo después había saltado hacia delante, lanzando su antorcha a la cara de Fangor. La rata chilló y cayó hacia atrás, empalándose en la espada de Henry. El cuerpo sin vida de Fangor cayó al suelo, arrastrando consigo la espada.

El aullido de dolor de la rata terminó por despertar a Boots, que echó una ojeada por encima del hombro de Gregor, y acto seguido rompió a llorar a gritos. Su llanto retumbaba sobre las paredes de la cueva, poniendo histérico a Shed y desorientando a los murciélagos.

—¿Qué tal vuelas, Mareth? —gritó Henry.

—¡Podemos hacerlo! —contestó el hombre, aunque su murciélago sangraba abundantemente del ala herida.

La situación no tenía buen aspecto. El murciélago de Mareth estaba desorientado, Henry había perdido su arma, Perdita estaba inconsciente, su murciélago yacía en el suelo tratando de recuperar el aliento, Boots daba alaridos y Shed estaba loco de dolor y de miedo. Aunque sangraba a borbotones, no había perdido un ápice de su velocidad ni de su fuerza.

Mareth trataba desesperadamente de alejar a la rata de Perdita, pero él solo no daba abasto. Henry trataba de ayudarlo, pero sin espada no podía acercarse demasiado. Gregor se acuclilló junto a Perdita, antorcha en mano. Parecía una frágil defensa contra la rata enloquecida, pero tenía que hacer algo.

Entonces Shed saltó, agarrando de las patas al murciélago de Mareth. El animal se estrelló contra la pared, arrastrando consigo a su jinete. La rata se volvió hacia Gregor.

—¡Eres hombre muerto! —gritó Shed. Boots chilló a su vez, presa del pánico, mientras Shed se lanzaba sobre ellos. Gregor se preparó para el ataque, pero éste no llegó. En vez de eso, Shed exhaló un suspiro y con la pata tocó la espada que se había clavado sobre su garganta.

Gregor acertó a ver a Aurora, el murciélago de Luxa, que se elevaba como una flecha hacia lo alto. No tenía ni idea de cuándo había llegado. Luxa estaba volando cabeza abajo cuando atravesó a Shed con su espada. Aunque ella se había tumbado por completo sobre el lomo del murciélago, Aurora apenas consiguió concluir la maniobra sin arañar el cuerpo de la muchacha contra el techo.

Shed se desplomó contra la pared de la cueva. Ya no le quedaban fuerzas para luchar. Sus ojos lanzaban chispas cuando los dirigió sobre Gregor.

—Tú, el de las Tierras Altas —articuló—, no pararemos hasta darte caza. —Y tras estas palabras, murió.

Gregor tuvo apenas un segundo para recuperar el aliento antes de que Henry aterrizara a su lado. Empujándolo hacia la playa, tomó a Perdita entre sus brazos y se elevó con ella en el aire, gritando:

—¡Quemen la tierra!

Aunque la sangre manaba a chorros por su rostro, Mareth logró extraer sendas espadas de los cuerpos de Shed y de Fangor. Arrastró a las ratas hasta el río, y la corriente se llevó los cadáveres rápidamente. Su murciélago batió tembloroso las alas, y él consiguió subirse con esfuerzo sobre su lomo. Luego subió a Gregor y a Boots en su murciélago.

Gregor vio que Aurora aferraba entre sus garras el pelaje del murciélago herido de Perdita. Luxa había recuperado la lámpara de aceite del fondo de la embarcación. Cuando se elevaron por los aires, la dejó caer sobre el suelo.

—¡Suelta la antorcha! —gritó Mareth, y Gregor extendió los dedos, dejándola caer al suelo.

Lo último que vio mientras se alejaban de la cueva a toda velocidad fue la playa estallando en llamas.

CAPÍTULO NOVENO

Gregor contempló el agua del río, devorada ahora por las llamas, mientras se agarraba con todas sus fuerzas al murciélago. Durante un segundo, sintió alivio por haber escapado de las ratas. Pero entonces el miedo de estar volando a toda velocidad sobre un murciélago herido se apoderó de él por completo. Boots se aferraba a su cuello con tanta fuerza que apenas lo dejaba respirar, y mucho menos hablar. Y de todas maneras, ¿qué podía decirle a Mareth? «Huy, siento mucho todo lo que ha pasado en la playa», ¿por ejemplo?

Por supuesto, él no sabía nada de las ratas. ¿Pero acaso no habían tratado todos de prevenirlo? No, habían hablado de peligro, pero nadie había mencionado concretamente a las ratas, salvo las cucarachas. «Rata mala», había dicho una de ellas. Y después habían hablado de cuánto pagarían las ratas mientras Luxa regateaba. Podían haberlos vendido a las ratas, y entonces, ¿qué habría sido de ellos?

Sintió náuseas y cerró los ojos para no ver los remolinos que se formaban en la superficie del agua. Las imágenes de la lucha en la playa llenaban su cabeza, y decidió que era mejor el panorama del agua. Ésta se sumió en las tinieblas cuando se extinguió la luz de las llamas. Cuando de nuevo vieron antorchas reflejadas sobre las olas, supo que se estaban aproximando a Regalia.

Un grupo de ciudadanos esperaba junto al embarcadero. Se llevaron de allí a Perdita y a su murciélago herido. Trataron de acomodar también a Mareth sobre una camilla, pero él los apartó con un gesto e insistió en ayudar a cargar con su murciélago hasta el palacio.

Gregor se sentó en el muelle, allí donde lo había empujado Mareth al aterrizar, y deseó que se lo tragara la tierra. Boots ya no lloraba, pero Gregor notaba que sus pequeños músculos estaban rígidos de miedo. Quince, tal vez veinte minutos transcurrieron así. Gregor no acertaba a calcular cuántos exactamente.

—¡Arriba! —gruñó una voz, y vio que Mareth lo estaba mirando furioso. Le habían vendado el corte en la frente, y el lado derecho de su cara estaba hinchado y magullado—. ¡Muévete! —le gritó el guardia. ¿De verdad le había parecido, hacía tan sólo unas horas, que ese hombre era tímido y amable?

Gregor estiró lentamente sus piernas engarrotadas y se puso de pie. Mareth le ató bien fuerte las manos a la espalda. Esta vez ya no había duda. Era decididamente un prisionero. Otro guardia se unió a Mareth, y empujaron a Gregor por delante de ellos. Sus piernas estaban como dormidas. ¿Qué pensaban hacer con él ahora?

No se fijó en el camino que tomaban. Se limitó a avanzar hacia donde le indicaron a empujones. Fue vagamente consciente de subir muchas escaleras antes de entrar en una amplia sala en forma de diamante. En el centro había una mesa. Mareth lo sentó de un empujón sobre un taburete que había junto a una chimenea en la que ardía ferozmente un fuego. Los dos guardias retrocedieron un par de pasos, vigilándolo como aves de presa.

«Tan peligroso soy», pensó como en una nube.

Boots empezó a agitarse dentro de la mochila. Le jaló una oreja.

—¿Casa? —suplicó—. *¿Mamo* a casa, *Gue-go?* —Gregor no tenía respuesta para ella.

La gente pasaba deprisa por delante de la puerta, hablando animadamente. Algunos se quedaban mirándolos, pero nadie entró en la habitación.

Al calor del fuego sintió, de pronto, que estaba helado. Se encontraba empapado hasta la cintura, y temblaba de frío y de horror por lo que había presenciado. No sólo lo había presenciado, sino que también había tomado parte en ello.

Boots estaba mejor que él. Su mochila parecía impermeable, y estaba acurrucada contra él. Con todo, notó que los deditos de sus pies estaban fríos como el hielo cuando rozaron su brazo.

El cansancio se apoderó de Gregor, y deseó poder acostarse, relajarse y dormir, para despertar después en su cama, desde donde veía los faros de los coches reflejados en la pared de su habitación. Pero ya había renunciado a pensar que todo aquello era un sueño.

¿Qué había sido de los demás? ¿Cómo estaban

Perdita y su murciélago herido? ¿Y el de Mareth? Si morían, sería culpa suya. Ni siquiera trataría de sostener lo contrario.

Justo en ese momento apareció Luxa. Temblando de ira, atravesó la habitación y lo golpeó en la cara. La cabeza de Gregor se inclinó con violencia hacia un lado y Boots dejó escapar un grito.

—¡No se pega! —chilló—. ¡No, no, no se pega! —Miraba a Luxa agitando su dedito índice. Pegar estaba absolutamente prohibido en casa de Gregor, y Boots no había tardado mucho en aprenderlo.

Al parecer tampoco era algo aceptable entre los habitantes de las Tierras Bajas porque Gregor oyó a Vikus exclamar severamente desde el umbral: «¡Luxa!».

Con una expresión como si estuviera deseando volver a pegarle otra bofetada, Luxa se dirigió hacia la chimenea y contempló indignada el fuego.

—Debería darte vergüenza, Luxa —la reprendió Vikus, acercándose a ella.

Ella se volvió hacia él, furiosa.

—¡Han caído dos voladores, y no podemos despertar a Perdita, sólo porque el de las Tierras Altas tenía que escapar! ¿Pegarle? ¡Yo propongo que lo arrojemos a la Tierra de la Muerte y dejemos que se las arregle! —gritó Luxa encolerizada.

—Sea como fuere, Luxa esto no es lo correcto —contestó Vikus, pero Gregor se dio cuenta de que las noticias lo habían disgustado—. ¿Están las dos ratas muertas? —preguntó.

—Muertas y en el río —dijo Luxa—. Hemos quemado la tierra.

—Ya hablaremos tú y yo de eso de «hemos» —dijo Vikus severamente—. Esto no complace al Consejo.

—Poco me importa lo que complace al Consejo —masculló Luxa, pero eludió la mirada de Vikus.

«De modo que se suponía que ella no tenía que estar ahí», pensó Gregor. «Ella también se ha metido en un lío». Deseó poder saborear mejor el momento, pero estaba demasiado atormentado por la preocupación, el sentimiento de culpa y el agotamiento como para que pudiera importarle. Además, Luxa le había salvado la vida al matar a Shed. Gregor suponía que le debía una, pero todavía le ardía la cara por la bofetada, así que no sacó el tema.

—No se pega —repitió Boots, y Vikus se volvió hacia ellos.

Como Luxa, Gregor era incapaz de sostener la mirada del anciano.

—¿Qué hizo el muchacho, Luxa? ¿Luchar o huir? —preguntó Vikus.

—Henry dice que luchó —reconoció Luxa a regañadientes—. Pero sin destreza ni conocimiento de las armas.

A Gregor le dieron ganas de decir: «¡Eh, sólo tenía una estúpida antorcha!». ¿Pero para qué molestarse?

—Entonces tiene mucho valor —concluyó Vikus.

—El valor sin prudencia acorta la vida, o al menos, eso es lo que me dices tú todos los días —objetó Luxa.

—Te lo digo, sí, ¿y me escuchas, acaso? —preguntó Vikus, arqueando las cejas—. No escuchas, como tampoco él escucha. Son ambos muy jóvenes aún para padecer sordera. Desátenlo y déjennos solos —ordenó a los guardias.

Gregor sintió que la hoja de un cuchillo cortaba las ligaduras de sus muñecas. Se frotó las cicatrices, tratando de restablecer la circulación de la sangre. Le dolía la mejilla, pero no tenía intención de darle a Luxa la satisfacción de comprobarlo.

Boots alargó el brazo por encima de su hombro y le tocó las marcas de las muñecas.

—Aya-yai —lloriqueó—. Aya-yai.

—Estoy bien, Boots —dijo, pero la pequeña negó con la cabeza.

—Acérquense —dijo Vikus, sentándose a la mesa. Ni Gregor ni Luxa se movieron—. ¡Acérquense, vamos a hablar! —exclamó Vikus, golpeando con la mano la superficie de piedra. Esta vez ambos obedecieron, pero se sentaron lo más lejos posible el uno del otro.

Gregor sacó a Boots de la mochila levantándola por encima de su cabeza. La niña se acomodó en su regazo, estrechando con fuerza los brazos de Gregor alrededor de su cuerpo, y mirando a Vikus y a Luxa con unos grandes ojos solemnes.

«Creo que después de esta noche, Boots ya no volverá a pensar que todo el mundo es su amigo», pensó Gregor. Sabía que tenía que descubrirlo tarde o temprano, pero no pudo evitar sentirse triste por ella.

Vikus empezó a hablar.

—Gregor de las Tierras Altas, es mucho lo que no aciertas a comprender. No hablas, pero tu rostro habla por ti. Estás preocupado. Estás enojado. Crees que tenías derecho a huir de quienes te retenían en contra de tu voluntad, pero te duele que hayamos sufrido por salvarlos. Nunca te hablamos de las ratas, y no obstante Luxa te culpa de nuestras pérdidas. Parecemos tus enemigos, y sin embargo te hemos dado tiempo.

Gregor no contestó. Le parecía que eso lo resumía todo bastante bien, excepto el hecho de que Luxa le hubiera pegado. Vikus le leyó el pensamiento.

—Luxa no debería haberte golpeado, pero tu huida ha puesto en peligro de muerte, y de una muerte horrible, a aquellos a quienes ella ama. Eso le duele profundamente, pues tanto su padre como su madre murieron a manos de las ratas.

Luxa dejó escapar un grito.

—¡Eso no le concierne!

Parecía tan consternada que Gregor estuvo a punto de protestar también. Daba igual lo que le hubiera hecho; ése no era asunto suyo.

—Yo creo que sí le concierne, Luxa, pues tengo motivos para pensar que tal vez el propio Gregor haya perdido también a su padre —prosiguió Vikus.

Ahora le tocaba a Gregor asombrarse.

—¿Y usted cómo lo sabe?

—No tengo certeza, es tan sólo una suposición. Dime, Gregor de las Tierras Altas, ¿reconoces esto? —Vikus se llevó la mano al bolsillo y extrajo un objeto.

Era un aro metálico del que colgaban varias llaves. Pero fueron las tiras de cuero rojo, negro y azul, torpemente trenzadas, lo que dejó a Gregor sin respiración. Las había trenzado él mismo en el taller de artesanía del mismo campamento en el que estaba ahora Lizzie. Se podía elegir entre hacer tres cosas: una pulsera, un señalador para libros o un llavero. Gregor había elegido el llavero.

Su padre nunca iba a ningún sitio sin él.

segunda parte

LA BÚSQUEDA

CAPÍTULO DÉCIMO

Cuando el corazón de Gregor volvió a latir, lo hizo con tal fuerza, que pensó que le iba a estallar el pecho. Su mano se movió sola y sus dedos buscaron asir el llavero.

—¿De dónde ha sacado esto?

—Te dije que ya habían caído aquí otros habitantes de las Tierras Altas. Hará algunos años rescatamos a uno de facciones y porte muy similares a los tuyos. No recuerdo la fecha exacta —dijo Vikus, poniendo el llavero en la mano de Gregor.

«Hace dos años, siete meses y trece días», pensó éste y, en voz alta, dijo:

—Es de mi padre.

Oleadas de felicidad recorrieron su cuerpo mientras acariciaba la trenza de cuero gastado y el aro metálico para enganchar el llavero en la trabilla del pantalón. Su mente se llenó de recuerdos. Su padre, extendiendo las llaves para dar con la que abría la puerta de casa. Su padre, agitando el llavero delante de la carita de Lizzie, sentada en su carriola de bebé. Su padre, de picnic en Central Park, utilizando una de las llaves para abrir un recipiente de ensalada de papa.

—¿Tu padre? —Luxa abrió los ojos como platos, y una extraña expresión cruzó su semblante—. Vikus, no pensarás que es...

—No lo sé, Luxa, pero las señales son poderosas —dijo Vikus—. No he podido pensar en otra cosa desde que llegó.

Luxa se volvió hacia Gregor, con una expresión burlona en los ojos.

Bueno, ¿y ahora qué? ¿Qué mosca le picaba ahora?

—Tu padre, como tú, estaba desesperado por volver a casa —explicó Vikus—. Con gran esfuerzo lo persuadimos para que permaneciera aquí algunas semanas, pero la tensión era demasiada para él y, una noche, como tú también, se escapó. Las ratas lo alcanzaron antes que nosotros.

Gregor se dio de bruces con la realidad, y toda la alegría se esfumó de su cuerpo. Por supuesto, no había más habitantes de las Tierras Altas vivos en Regalia. Vikus se lo había dicho en el estadio. Su padre había tratado de volver a casa, y había encontrado el mismo destino que Gregor. Pero los de las Tierras Bajas no habían estado ahí para salvarlo. Hizo esfuerzos por tragarse el nudo que le apretaba la garganta.

—Entonces está muerto.

—Eso asumimos nosotros. Pero después nos llegaron rumores de que las ratas lo habían mantenido con vida —anunció Vikus—. Nuestros espías nos confirman este hecho regularmente.

—¿Está vivo? —preguntó Gregor, sintiendo que la

esperanza volvía a apoderarse de todo su ser—. Pero, ¿por qué? ¿Por qué no lo mataron?

—No sabemos con certeza el motivo, pero tengo varias hipótesis. Tu padre era un hombre de ciencia, ¿no es así? —preguntó Vikus.

—Sí, es profesor de Ciencias —contestó Gregor. No entendía adónde quería llegar Vikus. ¿Querían las ratas que su padre les diera clases de química?

—En nuestras conversaciones, se hizo evidente que entendía el funcionamiento de la Madre Naturaleza —dijo Vikus—. Del rayo cautivo, del fuego y de los polvos que explotan.

Gregor estaba empezando a captar la onda.

—Mire, si piensa que mi padre está fabricando armas o bombas para las ratas, olvídelo. Él nunca haría una cosa así.

—Resulta difícil imaginar lo que haría cualquiera de nosotros en manos de las ratas —dijo Vikus con dulzura—. Conservar la cordura debe de ser una lucha constante, conservar el honor, una tarea hercúlea. Yo no juzgo a tu padre, sólo trato de explicarme las razones de su larga supervivencia.

—Las ratas luchan bien en las distancias cortas —intervino Luxa—. Pero si las atacamos desde lejos, no tienen más recurso que huir. Lo que desean por encima de todo es hallar la manera de matarnos a distancia.

Luxa tampoco parecía acusar a su padre. Y ya no parecía enfadada con él. Gregor sólo deseaba que dejara de mirarlo tan fijamente.

—Mi esposa, Solovet, tiene una teoría distinta —dijo Vikus, y su semblante se iluminó un poco—. ¡Ella cree que las ratas quieren que tu padre les fabrique un pulgar!

—¿Un pulgar? —preguntó Gregor. Boots blandió su dedo para enseñárselo—. Sí, linda, ya sé lo que es un pulgar —le dijo sonriendo.

—Las ratas no tienen pulgar, y por eso no pueden hacer muchas de las cosas que hacemos nosotros. No pueden construir herramientas o armas. Son los amos de la destrucción, pero la creación se les escapa —explicó Vikus.

—Alégrate de que piensen que tu padre puede serles útil. Es lo único que le está dando tiempo —dijo Luxa apesadumbrada.

—¿Tú también conociste a mi padre? —le preguntó.

—No —contestó ella—. Yo era demasiado pequeña.

—Por aquel entonces Luxa aún jugaba con muñecas —dijo Vikus. Gregor se esforzó por imaginarse a Luxa con una muñeca, pero no lo consiguió.

—Mis padres sí lo conocieron, y hablaban bien de él —añadió Luxa.

Sus padres. Entonces todavía tenía padres. Gregor tenía curiosidad por saber cómo los habrían matado las ratas, pero sabía que nunca se lo preguntaría.

—Luxa dice la verdad. En el presente, las ratas son nuestros peores enemigos. Si te topas con una fuera de las murallas de Regalia, tienes dos opciones: luchar o morir. Tan sólo la esperanza de obtener una gran ventaja mantendría con vida a un humano entre sus garras. Especialmente si proviene de las Tierras Altas —explicó Vikus.

—No entiendo por qué nos odian tanto —protestó Gregor. Pensó en los brillantes ojos de Shed, y en sus últimas palabras: «No pararemos hasta darte caza». Tal vez saben que en las Tierras Altas la gente trataba de exterminar a todas las ratas, ya fuera con trampas o con veneno. Salvo las que se usan en los laboratorios para hacer experimentos.

Vikus y Luxa intercambiaron una mirada.

—Tenemos que decírselo, Luxa. Debe saber a lo que se enfrenta —dijo Vikus.

—¿Piensas de verdad que es él? —preguntó ella.

—¿Quién? ¿Que si soy quién? —dijo Gregor. Esa conversación no le daba muy buena espina.

Vikus se levantó de la mesa.

—Ven —lo invitó, saliendo de la habitación.

Gregor se levantó. Con gran esfuerzo, sus brazos cansados cargaron de nuevo a Boots. Luxa y él llegaron al mismo tiempo al umbral de la puerta.

—Tú, primero —le dijo Gregor.

Ella lo miró de soslayo y siguió a Vikus.

Las paredes estaban flanqueadas de ciudadanos que los miraban pasar en silencio, para después romper a hablar en susurros. No tuvieron que andar mucho antes de que Vikus se detuviera frente a una puerta de madera pulida. Gregor cayó en la cuenta entonces de que era la primera cosa de madera que veía en las Tierras Bajas. ¿No había dicho Vikus que algo era «tan escaso como los árboles»? Los árboles necesitaban mucha luz, ¿entonces cómo podían crecer aquí?

Vikus sacó una llave y abrió la puerta. Tomó una antorcha del pasillo y entró de primero, indicándoles que lo siguieran.

Gregor penetró en una sala que parecía un cubo de piedra vacío. En cada una de las superficies había inscripciones grabadas. No sólo en las paredes, sino también en el suelo y en el techo. No se trataba de los animalitos retozando que había visto en Regalia, sino de palabras. Diminutas palabras que alguien debía de haber tardado siglos en grabar sobre la piedra.

—A, B, C —dijo Boots, que era lo que siempre decía cuando veía letras—. A, B, C, D —añadió luego para dar énfasis.

—Éstas son las profecías de Bartholomew de Sandwich —declaró Vikus—. Una vez que sellamos las puertas de las Tierras Bajas, dedicó el resto de su vida a grabarlas sobre piedra.

«Y tanto como el resto de su vida», pensó Gregor. Al loco de Sandwich le alegraba mucho hacer una cosa así. Arrastrar a una pandilla de gente bajo tierra, y luego encerrarse en una habitación a grabar más disparates en las paredes.

—¿Qué quiere decir con eso de profecías? —preguntó Gregor, aunque sabía muy bien lo que era una profecía. Eran predicciones de lo que iba a ocurrir en el futuro. La mayoría de las religiones tenían las suyas, y a su abuela le encantaba un libro de profecías que había escrito un tal Nostradamus, o algo así. A juzgar por lo que decía el libro, el futuro era bastante deprimente.

—Sandwich era un vidente —explicó Vikus—. Predijo numerosas cosas que ya le han sucedido a nuestro pueblo.

—¿Y otras cuantas que no? —preguntó Gregor, tratando de poner un tono inocente. No es que descartara de plano las profecías, pero era bastante escéptico respecto a todo lo que pudiera venir de Sandwich. Además, aunque alguien te dijera algo que iba a pasar en el futuro, ¿qué podías hacer al respecto?

—Algunas todavía no las hemos descifrado —reconoció Vikus.

—Predijo la muerte de mis padres —dijo Luxa con tristeza, acariciando una parte de la pared—. En eso no había ningún misterio.

Vikus la abrazó, mirando la pared.

—No —convino—. Eso era tan claro como el agua.

Gregor se sintió fatal por décima vez aquella noche, por lo menos. De ahora en adelante, fuera cual fuera su opinión, trataría de hablar con respeto de las profecías.

—Pero hay una que nos causa una gran preocupación. Se llama la Profecía del Gris, porque no sabemos si predice el bien o el mal —explicó Vikus—. Lo que sí sabemos es que era para Sandwich la más sagrada y desesperante de sus visiones, pues nunca podía ver el desenlace, aunque le rondara la cabeza una y otra vez.

Vikus señaló con un gesto una pequeña lámpara de aceite que iluminaba un panel de la pared. Era la única fuente de luz de la habitación, aparte de la antorcha. Al parecer, mantenían viva la llama constantemente.

—¿Quieres leer? —preguntó Vikus, y Gregor se acercó a la pared.

La profecía estaba escrita a modo de poema, en cuatro estrofas. La letra era un poco extraña, pero consiguió entenderla.

—A, B, C —dijo Boots, tocando las letras. Gregor empezó a leer.

Cuidado, Tierras Bajas, se acerca nuestro final.
Los cazadores cazados serán,
el agua blanca de rojo se teñirá.
Los roedores atacarán y a todos aniquilar querrán.
Los desesperados sólo en una búsqueda
la esperanza hallar podrán.

Un guerrero de las Tierras Altas, un hijo del sol,
podría devolvernos la luz, o tal vez no.
Congregad a vuestros vecinos
y responded a su llamada
o las ratas de nosotros no dejarán nada.

Dos de arriba, dos de abajo de real ascendencia,
dos voladores, dos reptantes,
dos tejedores dan su aquiescencia.
Un roedor al lado y uno perdido antes.
Tras contar a los muertos
ocho vivos serán los restantes.

El último en morir su bando elegirá.
El destino de los ocho en su mano estará.
Rogadle, pues, prudencia cuando con cautela salte,
pues la vida puede ser muerte
y la muerte, vida, en un instante.

Cuando Gregor terminó de leer no sabía qué decir.

—¿Qué significa? —preguntó.

Vikus hizo un gesto negativo con la cabeza.

—Nadie lo sabe con certeza. Habla de unos tiempos oscuros en los que el futuro de nuestro pueblo habrá de decidirse. Es un llamamiento a emprender una búsqueda, no sólo nosotros, los humanos, sino también numerosas criaturas. Ésta nos llevará a la salvación, o a la aniquilación. La búsqueda la dirigirá un habitante de las Tierras Altas.

—Sí, ya eso lo entendí. Un guerrero —dijo Gregor.

—Habías preguntado por qué las ratas sienten un odio tan profundo por los de las Tierras Altas. Es porque saben que uno de ellos será el guerrero de la profecía —explicó Vikus.

—Ah, ya lo entiendo —dijo Gregor—. Bueno, ¿y cuándo va a venir ese guerrero?

Vikus miró fijamente a Gregor.

—Creo que ya está aquí.

CAPÍTULO UNDÉCIMO

Gregor despertó de un sueño agitado. Imágenes de ríos teñidos de sangre, su padre rodeado de ratas y Boots cayendo en abismos sin fondo habían poblado sus sueños durante toda la noche.

Ah, y también estaba aquello del guerrero.

Había tratado de decírselo. Cuando Vikus había dado a entender que él era el guerrero de la Profecía del Gris, Gregor se había echado a reír. Pero el anciano no hablaba en broma.

—Se ha equivocado usted de persona —le había dicho Gregor—. De verdad, se lo juro, yo no soy un guerrero.

¿De qué servía fingir que sí y que se hicieran ilusiones? Guerreros samurai, apaches, africanos, medievales. Gregor había visto películas y había leído libros sobre todos ellos. Él no se parecía en nada a un guerrero. Para empezar, los guerreros eran adultos, y solían tener un montón de armas especiales. Gregor tenía once años y, a menos que una hermana de dos años contara como arma, había llegado con las manos vacías.

Además, a Gregor no le gustaba pelear. Devolvía el golpe si alguien lo atacaba en la escuela, pero eso no ocurría a menudo. No es que fuera muy fuerte, pero era rápido, y a la gente no le gustaba meterse con él. Alguna que otra vez se había interpuesto en una pelea si veía que un grupo de muchachos estaba abusando de uno más pequeño; eso no le gustaba nada. Pero nunca andaba buscando pelea, ¿y no era pelearse lo que hacían normalmente los guerreros?

Vikus y Luxa habían escuchado sus protestas. Le pareció que podría haber convencido a Luxa —de todas maneras, ella no lo tenía en gran estima—, pero Vikus era más insistente.

—¿Cuántos habitantes de las Tierras Altas supones que sobreviven a su caída a las Tierras Bajas? Yo diría que una décima parte. Y después de eso, ¿cuántos sobreviven a las ratas? Tal vez otra décima parte. De modo que de mil habitantes de las Tierras Altas, digamos que tan sólo diez sobreviven. Es muy extraño que no sólo tu padre, sino también tú y tu hermana llegaran con vida ante nosotros —dijo Vikus.

—Bueno, supongo que es bastante extraño —admitió Gregor—. Pero no entiendo por qué eso me convierte en el guerrero éste.

—Lo entenderás cuando comprendas mejor la profecía —contestó Vikus—. Cada persona tiene su propio destino. Estas paredes hablan del nuestro. Y el tuyo, Gregor, requiere que desempeñes un papel en él.

—Yo no sé nada de destinos —objetó Gregor—. Vamos a ver, mi padre, Boots y yo... todos tenemos la misma lavandería y aterrizamos cerca de donde viven ustedes, así que a mí me parece que es más una coincidencia que otra cosa. A mí me gustaría ayudarlos, pero me parece que van a tener que esperar un poco más a su guerrero.

Vikus se limitó a sonreír y dijo que por la mañana someterían la cuestión a la opinión del Consejo. Esa mañana. Ahora.

Pese a todas sus preocupaciones, que eran muchas, Gregor no podía evitar una sensación de felicidad embriagadora que lo invadía de vez en cuando. ¡Su padre estaba vivo! Casi al instante, lo asaltaba una oleada de angustia. Sí, estaba vivo, ¡pero era prisionero de las ratas! Sin embargo, su abuela siempre decía: «Donde hay vida, hay esperanza».

Seguro que su abuela se pondría contenta si supiera que hablaban de él en una profecía. Pero claro, no era de él de quien se hablaba. Era de un guerrero que Gregor deseaba que apareciese muy pronto para ayudarlo a liberar a su padre.

Ése era ahora su principal objetivo. ¿Cómo podría rescatar a su padre?

La cortina se descorrió, y la luz obligó a Gregor a entrecerrar los ojos. De pie, en el umbral, estaba Mareth. La hinchazón de su rostro había bajado, pero los moratones tardarían más en desaparecer.

Gregor se preguntó si el guardia seguiría enfadado con él, pero su voz le pareció serena.

—Gregor de las Tierras Altas, el Consejo reclama tu presencia —anunció—. Si te apresuras, tal vez puedas bañarte y comer algo antes.

—Está bien —contestó Gregor. Al incorporar-se, se dio cuenta de que Boots había apoyado la cabeza en su brazo. Se levantó sin despertarla—. ¿Y qué hago con Boots?

—Puede seguir durmiendo —dijo Mareth—. Dulcet cuidará de ella.

Gregor se bañó rápidamente y se puso ropa limpia. Mareth lo condujo a una pequeña habitación donde habían dispuesto un desayuno, y se quedó haciendo guardia en la puerta.

—Eh, Mareth —dijo Gregor, atrayendo la atención del guardia—. ¿Cómo están los demás? Me refiero a Perdita y a los murciélagos. ¿Están bien?

—Perdita ha despertado por fin. Los murciélagos se curarán —dijo Mareth con tono neutro.

—¡Eso es fantástico! —exclamó Gregor, muy aliviado. Después de la situación de su padre, lo que más lo preocupaba en esos momentos era el bienestar de los habitantes de las Tierras Bajas.

Gregor se comió ávidamente el pan con mantequilla y la tortilla de champiñones. Se bebió una infusión caliente hecha a base de alguna clase de hierba, y le pareció que la energía empezaba a correr por sus venas.

—¿Estás preparado para comparecer ante el Consejo? —preguntó Mareth, al ver su plato vacío.

—¡Listo! —exclamó Gregor, levantándose de un salto. No se había sentido mejor desde su caída a las Tierras Bajas. Las noticias sobre su padre, la recuperación de sus salvadores, el descanso y la comida lo habían hecho revivir.

El Consejo, un grupo de unos doce ancianos de las Tierras Bajas, se había reunido en torno a una mesa redonda junto al Gran Salón. Gregor vio a Vikus y a Solovet, y ésta le sonrió para darle ánimos.

Luxa también estaba ahí, con una expresión cansada y desafiante a la vez. Gregor se imaginaba que la habrían regañado por haberse unido al equipo de rescate la noche anterior. Estaba seguro de que Luxa no había mostrado ni el más mínimo arrepentimiento.

Vikus le presentó a los miembros del Consejo. Todos tenían nombres extraños que Gregor olvidó inmediatamente. Entonces empezaron a hacerle preguntas de todo tipo, como cuándo había nacido, si sabía nadar y lo que solía hacer en las Tierras Altas. Gregor no acertaba a comprender por qué eran importantes esas cosas. ¿Era de verdad relevante que su color preferido fuera el verde? Pero un par de miembros del Consejo estaba tomando apuntes de todo lo que decía, como si su vida dependiera de ello.

Transcurrido un tiempo, los miembros del Consejo parecieron olvidarse de su presencia, y se pusieron a deliberar entre ellos. Gregor captó frases como «un hijo del sol» y «el agua blanca de rojo se teñirá» y comprendió que estaban hablando de la profecía.

—Discúlpenme —intervino por fin—. Me figuro que Vikus no se los habrá dicho, pero yo no soy el guerrero. Miren, yo lo que de verdad necesito es que me ayuden a encontrar a mi padre para llevarlo de vuelta a casa.

Todos se quedaron mirándolo un momento, y luego se pusieron a hablar a la vez, muy animados. Ahora

Gregor oía una y otra vez las palabras «responded a su llamada».

Al cabo de un tiempo, Vikus dio unas palmaditas sobre la mesa para llamarlos al orden.

—Miembros del Consejo, hemos de tomar una decisión. He aquí a Gregor de las Tierras Altas. ¿Quién lo considera el guerrero de la Profecía del Gris?

Diez de los doce miembros alzaron la mano. Luxa mantuvo las suyas sobre la mesa. O no pensaba que fuera el guerrero, o no le estaba permitido votar. Ambas cosas, probablemente.

—Creemos que eres el guerrero —dijo Vikus—. Si pides nuestra ayuda para recuperar a tu padre, entonces nosotros responderemos a tu llamada.

¡Iban a ayudarlo! ¿Qué importaba el motivo?

—¡Está bien, genial! —exclamó Gregor—. ¡Me da igual lo que haya que hacer! O sea, quiero decir que pueden creer lo que quieran. Por mí no hay problema.

—Hemos de emprender el viaje cuanto antes —apremió Vikus.

—¡Estoy preparado! —declaró Gregor con entusiasmo—. Déjenme que recoja a Boots y podemos irnos.

—Ah, sí, la bebé —dijo Solovet. Esto originó otra ronda de deliberaciones.

—¡Esperen! —gritó Vikus—. Esto nos cuesta mucho tiempo. Gregor, no sabemos si la profecía incluye a tu hermana.

—¿Qué? —preguntó Gregor. No recordaba bien la profecía. Tenía que preguntarle a Vikus si podía entrar en la habitación para volverla a leer.

—La profecía menciona doce seres. Sólo dos provienen de las Tierras Altas. Tú y tu padre completan el cupo —explicó Solovet.

—La profecía también habla de uno perdido. Ése podría ser tu padre, en cuyo caso Boots sería el segundo habitante de las Tierras Altas. Pero también podría ser una rata —dijo Vikus—. El viaje será difícil. La profecía advierte que cuatro de los doce perderán la vida. Tal vez lo más prudente sea dejar a Boots aquí.

Un murmullo general de aprobación puntuó sus palabras.

A Gregor empezó a darle vueltas la cabeza.

¿Dejar a Boots? ¿Dejarla aquí, en Regalia, con los de las Tierras Bajas? ¡No podía hacerlo! No porque pensara que la fueran a tratar mal. Pero, se sentiría tan sola. ¿Y qué pasaría si él y su padre no regresaban? Entonces, ella nunca podría volver a casa. Con todo, sabía lo malvadas que eran las ratas. Y que no pararían hasta darle caza.

No sabía qué hacer. Miró los semblantes resueltos y pensó que los miembros del Consejo ya habían decidido separarlos.

«¡No se separen!». ¿No era eso lo que siempre le decía su madre cuando se llevaba a sus hermanas de paseo? «¡No se separen!».

Entonces se dio cuenta de que Luxa eludía su mirada. Había entrelazado los dedos sobre la mesa y los miraba fijamente, con una expresión tensa.

—¿Qué harías tú si se tratara de tu hermana, Luxa? —preguntó. Un silencio absoluto cayó sobre la habitación.

Era obvio que el Consejo no quería escuchar su opinión.

—Yo no tengo hermanas —dijo Luxa.

Gregor se quedó muy decepcionado. Algunos miembros del Consejo emitieron un murmullo de aprobación. Luxa barrió la habitación con unos ojos que echaban chispas y frunció el ceño.

—Pero si tuviera, y me hallara ahora en tu lugar —dijo con vehemencia— ¡nunca me separaría de ella ni un instante!

—Gracias —le dijo Gregor, pero no le pareció que ella pudiera oírlo en medio del griterío de protesta que se elevó entre los miembros del Consejo. Entonces, dijo, levantando la voz—: ¡Si Boots no va, yo tampoco!

El alboroto era grande cuando un murciélago entró por la puerta y se estrelló sobre la mesa, haciéndolos callar a todos. Una mujer fantasmagórica se desplomó sobre el lomo del murciélago, llevándose las manos al pecho para contener la sangre que manaba de él. El animal replegó una de las alas, pero la otra quedó extendida formando un ángulo extraño, claramente rota.

—Anchel ha muerto. Daphne ha muerto. Las ratas encontraron a Shed y a Fangor. El rey Gorger ha lanzado a sus ejércitos. Vienen por nosotros —dijo la mujer con un hilo de voz.

Vikus la recogió en sus brazos justo cuando iba a derrumbarse.

—¿Cuántas son, Keeda? —le preguntó.

—Muchas —susurró esta—. Muchas ratas. —Y dicho esto, se desmayó.

CAPÍTULO DUODÉCIMO

Den la alarma! —gritó Vikus, y el palacio estalló en una frenética actividad. Sonaban cuernos por doquier, la gente entraba y salía corriendo, los murciélagos bajaban para recibir órdenes y volvían a levantar el vuelo sin tiempo para aterrizar.

Nadie se fijaba en Gregor, todos estaban muy ocupados en sus quehaceres de emergencia. Gregor quería preguntarle a Vikus qué estaba pasando, pero el hombre estaba en el Gran Salón, rodeado de murciélagos, dando órdenes a diestra y siniestra.

Gregor salió a la terraza y vio a Regalia convertida en un hervidero de actividad. Muchas ratas estaban en camino. Los habitantes de las Tierras Bajas se aprestaban para defenderse. De repente, cayó en la cuenta de que estaban en guerra.

Esa aterradora idea (y el vértigo de la altura) lo marearon. Cuando volvía tambaleándose al interior de la habitación, una mano lo agarró del brazo con fuerza.

—Gregor de las Tierras Altas, prepárate, partimos enseguida —dijo Vikus.

—¿Adónde? ¿Adónde vamos? —preguntó Gregor.

—A rescatar a tu padre —contestó Vikus.

—¿Ahora? ¿Podemos ir, aunque nos ataquen las ratas? —dijo Gregor—. Porque está empezando una guerra, ¿no es así?

—No es una guerra cualquiera. Creemos que es la guerra a la que se refiere la Profecía del Gris. La que puede traer consigo la aniquilación total de nuestro pueblo —explicó Vikus—. Emprender la búsqueda de tu padre es nuestra mayor esperanza de sobrevivir a esta guerra —prosiguió Vikus.

—¿Puedo llevarme a Boots, verdad? —preguntó Gregor—. Lo que quiero decir es que me la voy a llevar —se corrigió a sí mismo.

—Sí, Boots te acompañará —confirmó Vikus.

—¿Qué tengo que hacer? Usted dijo que debía prepararme —preguntó Gregor.

Vikus reflexionó un segundo y luego hizo llamar a Mareth.

—Llévalo al museo, y que escoja lo que piense que puede ayudarlo en el viaje. ¡Ah, he aquí la Delegación de Troya! —anunció Vikus. Una vez más, volvió a rodearlo un tropel de murciélagos.

Gregor corrió detrás de Mareth, que se había precipitado hacia la puerta. Tres escaleras y varios pasillos más adelante, llegaron a una espaciosa habitación cubierta de estantes abarrotados de objetos.

—Esto es cuanto ha caído de las Tierras Altas. Recuerda que tienes que llevar tú mismo todo aquello que elijas —explicó Mareth, entregándole una bolsa de cuero que se cerraba tirando de un cordón.

En los estantes había desde pelotas de béisbol hasta neumáticos. A Gregor le hubiese gustado disponer de más tiempo para inspeccionar los estantes cuidadosamente; algunos de los objetos debían de tener más de cien años. Pero el tiempo era un lujo que no tenía. Trató de concentrarse.

¿Qué podía llevarse que lo ayudara en su viaje? ¿Qué era lo que más necesitaba en las Tierras Bajas? ¡Luz!

Encontró una linterna que funcionaba y fue sacando pilas de todos los aparatos eléctricos que había en el museo.

Otro objeto llamó su atención. Era un casco como los que suelen llevar los mineros y los obreros de la construcción. Tenía una bombilla incorporada, para que pudieran ver en los oscuros túneles que se extendían por debajo de Nueva York. Cogió el casco y se lo caló en la cabeza.

—¡Tenemos que irnos! —ordenó Mareth—. ¡Tenemos que recoger a tu hermana y levantar el vuelo!

Gregor dio media vuelta para seguirlo y entonces la vio. ¡Una gaseosa! Una lata de gaseosa de las de toda la vida, sin abrir, y apenas un poquito abollada. Parecía casi nueva. Sabía que era un capricho, que sólo debía llevarse lo esencial, pero se le antojaba mucho. Era su refresco preferido, y además le recordaba su casa. Metió la lata en la bolsa.

La guardería estaba cerca del museo. Gregor entró corriendo y descubrió a Boots sentada muy contenta con otros tres niños de las Tierras Bajas, jugando a la cocinita. Durante un segundo, estuvo a punto de cambiar de idea y dejarla ahí. ¿No estaría más segura en el palacio? Pero entonces recordó que el lugar pronto estaría bajo el asedio de las ratas. Gregor sabía que no podía dejarla sola frente a un peligro así. Pasara lo que pasara, no se separarían.

Dulcet lo ayudó rápidamente a ponerse una mochila a la espalda y a meter en ella a Boots. Luego, Dulcet ató un paquetito a la base de la mochila.

—Paños empapadores —dijo—. Unos juguetes y algo rico de comer.

—Gracias —dijo Gregor muy contento de que alguien hubiera pensado en los aspectos prácticos de tener que viajar con un bebé.

—Que tengas buen viaje, dulce Boots —dijo Dulcet, besando la mejilla de la niña.

—Adiós, *Du-ce* —contestó Boots—. ¡Hasta *ponto*!

Así era como siempre se despedían unos de otros en casa de Gregor. No te preocupes. Volveré. Hasta pronto.

—Sí, hasta pronto —dijo Dulcet, pero sus ojos se llenaron de lágrimas.

—Cuídate, Dulcet —le dijo Gregor, dándole un torpe apretón de manos.

—Vuela alto, Gregor de las Tierras Altas —contestó ella.

En el Gran Salón, la expedición se preparaba para la partida. Algunos murciélagos habían aterrizado, y los estaban cargando con provisiones y materiales.

Gregor vio a Henry dándole un abrazo de despedida a una adolescente extremadamente delgada. Ésta lloraba incontroladamente, pese a los esfuerzos de Henry por consolarla.

—Las pesadillas, hermano —dijo la chica entre sollozos—, son cada vez peores. Un terrible mal te aguarda.

—No te aflijas, Nerissa, no tengo intención de morir —dijo Henry para tranquilizarla.

—Hay males peores que la muerte —contestó ella—. Vuela alto, Henry. Vuela alto. —Se abrazaron, y Henry subió a lomos de su murciélago negro.

Gregor miraba nervioso a la chica mientras ésta se acercaba a él. Nunca sabía qué decir cuando alguien lloraba. Pero ya se había serenado cuando llegó a su altura. Ella le entregó un pequeño rollo de papel.

—Para ti —le dijo—. Vuela alto. —Y, antes de que Gregor tuviera tiempo de contestar, la chica ya se había alejado, apoyándose en la pared para no caerse.

Gregor desenrolló el papel, que no era tal, sino algún tipo de piel curtida de animal, y vio que en ella alguien había copiado cuidadosamente la Profecía del Gris. «Qué extraño», pensó Gregor. Justamente quería volver a leerla para tratar de comprenderla un poco mejor. Había pensado en pedirle permiso a Vikus, pero luego con las prisas se le había olvidado.

—¿Cómo sabía ella que yo quería la profecía? —le murmuró a Boots.

—Nerissa sabe muchas cosas. Tiene el don —dijo un muchacho junto a él, montado a lomos de un murciélago dorado. Cuando Gregor lo volvió a mirar, descubrió que se trataba de Luxa, pero ahora llevaba el cabello muy corto.

—¿Y tu pelo? —preguntó Gregor, metiéndose la profecía en el bolsillo.

—Los rizos largos son peligrosos para luchar —dijo Luxa despreocupadamente.

—Ah, qué pena, bueno, quiero decir que... también te queda bien corto —se apresuró a añadir Gregor.

Luxa soltó una carcajada.

—Gregor de las Tierras Altas, ¿acaso piensas que en tiempos como éstos mi belleza tiene relevancia alguna?

Gregor sintió que le ardía todo el cuerpo de pura vergüenza.

—No era eso lo que quería decir.

Luxa miró a Henry sacudiendo la cabeza de lado a lado, y éste le contestó con una amplia sonrisa.

—El de las Tierras Altas dice la verdad, prima, pareces una oveja esquilada.

—Tanto mejor —replicó Luxa—, pues, ¿quién atacaría a una oveja?

—*Beee* —dijo Boots—. *Beeeee*. —A Henry le entró tanta risa que estuvo a punto de caerse del murciélago—. Las ovejas hacen *beee* —dijo Boots a la defensiva, lo cual le dio más risa todavía.

Poco faltó para que Gregor se riera también. Durante un momento, se había sentido como entre amigos. Pero la verdad era que estas personas estaban muy lejos de ser sus amigos. Para disimular ese momento de debilidad, se concentró en dar con una manera cómoda de llevar la bolsa de cuero, de forma que le dejara las dos manos libres. Al final, optó por atarla a una de las correas de la mochila.

Cuando levantó la vista, descubrió que Luxa lo estaba mirando con curiosidad.

—¿Qué llevas en la cabeza? —le preguntó.

—Es un casco con luz —explicó Gregor. Apagó y encendió la bombilla para que lo viera. Gregor se dio cuenta de que Luxa se moría por probarse el casco, pero no quería pedírselo. Rápidamente, Gregor sopesó en su cabeza las opciones que tenía. No eran amigos... pero era mejor llevarse bien con ella, a ser posible. La necesitaba para recuperar a su padre. Gregor le tendió el casco—. Toma, échale un vistazo.

Luxa trató de aparentar indiferencia, pero sus manos, ávidas por encender y apagar la bombilla, la traicionaban.

—¿Cómo haces para conservar la luz encendida sin aire? ¿No te quema la cabeza? —preguntó.

—Funciona con pilas. Es electricidad. Y hay una capa de plástico entre la bombilla y tu cabeza. Puedes probártelo si quieres —le ofreció.

Sin dudarlo un momento, Luxa se puso el casco en la cabeza.

—Vikus me ha hablado de la electricidad —dijo. Paseó el haz de luz por la habitación antes de devolverle el casco de mala gana—. Toma, no debes malgastar el combustible.

—Vas a imponer una nueva moda —dijo Henry alegremente. Cogió una de las pequeñas antorchas que había en la pared y se la colocó encima de la cabeza. Las llamas parecían salir directamente de su frente—. ¿Qué me dices, Luxa? —preguntó, mostrándole su perfil con una arrogancia exagerada.

—¡Tu cabello está en llamas! —exclamó de pronto Luxa, señalándolo con el dedo. Henry soltó la antorcha, dándose palmetazos en el pelo, mientras Luxa se destornillaba de risa.

Al comprender que se trataba de una broma, Henry la cogió por el cuello y se puso a darle coscorrones, mientras ella seguía riéndose sin parar. Por un momento Gregor pensó que parecían un par de chicos normales de las Tierras Altas. Unos hermanos, como Gregor y Lizzie, que jugaban a echar luchitas.

Vikus entró en la habitación.

—Están de muy buen humor, considerando que estamos en guerra —dijo frunciendo el ceño mientras montaba a lomos de su murciélago.

—No es más que exceso de brío, Vikus —dijo Henry, soltando a Luxa.

—Conserven su brío, lo necesitarán allí donde vamos. Monta conmigo, Gregor —dijo Vikus, extendiendo la mano. De un salto Gregor se colocó detrás de él, a lomos de su gran murciélago gris.

Boots le dio paladitas al murciélago en los costados muy animada.

—Yo *tamén* monto. Yo *tamén* —gorjeó.

—¡A sus monturas! —dijo Vikus, y Luxa y Henry saltaron a lomos de sus murciélagos. Gregor vio a lo lejos a Solovet y a Mareth, preparándose también para partir. Mareth montaba un murciélago que Gregor nunca había visto antes. Probablemente el otro animal aún estaría recuperándose.

—¡Al aire! —ordenó Solovet, y los cinco murciélagos levantaron el vuelo formando una "v" en el aire.

Mientras se elevaban, Gregor se sentía a punto de estallar de emoción y felicidad. ¡Iban en busca de su padre! Lo rescatarían y regresarían a casa, y su madre volvería a sonreír otra vez, a sonreír de verdad, y vivirían las vacaciones como ocasiones de celebración y no de angustia, y habría música y... y estaba anticipando demasiado. Estaba incumpliendo su norma totalmente, así que dentro de un minuto dejaría de hacerlo, pero mientras tanto, Gregor estaba decidido a seguir imaginando todo cuanto se le antojara.

Mientras volaban por encima de la ciudad de Regalia, la actividad frenética que veía a sus pies le recordó a Gregor la gravedad de su misión. Estaban fortificando las puertas del estadio con enormes losas de piedra. Carromatos de comida obstruían las carreteras. Por todas partes se veían adultos corriendo, con niños en brazos. En todos los barrios se encendían antorchas adicionales, con lo que la ciudad casi parecía bañada por la luz del sol.

—Si los van a atacar, ¿no sería mejor que hubiera más oscuridad? —preguntó Gregor.

—Nosotros no, pero las ratas sí lo preferirían. Necesitamos ver para luchar; ellas, no —contestó Vikus—. La mayoría de las criaturas de las Tierras Bajas, los reptantes, los murciélagos, los peces, no necesitan luz. Nosotros, los humanos, estamos perdidos sin ella.

Gregor almacenó esa información en un rinconcito de su cerebro. Había sido una gran idea llevarse la linterna del museo, después de todo.

Rápidamente, las calles de la ciudad dejaron paso a tierras de cultivo, y Gregor pudo ver así, por vez primera, de qué se alimentaban los de las Tierras Bajas. Una especie de cereal crecía en grandes campos, gracias a hileras e hileras de lámparas blancas colgantes.

—¿Con qué funcionan esas lámparas? —preguntó.

—Con gas que extraemos de la tierra. Tu padre quedó muy impresionado por nuestros campos. Propuso un proyecto para iluminar también nuestra ciudad pero, por el momento, toda la luz ha de reservarse para la agricultura —dijo Vikus.

—¿Ese sistema se lo enseñó alguien de las Tierras Altas? —le preguntó Gregor.

—Gregor, no dejamos el cerebro en las Tierras Altas cuando bajamos aquí. Entre nosotros también hay inventores, y la luz es nuestro bien más preciado. ¿Acaso piensas que a nosotros, pobrecitos, no se nos podía ocurrir alguna manera de aprovecharla? —le dijo Vikus sin un asomo de descortesía.

Gregor se sintió avergonzado. Había pensado que los de las Tierras Bajas estaban un poco atrasados. Todavía utilizaban espadas y vestían de una forma muy rara. Pero no eran tontos. Su padre decía que hasta entre los hombres de las cavernas había genios. Al fin y al cabo, uno de ellos había inventando la rueda.

Solovet volaba en paralelo a ellos, pero estaba enfrascada en una conversación con un par de murciélagos que se habían unido al grupo. Desenrolló un gran mapa sobre el lomo de su murciélago y se puso a escrutarlo.

—¿Está tratando de encontrar dónde está mi padre? —le preguntó Gregor a Vikus.

—Está trazando un plan de ataque —contestó—. Mi esposa dirige a nuestros guerreros. No nos acompaña para encauzar la búsqueda, sino para calibrar el grado de apoyo que podemos esperar de nuestros aliados.

—¿En serio? Pensé que era usted el que estaba al mando. Bueno, usted y Luxa —añadió, porque en realidad no tenía ni idea de cómo estaba organizado todo. Luxa parecía tener derecho a dar órdenes a la gente; sin embargo Gregor tenía la impresión de que había cosas que no le estaba permitido hacer.

—Luxa subirá al trono cuando cumpla dieciséis años. Hasta entonces, Regalia está gobernada por el Consejo. Yo no soy sino un humilde diplomático que dedica su tiempo libre a tratar de enseñar prudencia a la juventud de sangre real. Tú mismo ves el éxito de mi empresa —comentó Vikus irónicamente. Miró a Luxa y a Henry, que surcaban el cielo a gran velocidad, tratando de derribarse el uno al otro—. No te dejes engañar por la delicadeza de Solovet. En la planificación de la batalla, es más astuta y artera que una rata.

—Caray —exclamó Gregor. La delicadeza de Solovet sí que le había llevado a engaño.

Gregor cambió de postura sobre su montura y notó que algo le molestaba en la pierna. Se sacó del bolsillo la copia de la profecía que le había dado Nerissa y la desenrolló. Tal vez, ése era un buen momento para hacerle a Vikus unas cuantas preguntas.

—Bueno, ¿y cree usted que podría explicarme esto de la Profecía Gris?

—La Profecía del Gris —lo corrigió Vikus—. ¿Qué parte de ella te deja perplejo?

«Toda ella entera», pensó Gregor, pero dijo:

—Tal vez podríamos repasarla verso a verso.

Entonces, estudió el poema.

Cuidado, Tierras Bajas, se acerca nuestro final.

Bueno, eso estaba bastante claro. Era una advertencia.

Los cazadores cazados serán,
el agua blanca de rojo se teñirá.

Gregor pidió a Vikus que le descifrara el segundo verso de la profesía.

—Tradicionalmente, los cazadores de las Tierras Bajas son las ratas, pues mucho les complacería darnos caza y matarnos a todos. Anoche, les dimos caza nosotros a ellas para salvarte a ti y a tu hermana. De modo que los cazadores cazados fueron. El agua blanca de rojo se tiñó cuando arrojamos sus cuerpos al río.

—Ah —dijo Gregor. Había algo que le causaba una cierta desazón, pero no sabía exactamente qué.

Los roedores atacarán y a todos aniquilar querrán.

—¿Los roedores son las ratas? —preguntó Gregor.

—Exactamente —contestó Vikus.

*Los desesperados sólo en una búsqueda
la esperanza hallar podrán.*

Esta búsqueda para encontrar a su padre. Recapitulando, él se había escapado, los de las Tierras Bajas lo habían salvado, y ahora estaban en guerra y habían emprendido la búsqueda. Gregor supo de pronto qué era lo que lo inquietaba.

—Entonces... ¡todo esto es mi culpa! —exclamó—. ¡Nada de esto habría ocurrido si yo no hubiera intentado escapar! —Pensó en el ejército de ratas que se aproximaba. ¿Qué había hecho?

—No, Gregor, aparta ese pensamiento de tu mente —dijo Vikus con firmeza—. No eres sino un personaje más dentro de una larga y difícil historia. La Profecía del Gris te ha atrapado, como nos atrapó a todos nosotros hace mucho tiempo.

Gregor guardó silencio. Esas palabras no le ayudaban a sentirse mejor.

—Sigue leyendo —lo apremió Vikus, y Gregor acercó la cabeza lo más posible a la página. Las luces de Regalia se habían alejado en la distancia, y tuvo que hacer un esfuerzo para poder distinguir las letras a la tenue luz de la antorcha.

*Un guerrero de las Tierras Altas, un hijo del sol,
podría devolvernos la luz, o tal vez no.*

Congregad a vuestros vecinos
y responded a su llamada
o las ratas de nosotros no dejarán nada.

—Así que, según usted, esta parte habla de mí —dijo Gregor lúgubremente.

—Sí, tú eres el «guerrero de las Tierras Altas» por motivos del todo obvios —dijo Vikus, aunque a Gregor esos motivos no le parecían tan obvios—. Como habitante de las Tierras Altas, eres un «hijo del sol», pero también eres el hijo que busca a su padre. Ésta es la clase de juego de palabras jocoso que tanto gustaba a Sandwich.

—Sí, era un tipo muy divertido —dijo Gregor con desánimo. Sí, jajá, divertidísimo.

—Los versos que siguen son muy grises —prosiguió Vikus—. Sandwich nunca acertó a ver claramente si conseguías traer la luz, o si fracasabas en tu empeño. Pero insistió categóricamente en que habíamos de probar suerte, o moriríamos a manos de las ratas.

—Pues no es muy prometedor, ¿no? —dijo. Pero, por primera vez, Gregor no se sentía tan alejado de Sandwich. La posibilidad de que el guerrero pudiera fracasar hacía la profecía más plausible.

—¿Qué luz se supone que tengo que traer? —preguntó—. ¿Es que hay una antorcha sagrada, o algo así?

—Eso es una metáfora. Cuando dice «luz», Sandwich se refiere a «vida». Si las ratas logran extinguir nuestra luz, entonces también extinguen nuestra vida —explicó Vikus.

¿Una metáfora? Gregor había pensado que una antorcha de verdad sería más fácil de traer. Pero, ¿cómo podía traer algo que era una metáfora que ni siquiera entendía bien?

—Eso puede resultar difícil —comentó, antes de proseguir con su lectura.

Dos de arriba, dos de abajo de real ascendencia,
dos voladores, dos reptantes,
dos tejedores dan su aquiescencia.

—¿Quiénes son todos estos que van de dos en dos? —quiso saber Gregor.

—Estos versos nos dicen a quién debemos persuadir de que nos acompañe en la búsqueda. Lo hemos entendido como que los «dos de arriba» son tú y tu hermana. Los «dos de abajo de real ascendencia» son Luxa y Henry. La hermana de Henry, Nerissa, como puedes imaginar, no era una opción válida. Los voladores son murciélagos; los reptantes, cucarachas; y los tejedores, arañas. Ahora vamos a convocar a nuestros vecinos en el orden que dicta la profecía. Primero, los murciélagos.

El número de murciélagos había ido aumentando conforme avanzaba el viaje. Henry llevó al grupo hasta una amplia cueva. Gregor se llevó un pequeño susto al descubrir que el techo estaba cubierto de bultos, que no eran sino cientos y cientos de murciélagos que colgaban cabeza abajo.

—¿Pero es que no tenemos ya murciélagos? —preguntó Gregor.

—Necesitamos permiso oficial para que nos acompañen en la búsqueda —dijo Vikus—. Además, hay aspectos de la guerra que se han de discutir.

En el centro de la cueva se erguía un alto cilindro de piedra. Sus lados eran tan lisos como los muros del palacio. Sobre su cima redonda y plana aguardaba un grupo de murciélagos.

Vikus se volvió hacia Gregor y le susurró:

—Nosotros los humanos sabemos que tú eres el guerrero, pero tal vez otras criaturas tengan sus dudas. Pienses lo que pienses, es esencial que nuestros vecinos crean que eres el guerrero.

Gregor estaba tratando de encontrar sentido en las palabras de Vikus cuando aterrizaron junto a los murciélagos en la cima de la enorme columna de piedra. Todos los humanos bajaron de sus monturas. Ambos grupos intercambiaron profundas reverencias y saludos.

Había un murciélago de pelaje blanco plateado, especialmente imponente, que era a todas luces el jefe.

—Reina Athena —dijo Vikus—, te presento a Gregor de las Tierras Altas.

—¿Eres tú el guerrero, eres tú el que llama? —preguntó el murciélago en un suave susurro.

—Bueno, el caso es que... —Gregor vio que Vikus fruncía el ceño y calló inmediatamente. Había estado a punto de soltar su rollo de que él no era el guerrero, pero de haberlo hecho, ¿qué habría ocurrido? Vikus le había dicho que los demás creían que él era el guerrero. Había estallado una guerra. Lo más seguro era que los murciélagos no quisieran mandar a los suyos a una aventura sin sentido. Si ahora negaba ser él el guerrero, la búsqueda se cancelaría y ya no habría forma de salvar la vida de su padre. Eso hizo que Gregor se decidiera.

Se irguió y trató de dominar el temblor que se colaba en su voz.

—Yo soy el guerrero. Yo soy el que llama.

El murciélago permaneció inmóvil por un momento, y después asintió con la cabeza.

—Es él.

La reina habló con tanta certeza que, durante un segundo, Gregor consiguió verse a sí mismo como un guerrero. Un guerrero audaz, valiente y poderoso cuyas gestas serían cantadas durante siglos y siglos en las leyendas de las Tierras Bajas. Casi podía verse a sí mismo llevando un escuadrón de murciélagos a la batalla, imponiéndose sobre las ratas, salvando a las Tierras Bajas de...

—*¡Gue-go, teno pipí!* —dijo Boots.

Y ahí estaba él, un muchacho con un ridículo casco, una linterna del año del caldo y un puñado de pilas que ni siquiera sabía si aún servían.

El poderoso guerrero se disculpó y le cambió los pañales a su hermana.

CAPÍTULO DECIMOTERCERO

V ikus y Solovet realizaron las gestiones necesarias con el objetivo de concertar un encuentro
privado con los murciélagos para hablar sobre el
tema de la guerra.

—¿Es necesario que yo también asista? —preguntó
Gregor. No tanto porque pensara que podía aportar algo a
la reunión, sino porque se sentía más seguro cuando Vikus
estaba cerca. Quedarse abandonado a su suerte en la cima
de una alta columna, rodeado de cientos de murciélagos, le
hacía sentir un poquito incómodo.

¿Y quién se quedaría a cargo de todo si ocurría
algo? ¿Luxa? A Gregor no le gustaba nada esa idea.

—No, gracias, Gregor. Discutiremos cuestiones
de estrategia bélica, no los pormenores de la búsqueda. No
nos ausentaremos por mucho tiempo —dijo Vikus.

—Está bien, no hay problema —contestó Gregor,
pero en su fuero interno no estaba tan tranquilo.

Antes de que se marcharan, el gran murciélago
de Vikus susurró algo al oído de Luxa. Ésta sonrió, miró a
Gregor, y asintió con la cabeza.

«Seguro que se están riendo de que yo sea el guerrero», pensó Gregor. Pero no se trataba de eso.

—Eurípides dice que le haces daño en los costados —dijo Luxa—. Quiere que te enseñe a montar.

Ese comentario molestó a Gregor. Él pensaba que lo había estado haciendo bastante bien para ser ésta su primera vez.

—¿Qué quiere decir con eso de que le estoy haciendo daño en los costados?

—Te agarras demasiado fuerte con las piernas. Debes confiar en los murciélagos. No te dejarán caer —dijo Luxa—. Es la primera lección que enseñamos a los niños pequeños.

—Muy bien —contestó Gregor. Luxa tenía el don de humillarlo, aunque no lo hiciera a propósito.

—A los niños pequeños les resulta más fácil —intervino Mareth apresuradamente—. Como tu hermana, aún no han aprendido a sentir temor. Aquí abajo tenemos un dicho: «El valor sólo cuenta cuando uno sabe contar». ¿Sabes contar, Boots? —Mareth extendió los dedos delante de Boots, que estaba muy ocupada tratando de desabrochar la sandalia de su hermano—. ¡Uno... dos... tres!

Boots sonrió de oreja a oreja y levantó sus gordos deditos, imitándolo.

—¡No, yo! ¡Uno... dos... *tes*... *cuato*... siete... diez! —exclamó, y levantó las dos manitas para celebrar su proeza.

Henry tomó a Boots en brazos, sin acercársela, como se suele agarrar a un cachorro mojado.

—Boots no tiene temor, ni lo tendrá tampoco cuando aprenda a contar. ¿Te gusta volar, verdad, Boots?

¿Qué opinas de un paseíto a lomos del murciélago? —preguntó con picardía.

—¡Yo monto! —exclamó Boots, y se revolvió para tratar de zafarse de los brazos de Henry.

—¡Pues monta, entonces! —contestó Henry, y la lanzó al vacío desde la cima de la columna.

Gregor dejó escapar un grito al ver a Boots, como en cámara lenta, dejar las manos de Henry y desaparecer en la oscuridad.

—¡Henry! —exclamó Mareth escandalizado. Pero Luxa se destornillaba de risa.

Gregor avanzó tambaleándose hasta el borde de la columna y escrutó la oscuridad. La tenue luz de la antorcha que les habían dado los murciélagos apenas iluminaba unos metros. ¿De verdad había tirado Henry a Boots al vacío, a una muerte segura? Gregor no podía creerlo. No podía...

En eso, un alegre chillido retumbó por encima de su cabeza.

—¡Más!

¡Era Boots! ¿Pero qué estaba haciendo allí arriba? Gregor apuntó con su linterna. El haz era potente, y abrió un amplio pasillo de luz a través de la oscuridad.

Veinte murciélagos daban vueltas alrededor de la cueva, jugando con Boots. Uno volaba muy alto con la niña montada en su lomo, y de repente se ponía cabeza abajo en pleno vuelo, dejando caer a Boots al abismo. Pero mucho antes de que la niña diera contra el suelo, otro murciélago la recogía en el aire, para volver a elevarla y repetir otra vez la misma operación. Boots reía extasiada. «¡Más, más!», ordenaba a los murciélagos cada vez que aterrizaba sobre ellos. Y cada vez que la volvían a lanzar al vacío, a Gregor se le subía el estómago a la garganta.

—¡Basta! —gritó. Henry y Luxa adoptaron una expresión de sorpresa. Una de dos, o nunca nadie había gritado a esos idiotas de sangre real, o todavía no habían visto a Gregor perder la paciencia. Éste agarró a Henry por el cuello de la camisa—. ¡Tráela aquí, ya mismo! —Seguramente Henry podía hacerlo picadillo, pero no le importaba.

Henry levantó las manos, haciendo que se rendía.

—Tranquilízate. No corre peligro —dijo con una gran sonrisa.

—A decir verdad, Gregor, está más segura con los murciélagos que en manos de los humanos —dijo Luxa—. Y, además, no siente temor.

—¡Tiene dos años! —gritó Gregor, volviéndose hacia Luxa—. ¡Va a pensar que puede saltar desde cualquier parte y que alguien la recogerá!

—¡Puede pensarlo! —exclamó Luxa, que no veía cuál era el problema.

—¡No donde vivimos nosotros, Luxa! ¡No en las Tierras Altas! —contestó Gregor—. ¡Y no tengo intención de quedarme para siempre en este sitio que me pone los pelos de punta!

Tal vez no entendieran exactamente qué significaba «poner los pelos de punta», pero les quedó bastante claro que era algo ofensivo.

Luxa levantó la mano, y entonces un murciélago se acercó despacio y dejó caer suavemente a Boots en brazos de su hermano. Éste la tomó y la abrazó muy fuerte. Ya nadie reía.

—¿Qué significa eso que mencionaste de «los pelos de punta»? —preguntó Luxa fríamente.

—Olvídalo —dijo Gregor—. No es más que algo que decimos en las Tierras Altas cuando vemos a unos murciélagos lanzando por los aires a nuestras hermanas pequeñas. A nosotros eso nos «pone los pelos de punta», ¿entiendes lo que quiero decir?

—Se supone que esto era una diversión —intervino Henry.

—Oh, sí, claro, una diversión, por supuesto. Deberías montar un parque de atracciones. Las colas de gente llegarían hasta la superficie —contestó Gregor.

Ahora sí que no sabían de qué estaba hablando, pero a nadie se le pasó por alto su tono sarcástico.

Boots se zafó de su abrazo y corrió hasta el borde de la columna.

—¡Más, *Gue-go*! —rogó.

—¡No, Boots! ¡No, no! ¡No saltes! —exclamó Gregor, atrapándola justo a tiempo—. ¿Lo ves? ¡Esto es justo lo que te decía! —le dijo a Luxa.

Acto seguido, metió a la niña en la mochila y se la puso a la espalda.

Todos estaban desconcertados por su enojo y molestos por su tono, aunque no hubieran entendido el significado de sus palabras.

—Bueno, de todos modos, no era Boots quien necesitaba unas cuantas lecciones, sino tú —comentó Luxa.

—Oh, olvida esa idea, Luxa —rió Henry con desprecio—. El de las Tierras Altas no se entregaría jamás a los murciélagos. ¡Pero cuando regrese a casa, tal vez olvide que ya no está en esta tierra que «le pone los pelos de punta», y se tire desde su propio tejado!

Luxa y Henry soltaron una carcajada hostil. Mareth, en cambio, parecía incómodo. Gregor sabía que lo estaban desafiando, y una parte de él se moría por aceptar el reto. Correr y lanzarse al vacío, y dejarle el resto a los murciélagos. Otra parte de él, no quería entrar en ese jueguito. Luxa y Henry querían que saltara para poder burlarse de él al verlo dar vueltas en el aire como un pelele. Pero se imaginaba que a los dos les sentaría fatal que los ignorara por completo. De modo que los miró con desdén y les dio la espalda.

Gregor notó claramente que Luxa estaba furiosa.

—¡Podía haberte tirado al vacío, y no habría tenido que responder ante nadie! —exclamó.

—¡Pues, hazlo! —exclamó Gregor, extendiendo los brazos. Sabía que era mentira. Habría tenido que responder ante Vikus.

Luxa se mordió el labio, irritada.

—Oh, deja al guerrero tranquilo, Luxa —dijo Henry—. Muerto no nos es de ninguna utilidad... por ahora... y tal vez ni siquiera los murciélagos pudieran compensar su torpeza. Vamos, te echo una carrera hasta el borde. —Luxa vaciló un segundo, y luego se lanzó a correr. Ella y Henry se tiraron al vacío como dos preciosos pájaros y desaparecieron, probablemente a lomos de sus murciélagos.

Gregor permaneció allí de pie, odiándolos con toda su alma. Había olvidado que Mareth estaba justo detrás de él.

—No debes tomarte a pecho lo que te digan —

le dijo con voz suave. Gregor se volvió y vio el rostro de Mareth, que reflejaba el conflicto que había en su mente—. Ambos eran más amables de niños, pero cuando las ratas se llevaron a sus padres, cambiaron.

—¿Las ratas también mataron a los padres de Henry? —preguntó Gregor.

—Unos años antes que a los de Luxa. El padre de Henry era el hermano menor del rey. Después de los habitantes de las Tierras Altas, a quienes más complacería ver muertos a las ratas es a todos los miembros de la familia real —explicó Mareth—. Cuando los mataron, Nerissa se volvió frágil como el cristal y Henry, duro como la piedra.

Gregor asintió con la cabeza. Nunca conseguía odiar a nadie demasiado tiempo porque siempre acababa descubriendo algo triste de esa persona que lo hacía recapacitar. Como aquel niño de su escuela que le caía mal a todo el mundo porque siempre se estaba metiendo con los más pequeños, y luego un día se enteraron de que una vez su padre le había pegado tanto que lo había mandado al hospital. Con cosas como ésa, Gregor no podía evitar sentir pena, y no odio.

Vikus llegó unos minutos después y Gregor montó a lomos de su murciélago sin decir palabra. Cuando levantaron el vuelo cayó en la cuenta de la fuerza con que sus piernas se agarraban a los flancos del murciélago, y trató de relajarse. Vikus montaba con las piernas colgando, sin aferrarse al animal. Gregor lo imitó y entonces se dio cuenta de que, de hecho, así era más fácil montar. Mantenía mejor el equilibrio.

—Ahora hemos de ir a visitar a los reptantes —anunció Vikus—. ¿Quieres seguir analizando la profecía?

—Tal vez más tarde —contestó Gregor.

Vikus no insistió. Probablemente tenía ya suficientes preocupaciones en la cabeza con todo aquel asunto de la guerra.

Había otra cosa que angustiaba a Gregor, ahora que volvía a sentirse calmado. Sabía que no se había negado a saltar al vacío sólo para molestar a Henry y Luxa. Y tampoco era sólo porque no quería que se burlaran de él. No era ninguna casualidad que hubiera hablado de parques de atracciones. Gregor odiaba las montañas rusas, las caídas libres, los saltos con paracaídas y todo eso. A veces se montaba en ese tipo de atracciones porque si no lo hacía, todos pensarían que era un cobarde, pero no se divertía en absoluto. ¿Qué tenía de divertido sentir que el suelo desaparecía bajo tus pies? Y eso que esas atracciones por lo menos tenían cinturones de seguridad.

Gregor no había saltado porque, en lo más profundo de su ser, le daba miedo hacerlo, y todo el mundo lo sabía.

CAPÍTULO DECIMOCUARTO

Recorrieron oscuros túneles durante horas. Gregor sintió que Boots apoyaba la cabecita sobre su hombro, pero no se lo impidió. En casa, no se le podía dejar que durmiera demasiado durante el día, porque si no luego se despertaba en mitad de la noche, queriendo jugar. Pero, ¿cómo podía mantenerla despierta cuando todo estaba oscuro a su alrededor y no podía moverse? Más tarde ya vería cómo arreglárselas.

La oscuridad le volvió a traer todos sus pensamientos negativos. Su padre, prisionero de las ratas; su madre, llorando; los peligros de llevar a Boots en ese viaje a lo desconocido; y su propio temor en lo alto de la columna.

Cuando notó que el murciélago descendía para aterrizar, sintió alivio de poder por fin distraer su mente de todas esas ideas, aunque no le agradaba nada volver a encontrarse con Henry y con Luxa. Estaba seguro de que estarían más arrogantes y creídos que nunca.

Penetraron en una cueva tan baja que las alas de los murciélagos rozaban tanto el suelo como el techo. Cuando aterrizaron, Gregor desmontó, pero no podía incorporarse sin golpear el casco contra la roca. El lugar le recordaba una tortilla, porque era grande, redondo y plano. Entendía por qué lo habían elegido las cucarachas. Los murciélagos no podían volar bien, y los humanos y las ratas no podían luchar cómodamente con techos tan bajos.

Despertó a Boots, que parecía contenta de estar en la cueva. Correteó por ahí, poniéndose de puntillas para tocar el techo con los dedos. Los demás se sentaron en el suelo a esperar. Los murciélagos se encorvaron, alertas a lo que Gregor suponía que serían sonidos que su oído ni siquiera alcanzaba a percibir.

Entonces apareció una delegación de cucarachas que se postró ante ellos para saludarlos. Los humanos se arrodillaron y les devolvieron la reverencia, de modo que Gregor los imitó. Boots, que no conocía mucho de protocolos, corrió a su encuentro, extendiendo los brazos en un gesto de saludo.

—¡Bichos! ¡Bichos *gandes!* —exclamó.

Un alegre murmullo recorrió el grupo de cucarachas.

—¿Es ella la princesa, es ella? ¿Es ella, Temp, es ella?

Boots dirigió su atención hacia una cucaracha en particular, y le acarició la cabeza entre las dos antenas.

—¡Hola! ¿Me llevas? *¿Mamos* de paseo?

—¿Me conoce, la princesa, me conoce? —preguntó la cucaracha sobrecogida, y todas las demás dejaron escapar un suspiro de asombro. Incluso los humanos y los murciélagos intercambiaron miradas de sorpresa.

—*¿Mamos* de paseo? ¿Más paseo? —preguntó

Boots—. ¡Bicho *gande* lleva a Boots de paseo! —dijo, dándole unas palmaditas más fuertes en la cabeza.

—Suavecito, Boots —dijo Gregor, corriendo a sujetarle la mano. La colocó con suavidad sobre la cabeza del insecto—. Tócala suavecito, como si fuera un cachorrito.

—Oh, sua-ve-ci-to-sua-ve-ci-to, —dijo Boots, dándole suaves palmaditas a la cucaracha. Ésta se estremecía de alegría.

—¿Me conoce, la princesa, me conoce? —susurró—. ¿Recuerda el paseo, lo recuerda?

Gregor observó con atención a la cucaracha.

—¿Eres tú quien la llevó hasta el estadio? —preguntó.

La cucaracha asintió con la cabeza.

—Soy yo Temp, soy yo —dijo.

Ahora Gregor entendía a qué venía tanto revuelo. A sus ojos, Temp era exactamente igual que las otras veinte cucarachas sentadas a su alrededor. ¿Cómo diablos había podido Boots distinguirla entre todas las demás? Vikus lo miró arqueando las cejas, como pidiéndole una explicación, pero Gregor sólo acertó a encogerse de hombros. Para él también era muy extraño.

—¿Más paseo? —suplicó Boots. Temp postró la cabeza reverencialmente, y la niña se subió a su lomo.

Durante un minuto, todos se quedaron mirándolas mientras daban vueltas y vueltas por la habitación. Luego Vikus carraspeó y dijo:

—Reptantes, tenemos asuntos graves que tratar. ¿Nos conducen donde su rey, nos conducen?

A regañadientes, las cucarachas desviaron su atención de Boots y se alejaron, seguidas de Vikus y Solovet.

«Oh, genial, otra vez solo con esta gente», pensó Gregor. Se sentía aún más incómodo que la primera vez que se había marchado Vikus, de pensar en lo que podían hacer ahora Luxa y Henry. Además, por los insectos gigantes. No se sentía especialmente seguro en la tierra de las cucarachas. Ayer, sin ir más lejos, habían barajado la posibilidad de venderlos a Boots y a él a las ratas. Bueno, por lo menos estaba Mareth, que parecía un buen tipo. Y los murciélagos también parecían simpáticos.

Temp y otra cucaracha llamada Tick se habían quedado allí con ellos. Se turnaban para llevar a la niña de paseo por la cueva, y no hacían caso a nada más.

Los cinco murciélagos se acurrucaron juntos y se quedaron dormidos, exhaustos tras la dura jornada de vuelo.

Mareth reunió todas las antorchas para hacer una especie de hoguera, sobre la que puso a calentar algo de comida. Henry y Luxa se sentaron un poco alejados, y se pusieron a hablar en voz baja, pero a Gregor no le importaba, porque Mareth era el único con el que le daban ganas de hablar.

—Oye, Mareth, ¿tú puedes distinguir unos reptantes de otros? —preguntó Gregor mientras colocaba en el suelo todas las pilas. Se disponía a separar las gastadas de las buenas mientras hablaban.

—No, es muy extraño que tu hermana pueda. Entre nosotros son pocos los que pueden hacer distinciones así. Vikus es el más dotado para eso. Pero distinguir a uno entre tantos... Es muy extraño —dijo Mareth—. ¿Tal vez sea un don que sólo existe en las Tierras Altas? —sugirió.

—No, a mí me parecen todos idénticos —dijo Gregor. Boots era muy buena para esos juegos en que había que descubrir una pequeña diferencia entre cuatro dibujos que parecían exactos. Por ejemplo, cuatro gorritos de fiesta con seis rayas, salvo uno que tenía siete. Y si todos bebían de vasos de papel, siempre sabía cuál era de cada cual, aunque todos se mezclaran en la mesa. Tal vez para ella cada cucaracha fuera sensiblemente diferente de las demás.

Gregor abrió la linterna. Funcionaba con dos pilas medianas. Empezó a probarlas todas, para ver cuáles no estaban aún gastadas. Enfrascado en su tarea, sin darse cuenta, apuntó con el haz de luz a los rostros de Luxa y Henry. Éstos dieron un respingo, pues no estaban acostumbrados a luces repentinas. Lo volvió a hacer un par de veces más, a propósito, aun sabiendo que era una chiquillada, porque le gustaba ver cómo se estremecían. «Éstos no durarían ni cinco segundos en las calles de Nueva York», pensó. Esa idea hizo que se sintiera un poquito mejor.

De diez pilas, sólo había dos gastadas. Gregor abrió el compartimiento de su casco y vio que funcionaba con una pila rectangular especial. Como no tenía ninguna de repuesto, la tendría que utilizar con moderación. «Tal vez debería reservar esta luz. Si pierdo las otras pilas, o si se gastan, todavía me quedará esta», pensó. Así que apagó la bombilla del casco.

Gregor se guardó las pilas buenas en el bolsillo, y apartó las dos gastadas.

—Éstas no sirven —le dijo a Mareth—. No funcionan.

—¿Quieres que las queme? —preguntó éste, extendiendo la mano para tomar las pilas.

Gregor lo sujetó por la muñeca antes de que tuviera tiempo de tirarlas al fuego.

—¡No, podrían explotar! —No sabía exactamente lo que pasaría si se tirase al fuego una pila, pero recordaba vagamente haber oído a su padre decir que era peligroso. De reojo, vio que Luxa y Henry intercambiaban miradas inquietas—. Te podrías quedar ciego —añadió, sólo para impresionarlos.

Bueno, al fin y al cabo, eso perfectamente podría pasar si explotaban.

Mareth asintió con la cabeza y volvió a dejar las pilas con sumo cuidado junto a Gregor. Éste las pisó y las hizo rodar sobre el suelo con el pie, poniendo nerviosos a Henry y Luxa. Pero cuando vio que Mareth también parecía inquieto, se metió las pilas en el bolsillo.

Vikus y Solovet regresaron justo cuando Mareth terminó de preparar la comida. Parecían preocupados.

El círculo se estrechó mientras Mareth repartía pescado, pan y algo que a Gregor le recordaba un camote, pero que no era eso exactamente.

—¡Boots! ¡A cenar! —llamó Gregor, y la niña se acercó corriendo.

Cuando se percató de que no la seguían, volvió la cabeza e hizo un gesto impaciente a las cucarachas.

—¡Temp! ¡Tick! ¡A cenar!

Durante un momento, nadie supo muy bien cómo reaccionar. A nadie más se le había ocurrido invitar a las cucarachas. Mareth no había preparado comida suficiente. Era obvio que no era habitual cenar con cucarachas. Afortunadamente, éstas declinaron la invitación con un gesto de cabeza.

—No, princesa, no comemos ahora, no comemos —contestaron alejándose.

—¡Quédense aquí! —exclamó Boots, señalándolas con el dedo—. Quédense aquí, bichos *gandes*. —Las cucarachas se sentaron obedientemente.

—¡Boots! —la reprendió Gregor avergonzado—. No tienen por qué quedarse, es que Boots es una mandona —les dijo—. Lo que le pasa es que quiere seguir jugando con ustedes, pero primero tiene que comer.

—Nos sentaremos —dijo una de ellas fríamente, y a Gregor le dio la impresión de que la cucaracha lo estaba mandando a que se metiera en sus propios asuntos.

Todos comieron con apetito salvo Vikus, que parecía distraído.

—¿Cuándo partimos, pues? —preguntó Henry con la boca llena de pescado.

—No partimos —dijo Solovet—. Los reptantes se han negado a acompañarnos.

Luxa levantó la cabeza indignada.

—¿Se han negado? ¿Y por qué motivo?

—No desean suscitar la ira del rey Gorger uniéndose a nuestra búsqueda —explicó Vikus—. Ahora están en paz tanto con los humanos como con las ratas. No quieren alterar ese equilibrio.

«¿Y ahora qué?», pensó Gregor. Necesitaban dos cucarachas. Así lo decía en la Profecía del Gris. Si las cucarachas no venían, ¿podrían todavía ir a rescatar a su padre?

—Les hemos rogado que reconsideren su decisión —dijo Solovet—. Saben que las ratas están en camino. Este hecho tal vez incline la balanza a nuestro favor.

—O a favor de las ratas —dijo Luxa entre dientes. Gregor pensaba lo mismo. Las cucarachas habían considerado venderlos a él y a Boots a las ratas aun sabiendo que estas se los comerían. Y eso era ayer, cuando aún no había guerra. Si Boots no les hubiera resultado tan cautivadora, no cabe duda de que ahora estarían muertos. Las cucarachas no estaban hechas para luchar. Gregor pensó que harían lo que fuera mejor para su especie, y probablemente las ratas eran el aliado más fuerte. Bueno, si es que podían confiar en ellas.

—¿Qué hace pensar a las cucarachas que pueden confiar en las ratas? —preguntó Gregor.

—Los reptantes no piensan de la misma manera que nosotros —contestó Vikus.

—¿Cómo piensan? —siguió preguntando Gregor.

—Sin lógica ni razón —dijo Henry furioso—. ¡Son las criaturas más estúpidas de las Tierras Bajas! ¡A duras penas saben hablar!

—¡Silencio, Henry! —le espetó Vikus con gran severidad.

Gregor volvió la vista hacia Temp y Tick, pero las cucarachas no dieron ninguna muestra de haber oído esas palabras. Pero por supuesto que las habían oído.

Las cucarachas no parecían muy inteligentes, pero era una falta de educación decírselo así a la cara. Además, eso no iba a ayudar a convencerlas de que los acompañaran.

—Recuerda, Henry, que cuando Sandwich llegó a las Tierras Bajas los reptantes ya llevaban viviendo aquí desde innumerables generaciones. No te quepa duda de que perdurarán cuando se haya desvanecido todo recuerdo de lo que era la sangre caliente —declaró Vikus.

—Eso son rumores —dijo Henry con desprecio.

—No, no lo son. Las cucarachas llevan en la tierra como unos trescientos cincuenta millones de años, y los humanos en cambio no llevan ni seis —dijo Gregor. Su padre le había enseñado una cronología de la evolución de distintas especies animales. Recordaba cuánto le había impresionado ver lo viejas que eran las cucarachas.

—¿Y tú cómo sabes todo eso? —preguntó Luxa bruscamente, pero Gregor veía que el tema le interesaba de verdad.

—Es ciencia. Los arqueólogos desentierran fósiles y cosas así, y pueden calcular la edad de lo que hallan. Las cucarachas —o sea, quiero decir los reptantes— son antiquísimos y nunca han evolucionado demasiado —explicó Gregor. Ahí ya se estaba metiendo en terreno desconocido, pero le parecía que era cierto lo que estaba diciendo—. Son unas criaturas increíbles. —Esperaba que Temp y Tick lo estuvieran escuchando.

Vikus le sonrió.

—Para sobrevivir tanto tiempo, no cabe duda de que son todo lo inteligentes que necesitan ser.

—Yo no creo en tu ciencia —objetó Henry—. Los reptantes son débiles, no pueden luchar, no perdurarán. Así es como lo quiso la Madre Naturaleza.

Gregor pensó entonces en su abuela, que era vieja y dependía ahora de la bondad de las personas más fuertes que ella. Pensó en Boots, que era pequeña y todavía no era capaz de abrir una puerta. Y luego estaba su amigo Larry, que había tenido que ingresar tres veces en urgencias el año anterior porque con sus crisis de asma no le llegaba el aire a los pulmones.

—¿Tú piensas lo mismo, Luxa? —preguntó Gregor—. ¿Piensas que los seres que no son fuertes merecen morir?

—Lo que yo piense carece de importancia, si ésa es la verdad —dijo Luxa evasivamente.

—¿Pero es esa la verdad? Es una excelente pregunta para que la futura reina de Regalia reflexione —dijo Vikus.

Comieron rápidamente y Vikus propuso que todos trataran de dormir un poco. Gregor no tenía ni idea si era de noche o de día, pero se sentía cansado, por lo que aceptó la propuesta sin rechistar.

Mientras él extendía una fina manta sobre el suelo, en un extremo de la habitación, Boots intentaba enseñar a las cucarachas a jugar a "pito, pito, colorito". Las cucarachas agitaban confundidas las patas delanteras, sin saber muy bien lo que se esperaba de ellas.

—Pito, pito, *coloíto*; pito, pito, mi bichito, *onde* vas tú tan bonito, a la era *veldadela,* pimpampún, ¡fuera! —canturreó Boots, dando palmaditas en las patas de las cucarachas.

Los insectos estaban totalmente desconcertados.

—¿Qué canta la princesa, qué canta? —preguntó Temp. O tal vez fuera Tick.

—Es una canción que se canta a los niños pequeños en las Tierras Altas, para jugar —explicó Gregor—. Te ha incluido en la canción. Eso es un gran honor —añadió—. Boots sólo incluye en una canción a quien le gusta mucho de verdad.

—Me gusta bicho *gande* —declaró Boots con satisfacción, y volvió a cantar la cancioncilla con las cucarachas.

—Lo siento, chicos, ahora se tiene que ir a la cama —dijo Gregor—. Vamos Boots, a dormir. Dales las buenas noches a tus amigos.

Boots abrazó espontáneamente a las cucarachas.

—*Menas* noches, bichos *gandes.* Sueñen con los angelitos.

Gregor se acurrucó junto a ella bajo la manta, sobre el duro suelo de piedra. Tras su larga siesta, la niña no tenía mucho sueño. La dejó que jugara un ratito con la linterna, encendiéndola y apagándola, pero le daba miedo que gastara las pilas, y la luz intermitente estaba poniendo nerviosos a los demás. Por fin consiguió dormirla. Justo cuando él estaba también a punto de conciliar el sueño, le pareció oír a Temp, o tal vez a Tick, susurrar:

—¿Nos honra la princesa, nos honra?

Gregor no sabía qué lo había hecho despertar. Por la rigidez que sentía en el cuello supo que llevaba horas tumbado sobre el duro suelo. Somnoliento, extendió el brazo para acercar más hacia sí el cuerpo calentito de Boots, pero no encontró nada más que la fría piedra. Abrió los ojos de golpe y se incorporó. Su boca se entreabrió para gritar su nombre mientras sus ojos se iban acostumbrando a la oscuridad. No fue capaz de pronunciar palabra.

Boots estaba en el centro de la gran sala redonda, balanceándose de un pie a otro mientras describía lentamente un círculo. La linterna que sostenía en la mano iba iluminando secciones de la habitación. Gregor distinguió siluetas que se movían en perfectos círculos concéntricos. Giraban a la vez, algunas a la izquierda, y otras a la derecha, con movimientos lentos e hipnóticos.

En el silencio más total, cientos de cucarachas bailaban alrededor de Boots.

CAPÍTULO DECIMOQUINTO

Oh, no, se la van a comer!», pensó Gregor, y al ponerse en pie de un salto se golpeó la cabeza contra el techo. «¡Ay!». Había sido un error quitarse el casco para dormir.

Una mano lo agarró del hombro para tranquilizarlo, y en la oscuridad pudo distinguir a Vikus, que con un gesto le indicaba que guardara silencio.

—¡Shhh! ¡No los interrumpas! —susurró con apremio.

—¡Pero le van a hacer daño! —contestó Gregor también en un susurro. Se acuclilló y se llevó la mano a la cabeza. Notó que le estaba empezando a salir un chichón.

—No, Gregor, la están honrando. Honran a Boots de una manera sagrada. Es muy poco frecuente —susurró Solovet desde algún rincón de la habitación.

Gregor volvió la mirada hacia las cucarachas, tratando de comprender su comportamiento. Boots no parecía estar corriendo ningún peligro inmediato. En realidad, ninguno de los insectos la tocaba siquiera. Lo único que hacían era balancear sus cuerpos, girar e inclinar la cabeza, siguiendo el compás de su lento y rítmico baile. Se quedó sobrecogido ante la solemnidad de la escena, el silencio absoluto, la concentración. Gregor entendió entonces lo que estaba pasando: las cucarachas no estaban sólo honrando a Boots, ¡la estaban venerando!

—¿Qué están haciendo? —preguntó Gregor.

—Es la Danza del Anillo. Cuentan que los reptantes la ejecutan sólo en el mayor secreto, para aquellos a quienes consideran los elegidos —contestó Vikus—. En nuestra historia, sólo la han ejecutado para otro humano, y ése fue Sandwich.

—¿Elegidos para qué? —susurró Gregor preocupado. Esperaba que las cucarachas no pensaran que podían quedarse con Boots sólo porque habían decidido bailar a su alrededor.

—Elegidos para darles tiempo —dijo Vikus sin más, como si eso lo explicara todo. Gregor tradujo esas palabras en su cabeza, dándoles este significado: «Elegidos para darles vida».

Tal vez fuera algo aún más sencillo. Desde el momento en que habían aterrizado en las Tierras Bajas, las cucarachas habían sentido una conexión especial con Boots. Si sólo lo hubieran encontrado a él, habría conseguido un billete de ida a la tierra de las ratas, y ése hubiera sido el fin de la historia. Pero Boots se había hecho amiga de ellas inmediatamente. No le habían dado asco, ni miedo, ni se había sentido superior. Gregor pensó que el hecho de que le hubieran gustado tanto las cucarachas había impresionado mucho a los insectos. La mayoría de los humanos las tenían en muy baja estima.

Y luego estaba aquello tan extraño de que hubiera reconocido a Temp entre todas las demás... Gregor todavía no encontraba explicación para ello.

Las cucarachas describieron unos cuantos círculos, y luego se postraron ante Boots. Después, círculo a círculo, se desvanecieron en la oscuridad. Boots las contempló desaparecer sin decir nada. Cuando la habitación quedó vacía, soltó un enorme bostezo y se acercó hasta Gregor sin hacer ruido.

—*Teno* sueño —dijo. Luego se acurrucó contra él y se quedó dormida al instante.

Gregor le quitó la linterna de la mano, y a la luz de la bombilla vio que todos los demás estaban despiertos y los miraban fijamente.

—Tiene sueño —dijo, como si no hubiera pasado nada extraño, y apagó la linterna.

Al despertar, las cucarachas anunciaron que Temp y Tick se unían a la búsqueda. A nadie le cabía ninguna duda de que lo hacían por Boots.

Gregor se debatía entre un profundo orgullo y unas ganas irresistibles de echarse a reír a carcajadas. Al final resultaba que Boots sí que constituía un arma especial.

El grupo se preparó rápidamente para la partida. Temp y Tick se negaron categóricamente a montar en ningún murciélago sin Boots. Esto provocó una breve discusión porque Boots tenía que montar con Gregor, lo cual significaba que un solo murciélago tendría que cargar con ambos humanos y con las dos cucarachas. Los murciélagos podían soportar ese peso, pero el problema consistía entonces en que habría cuatro jinetes sin experiencia en un solo murciélago.

Vikus le encargó la responsabilidad a Ares, el gran murciélago negro de Henry, pues era a la vez fuerte y ágil, y Henry compartió montura con Luxa. Ares recibió instrucciones de volar por encima de los demás. De esta manera, si alguna de las cucarachas perdía el equilibrio, los demás murciélagos podrían recogerla antes de que se estrellara contra el suelo.

Estos conciliábulos no tranquilizaron en nada a Temp y a Tick, a los que la idea de cruzar volando el espacio abierto a muchos metros por encima del suelo aterrorizaba claramente. Gregor trató de infundirles seguridad, lo cual no dejaba de ser irónico, pues a él mismo tampoco le hacía mucha gracia volar. Además, hubiera preferido montar cualquier murciélago. Probablemente Ares lo apreciaba tan poco como su dueño.

No había tiempo para desayunar, así que Mareth repartió pedazos de pan y carne seca para comer durante el camino. Vikus le dijo a Gregor que volarían durante varias horas sin descanso, así que éste le puso a Boots un pañal doble. También la colocó en la mochila de manera que mirara hacia atrás, y no por encima de su hombro, para que así pudiera charlar con Temp y Tick, y tal vez distraerlas un poco de su miedo.

Gregor subió con cuidado a lomos de Ares, y dejó colgando las piernas a ambos lados del cuello del animal. Temp y Tick montaron detrás, agarrándose desesperadamente al pelaje del murciélago. A Gregor le pareció ver que Ares se estremecía ligeramente, pero el animal no dijo nada. Los murciélagos casi nunca se expresaban en voz alta.

Parecía costarles mucho esfuerzo. Probablemente se comunicaban entre ellos con sonidos que el oído humano no era capaz de percibir.

—Ahora hemos de dirigirnos a la tierra de los tejedores —dijo Vikus—. Tengan presente con cuánta frecuencia patrullan las ratas esta zona.

—Volemos bien juntos. Podemos necesitar protección unos de otros —aconsejó Solovet—. ¡Al aire!

Los murciélagos levantaron el vuelo. Boots estaba feliz como una lombriz con sus nuevos compañeros de viaje. Cantó todo su repertorio de canciones, que incluía «estrellita, ¿dónde estás?», «Arre, borriquito», «La bonita arañita», «La canción del alfabeto» y, por supuesto, «Pito, pito, colorito». Cuando terminó, las volvió a cantar todas otra vez. Y otra vez. Y otra más. Cuando ya las había cantado unas veinte veces, Gregor decidió enseñarle «Aserrín, aserrán», sólo para variar un poquito. Boots se la aprendió enseguida, y trató de enseñársela a las cucarachas. No parecía importarle que desafinaran, aunque Gregor sentía que los músculos del cuello de Ares se iban tensando más con cada verso de la canción.

Gregor observó que el territorio de las cucarachas era mucho más grande que Regalia y que las cuevas de los murciélagos. Éstos y los humanos tenían pocas tierras muy densamente pobladas que se podían proteger fácilmente. Las cucarachas, en cambio, se extendían a lo largo de kilómetros y kilómetros por todas las Tierras Bajas.

¿Cómo podían resguardarse de un ataque con tanto territorio que defender?

Le llegó la respuesta cuando sobrevolaron un valle en el que había miles de cucarachas. Los reptantes tenían muchos, muchísimos efectivos, comparados con los humanos. Si sufrían un ataque, podían permitirse el lujo de perder más guerreros. Y, con tanto territorio, podían escabullirse, obligando a las ratas a perseguirlos. Gregor pensó en las cucarachas que había en la cocina de su casa en Nueva York. No luchaban. Huían. Su madre las exterminaba, pero siempre volvían.

Tras lo que le pareció una eternidad, Gregor sintió que Ares aminoraba la marcha y se preparaba para aterrizar. Tocaron tierra en la orilla de un río perezoso y de escaso caudal. Gregor saltó del murciélago y cayó sobre algo blando y esponjoso. Se agachó para investigar lo que era y su mano encontró unas hierbas de un verde grisáceo. ¡Plantas! Aquí crecían plantas sin la ayuda de la luz de gas que había visto en los campos a las afueras de Regalia.

—¿Cómo puede crecer sin luz esta planta? —preguntó a Vikus, mostrándole un puñado de hojas.

—Tiene luz —contestó Vikus, señalándole el río—. Sale fuego de la tierra. —Gregor miró el agua con atención y vio minúsculos haces de luz que surgían del lecho del río. Los peces se escabullían entre múltiples especies de plantas. Los largos tallos de algunas de ellas se extendían hasta las márgenes del río.

«Son como volcanes en miniatura», pensó Gregor.

—Este río también pasa por Regalia. Nuestro ganado se alimenta de estas plantas, pero no son aptas para el consumo humano —explicó Solovet.

Gregor llevaba toda la mañana comiendo carne seca sin preguntarse ni un momento siquiera de qué se alimentaban las vacas. Podría estar años en las Tierras Bajas antes de comprender cómo funcionaban las cosas allí. Pero no tenía ganas de quedarse más tiempo del estrictamente necesario.

Unas cucarachas que pescaban desde la orilla intercambiaron unas palabras con Temp y Tick y extrajeron del agua varios peces grandes con ayuda de sus bocas. Mareth los limpió y los dispuso sobre antorchas para asarlos.

Gregor sacó a Boots de la mochila para que pudiera estirar las piernas y encargó a las cucarachas que la vigilaran. Se pusieron a corretear junto al río, manteniendo a la niña alejada en todo momento del agua, y permitiéndole que se les subiera encima. Pronto se corrió la voz de su llegada y al poco aparecieron docenas de insectos. Se sentaron para contemplar a «la princesa».

Cuando el pescado estuvo listo, Vikus insistió en invitar a Temp y a Tick a comer con ellos.

—Ha llegado la hora —dijo como respuesta a la mueca de Henry—. Ha llegado la hora de que los personajes de la profecía compartan un mismo camino, un mismo objetivo y unas mismas ideas. Somos todos iguales aquí. —Temp y Tick permanecieron un poco al margen, detrás de Boots, pero comieron con todos los demás.

—Ya no queda lejos —dijo Vikus, señalando un pequeño túnel—. Incluso a pie llegaríamos enseguida.

—¿Adonde está mi padre? —preguntó Gregor.

—No, adonde están los tejedores. Hemos de persuadir a dos de ellos para que se unan a la búsqueda —contestó Vikus.

—Ah, sí, los tejedores —dijo Gregor. Esperaba que mostraran más entusiasmo por el viaje que las cucarachas.

Justo estaban terminando de comer cuando los cinco murciélagos levantaron bruscamente la cabeza. «¡Ratas!», siseó Ares. Inmediatamente, todos se pusieron en movimiento.

A excepción de Temp y Tick, todas las demás cucarachas desaparecieron por los túneles que se abrían cerca de las orillas del río.

Vikus metió a Boots en la mochila de Gregor y los empujó a ambos hacia la boca del túnel que les había enseñado antes.

—¡Corre! —ordenó. Gregor trató de protestar, pero Vikus no lo dejó hablar—. ¡Corre, Gregor! Todos nosotros somos prescindibles; ¡tú, no!

El anciano saltó sobre su murciélago y se reunió con los demás en el aire justo cuando un escuadrón de seis ratas apareció corriendo en la orilla del río. El jefe, una rata retorcida de color gris con una cicatriz que le cruzaba la cara en diagonal, señaló a Gregor y ordenó: «¡Mátenlo!».

Abandonado en la orilla sin armas, Gregor no tenía otra alternativa que correr hacia la boca del túnel. Temp y Tick se lanzaron tras él. Gregor miró un segundo atrás y vio que Vikus derribaba con la empuñadura de su espada a la rata retorcida. Los demás, blandiendo sus armas, atacaron al resto del escuadrón.

—¡Corre, Gregor! —ordenó Solovet con una voz ronca que en nada recordaba a la voz suave a la que el chico estaba acostumbrado.

—¡Deprisa, Gregor, deprisa! —lo apremiaron Temp y Tick.

Apuntando con su linterna, Gregor se adentró en la boca del túnel. El techo era lo suficientemente alto para que pudiera correr erguido. Se dio cuenta entonces de que había perdido a Temp y Tick, y cuando se volvió para buscarlos vio que el túnel entero, desde el suelo hasta el techo, se estaba llenando de cucarachas. Estaban empleando sus cuerpos para formar una barricada que resultara casi imposible de penetrar.

«¡Oh, no, van a dejarse matar!», pensó Gregor. Se dio la vuelta para ayudarlas, pero las cucarachas que estaban más cerca de él insistieron:

—¡Corre! ¡Corre con la princesa!

Tenían razón: tenía que escapar. Tenía que sacar a Boots de ahí. Tenía que salvar a su padre. ¿Quién sabe?, tal vez incluso tuviera que salvar de las ratas a las Tierras Bajas. Pero en ese momento, ni él podía atravesar la barricada de cucarachas para enfrentarse a las ratas, ni podían éstas hacerlo para acabar con él.

Echó a correr por el túnel, adoptando un ritmo que le pareció que podría mantener durante media hora.

Veinte minutos después, dobló una esquina y se topó de bruces con una enorme telaraña.

CAPÍTULO DECIMOSEXTO

Al despegarse de la cara los hilos pegajosos de la telaraña, Gregor sintió como si alguien le hubiera arrancado pedazos de cinta adhesiva de la piel. «¡Ay!», exclamó. Liberó el brazo que sostenía la linterna, pero el otro quedó enredado en la tela. Por suerte, Boots estaba encaramada a su espalda, por lo que había quedado fuera de la telaraña.

—¡Eh! —llamó—. ¿Hay alguien ahí? ¡Eh! —Paseó el haz de luz a su alrededor, pero no se veía más que telaraña.

—Soy Gregor de las Tierras Altas. Vengo en son de paz —dijo. «Vengo en son de paz». ¿De dónde se había sacado eso? De alguna película vieja probablemente—. ¿Hay alguien en casa?

Sintió que alguien tiraba suavemente de sus sandalias y miró hacia abajo. Una gigantesca araña estaba atándole los pies con un largo hilo de seda.

—¡Eh! —gritó Gregor, tratando de liberar sus pies. Pero en tan sólo unos segundos, la araña lo había rodeado con el hilo hasta las rodillas—. ¡No lo entiendes! ¡Yo... yo soy el guerrero! ¡El de la profecía! ¡Yo soy el que llama!

La araña seguía rodeando su cuerpo afanosamente con el hilo. «Madre mía», pensó Gregor. «¡Nos va a cubrir por completo!». Sintió que el brazo que tenía atrapado en la telaraña se aplastaba cada vez más contra su cuerpo.

—¡*Gue-go!* —gritó Boots. Los hilos de seda la empujaban contra su espalda mientras se enrollaban alrededor de su pecho.

—¡Me manda Vikus! —gritó Gregor, y por primera vez, la araña se detuvo. Gregor se apresuró a añadir—: ¡Sí, me manda Vikus, y él llegará enseguida, y cuando se entere de que me están atrapando en esta red se va a enfadar muchísimo!

Agitó el brazo que tenía libre, el de la linterna, para subrayar sus palabras, y el haz de luz se posó de lleno sobre el rostro de la araña. Ésta retrocedió unos metros, y Gregor pudo ver por primera vez al arácnido con todo lujo de detalles. Tenía seis ojos negros y redondos, ocho patas peludas, y unas enormes mandíbulas que terminaban en colmillos curvos y muy puntiagudos. Apartó rápidamente la linterna. Mejor no poner furioso a un bicho así.

—Bueno, ¿sabes quién es Vikus? —preguntó Gregor—. Llegará aquí de un momento a otro para sostener una reunión oficial con tu rey. O reina. ¿Tienes un rey, o una reina? Bueno, a lo mejor es otra cosa. Nosotros tenemos presidente, pero eso es distinto, porque los presidentes se eligen por votación. —Calló un momento—. ¿Bueno, no te parece que ya nos puedes liberar?

La araña se inclinó hacia adelante y cortó uno de los hilos con los dientes. Gregor y Boots salieron despedidos varios metros hacia arriba, y empezaron a subir y bajar, como un yoyó, como si colgaran de una gran goma elástica.

—¡Eh! —gritó Gregor—. ¡Eh! —Su almuerzo empezó a dar vueltas y vueltas en su estómago. Por fin, al cabo de un rato, cesaron los rebotes.

Gregor alumbró a su alrededor con la linterna. Había arañas por todas partes. Algunas se ocupaban afanosamente en distintos quehaceres; otras parecían dormidas. Ninguna le prestaba la más mínima atención. Eso era nuevo. Las cucarachas y los murciélagos lo habían recibido con bastante educación, toda una multitud en un estadio se había callado al verlo aparecer, y las ratas se habían enfurecido al reconocer sus rasgos... pero, ¿y las arañas? No les importaba un rábano.

Les estuvo gritando durante un buen rato. Cosas agradables primero; luego, disparates; y al final, insultos. No reaccionaron. Le dijo a Boots que cantara un par de estrofas de «La bonita arañita», ya que se llevaba tan bien con los insectos. No hubo respuesta. Entonces, tiró la toalla y se dedicó a observarlas.

Un desdichado insecto cayó en la telaraña. Una araña acudió corriendo y le clavó sus malvados colmillos. El insecto se quedó rígido. «Veneno», pensó Gregor. La araña rodeó rápidamente al insecto con hilos de seda, lo despedazó y le lanzó una especie de líquido. Gregor apartó la vista cuando la araña empezó a sorber las vísceras licuadas del insecto. «Buaj, ese insecto podríamos haber sido nosotros. ¡Todavía podríamos serlo!», pensó. Deseó que vinieran Vikus y los demás.

Pero, ¿vendrían? ¡Qué habría pasado en la orilla del río? ¿Habrían conseguido derrotar a las ratas? ¿Habría resultado alguien herido, o peor aún, muerto?

Recordó que Vikus le había ordenado que corriera. «¡Los demás somos prescindibles; tú, no!». Probablemente hablaba de la profecía. Siempre podían encontrar más reptantes, voladores, y tejedores. Tal vez pudiera Nerissa participar en caso de que les pasara algo a Luxa o a Henry. O tal vez nombrarían a otro rey o a otra reina. Pero Gregor y Boots, dos habitantes de las Tierras Altas cuyo padre era prisionero de las ratas, ellos eran irremplazables.

Gregor pensó con tristeza en las personas que habían sacrificado sus vidas allá en las orillas del río. Debería haberse quedado allí para luchar, aunque su probabilidad de vencer era baja. Estaban arriesgando sus vidas porque pensaban que él era el guerrero. Pero él no lo era. Gregor suponía que, a esas alturas, ya se tenían que haber enterado.

Los minutos pasaban despacio. Tal vez murieron todos, y Boots y él estaban ahora solos. Tal vez las arañas lo supieran, y los estuvieran dejando vivir por el momento para que estuvieran frescos y sabrosos cuando decidieran comérselos.

—¿*Gue-go*? —dijo Boots.

—Sí, Boots —le contestó.

—¿*Mamos* a casa? —preguntó suplicante—. ¿A ver a mamá y a Lizzie?

—Bueno, primero tenemos que ir a buscar a papá —dijo, tratando de parecer optimista aunque estuvieran colgando de un hilo, impotentes, en la guarida de una araña.

—¿Pa-pá? —preguntó Boots con curiosidad. Conocía a su padre por fotos, aunque nunca lo había visto en persona—. ¿A ver a pa-pá?

—Primero recogemos a papá, y luego vamos a casa —dijo Gregor.

—¿A ver a mamá? —insistió Boots. Gregor empezó a recordar a su madre, y la tristeza le encogió el corazón—. ¿A ver a mamá?

Una araña que estaba cerca de ellos empezó a emitir un sonido rítmico y pronto todas las demás la imitaron. Era una melodía suave y tranquilizadora. Gregor trató de recordar la música para luego poder tocársela a su padre con su saxofón. Su padre también tocaba, sobre todo jazz. Cuando Gregor tenía siete años, le había comprado su primer saxofón, de segunda mano, en la casa de empeños, y había empezado a enseñarle a tocarlo. Gregor justo había comenzado a tomar clases en la escuela cuando su padre desapareció y cayó prisionero de las ratas, que seguramente odiaban la música.

Por cierto, ¿qué le estarían haciendo las malvadas ratas a su padre?

Trató de pensar en cosas más positivas, pero, dadas las circunstancias, no lo consiguió.

Cuando Henry en persona apareció en el suelo de piedra a varios metros por debajo de él, Gregor sintió ganas de llorar de alivio.

—¡Está vivo! —exclamó Henry, que se alegraba sinceramente de verlo.

Desde algún rincón en la oscuridad, Gregor oyó a Vikus preguntar:

—¿Liberas al de las Tierras Altas, lo liberas?

Gregor sintió que lo bajaban hasta el suelo. Cuando sus pies tocaron la piedra, cayó de bruces, incapaz de sostenerse con las piernas atadas.

Todos lo rodearon al instante, cortando los hilos de seda con sus espadas. Incluso Henry y Luxa se pusieron a ello. Tick y Temp royeron las cuerdas que atrapaban la mochila de Boots. Gregor contó los murciélagos, uno, dos, tres, cuatro, cinco. Veía varios heridos, pero por suerte todos estaban vivos.

—Te creíamos perdido —comentó Mareth, que sangraba abundantemente de una herida en la cadera.

—No, no podía perderme. El túnel llevaba directamente hasta aquí —contestó Gregor, liberando alegremente las piernas de las ataduras.

—No perdido en el camino —dijo Luxa—. Perdido para siempre. —Gregor comprendió entonces que quería decir «muerto».

—¿Qué ha pasado con las ratas? —preguntó.

—Las hemos matado a todas —contestó Vikus—. No temas, pues no te han visto.

—¿Es peor si me ven? —quiso saber Gregor—. ¿Por qué? Pueden oler a kilómetros de distancia que vengo de las Tierras Altas. Saben que estoy aquí.

—Pero sólo las ratas muertas saben que te pareces a tu padre. Que eres «un hijo del sol» —puntualizó Vikus.

Gregor recordó entonces cómo habían reaccionado Shed y Fangor al ver su rostro a la luz de la antorcha: «¿Has visto su rostro, Shed, lo has visto?». Si habían querido matarlo no era sólo porque venía de las Tierras Altas.

¡Sino porque también ellos habían pensado que era el guerrero! Quiso decírselo a Vikus, pero entonces vio que una veintena de arañas bajaba de las alturas para colgarse en unas telarañas, muy cerca de ellos.

Una grandiosa criatura con hermosas patas rayadas bajó a su vez y se colocó justo delante de Vikus. Éste hizo una reverencia hasta casi tocar el suelo con la frente.

—Yo te saludo, reina Wevox.

La araña se acarició el torso con las patas delanteras, como si estuviera tocando el arpa. Una extraña voz salió de ella, aunque su boca no se movió en absoluto.

—Yo te saludo, lord Vikus.

—Te presento a Gregor de las Tierras Altas —dijo Vikus señalando a Gregor.

—Hace mucho ruido —dijo la araña con desagrado, volviéndose a acariciar el torso con las patas delanteras. Gregor comprendió entonces que era así como hablaba la araña, haciendo vibrar su cuerpo. Sonaba un poco como el señor Johnson, el vecino del apartamento 4Q, a quien le habían hecho una operación y hablaba por un agujero en el cuello. Sólo que la araña daba miedo.

—Las costumbres de las Tierras Altas son extrañas —dijo Vikus, lanzándole a Gregor una mirada que significaba que no debía objetar nada.

—¿A qué vienen? —vibró la voz de la reina Wevox.

Vikus contó toda la historia en diez frases, empleando una voz dulce. Así que, al parecer, a las arañas había que hablarles rápida y suavemente. Gritarles sin parar había sido contraproducente.

La reina reflexionó un momento.

—Por tratarse de Vikus, no nos los beberemos. Envuélvanlos.

Una horda de arañas los rodeó. Gregor contempló cómo una especie de hermoso embudo de seda iba creciendo a su alrededor como por arte de magia. El grupo quedó completamente aislado del resto. Las arañas dejaron de tejer cuando llegaron a una altura de unos tres metros. Dos se colocaron en lo alto del embudo, como centinelas. Todo ocurrió en menos de un minuto.

Todos miraron a Vikus, que dejó escapar un largo suspiro.

—Sabías que no habría de ser fácil —dijo Solovet con dulzura.

—Sí, pero había esperado que con el reciente acuerdo comercial... —Vikus se interrumpió—. Mis esperanzas eran desproporcionadas.

—Todavía respiramos —dijo Mareth para animarlo—. Que no es poco con los tejedores.

—¿Qué está pasando aquí? —preguntó Gregor—. ¿Es que no van a venir con nosotros?

—No, Gregor, no —dijo Solovet—. Somos sus prisioneros.

CAPÍTULO DECIMOSÉPTIMO

Prisioneros! —exclamó Gregor—. ¿Es que también están en guerra con los tejedores? —Oh, no —dijo Mareth—. Estamos en paz con los tejedores, no nos invadimos mutuamente... pero sería una exageración considerarlos nuestros amigos.

—Y tanto —corroboró Gregor—. O sea que todo el mundo sabía que nos iban a encerrar menos yo, ¿es eso? —le resultaba muy difícil disimular la irritación que sentía. Se estaba cansando de ser siempre el último en enterarse de las cosas.

—Lo lamento, Gregor —dijo Vikus—. Llevo mucho tiempo pugnando por construir puentes entre nosotros y los tejedores. Pensé que tal vez se mostrarían más razonables, pero sobrestimé mi influencia sobre ellos.

Vikus parecía cansado y viejo. No había sido intención de Gregor hacerlo sentir aún peor.

—No, lo respetan de verdad. O sea, quiero decir que creo que estaban pensando en comerme hasta que les mencioné su nombre.

Vikus se animó un poquito.

—¿De verdad? Bueno, eso ya es algo. Donde hay vida hay esperanza.

—Qué extraño. ¡Eso es lo que dice siempre mi abuela! —exclamó Gregor. Se rió y, de alguna manera, eso sirvió para relajar la tensión.

—¡*Gue-go, oto* pañal! —exigió Boots con una pizca de mal humor, dándose tironcitos de los pantalones.

—Sí, Boots, otro pañal —dijo Gregor. Hacía siglos que no le cambiaba el pañal. Hurgó en la bolsa que le había dado Dulcet y comprobó que sólo le quedaban dos—. Vaya —se lamentó—. Ya casi no me quedan paños empapadores.

—Pues bien, no podrías estar en un mejor lugar. Los tejedores fabrican todos nuestros paños empapadores —dijo Solovet.

—¿Y cómo es que no son pegajosos? —preguntó Gregor, tocándose la cara.

—Los tejedores pueden fabricar seis tipos distintos de seda, algunas son pegajosas, y otras son tan suaves como la piel de Boots. También tejen nuestras ropas.

—¿En serio? —preguntó Gregor—. ¿Y cree usted que querrán hacernos más paños empapadores? ¿Aunque seamos prisioneros?

—No lo dudo. Los tejedores no tienen por objetivo enfrentarse a nosotros —explicó Solovet—. Tan sólo retenernos hasta que decidan qué hacer con nosotros. —Llamó a uno de los centinelas, y unos minutos después, dos docenas de pañales llegaron hasta ellos atados a un hilo de seda. La araña también les hizo llegar tres recipientes llenos de agua clara.

Solovet empezó a ocuparse de todos, uno por uno, limpiando heridas y colocando vendajes. Luxa, Henry y Mareth la observaban con atención, como si estuviera dándoles una clase. Gregor comprendió entonces que la capacidad de curar heridas de guerra era probablemente muy importante en las Tierras Bajas.

Solovet comenzó por limpiar el corte en la cadera de Mareth, y luego lo cosió con aguja e hilo. Gregor se estremeció pensando en el dolor de Mareth, pero el rostro de éste, si bien se veía algo pálido, no mostró emoción alguna. Hubo que coser también las alas de un par de murciélagos y, aunque hacían un gran esfuerzo por no moverse mientras Solovet les perforaba una y otra vez la piel con su aguja, era obvio que sufrían enormemente.

Una vez atajadas todas las hemorragias, Solovet se volvió hacia Gregor.

—Ocupémonos ahora de tu rostro.

Gregor se tocó la cara y comprobó que allí donde se había arrancado las telarañas se le habían formado unas ampollas. Solovet mojó en agua uno de los paños empapadores y se lo aplicó sobre la cara. Gregor tuvo que apretar los dientes para no gritar.

—Sé que quema —dijo Solovet—, pero debes quitarte el pegamento de la piel, o las llagas se volverán purulentas.

—¿Purulentas? —repitió Gregor como un eco. Eso sonaba fatal.

—Si resistieras echarte agua en la cara, el proceso sería más doloroso, pero también más rápido —indicó Solovet.

Gregor respiró bien hondo y metió la cabeza entera en uno de los cubos de agua. «¡Aaaayyy!», gritó en silencio, y sacó la cabeza jadeando. Tras cinco o seis zambullidas, el dolor desapareció.

Solovet asintió con la cabeza, complacida, y le dio un frasquito de arcilla con un ungüento para que se lo aplicara en la cara. Mientras Gregor se extendía cuidadosamente la medicina, Solovet limpió y vendó una serie de heridas de menor consideración, y obligó a un Vikus muy reticente a que le dejara vendarle la muñeca.

Por fin se volvió hacia Temp y Tick.

—Reptantes, ¿necesitan mi ayuda?

Boots señaló a una de las cucarachas, que tenía una antena doblada.

—Temp *tene* una heridita—dijo.

—No, princesa, nosotros nos curamos solos —dijo Temp. Gregor lamentaba que Temp estuviera herido, pero lo bueno de ello era que ahora podía distinguir mejor a la una de la otra.

—¡Curita! —insistió Boots, y alargó la mano para coger la antena herida.

—¡No, Boots! —dijo Gregor, bloqueándole la mano—. Temp no se pone curita.

—¡Curita! —Boots hizo una mueca a Gregor y lo apartó de un empujón.

«Vaya, genial», pensó éste. «Estamos en problemas». Por lo general Boots era una niña muy buena. Pero sólo tenía dos años, y de vez en cuando todavía le daba alguna rabieta que dejaba agotada a toda la familia. Solía ocurrir cuando estaba cansada o tenía hambre.

Gregor metió la mano en la bolsa. ¿No había mencionado Dulcet algo de que había cositas ricas de comer? Sacó una galleta.

—¿Una galleta, Boots? —la niña tomó la galleta a regañadientes y se sentó para comérsela. Al parecer, ya todo estaba bajo control.

—¿Nos odia, la princesa, nos odia? —preguntó Tick con gran preocupación.

—Huy, no —contestó Gregor—. Es sólo que a veces se pone así. Mi madre dice que son caprichos de la edad. A veces le da una rabieta sin motivo.

Boots los miró a todos frunciendo el ceño y empezó a golpear el suelo con los pies.

—¿Nos odia, la princesa, nos odia? —murmuró Temp con tristeza.

Probablemente las crías de las cucarachas no tenían rabietas.

—No, de verdad, le siguen cayendo bien —les aseguró Gregor—. Sólo necesita un poco de espacio. —Esperaba que el comportamiento de Boots no hiriera tanto a las cucarachas como para que les entraran ganas de marcharse. Bueno, ahora mismo nadie podía irse a ningún sitio, de todas formas.

Vikus le indicó con un gesto que se reuniera con ellos. Le susurró:

—Gregor, mi esposa teme que los tejedores puedan informar a las ratas de nuestro paradero. Aconseja que escapemos sin demora.

—¡Estoy con ella! —aprobó Gregor—. Pero, ¿cómo

vamos a hacerlo? —Boots se acercó a él por detrás y le dio un pellizco en el brazo sin motivo alguno—. ¡No, Boots! —exclamó—. ¡No se pellizca!

—¡*Ota* galleta! —le dijo, tirándole del brazo.

—No, para las niñas que pellizcan no hay galletas —dijo Gregor con firmeza. El labio inferior de Boots empezó a temblar. Dio media vuelta, se alejó de él, se tiró al suelo, y empezó a darle patadas a la bolsa.

—Perdón, ¿cuál es entonces el plan? —preguntó Gregor, volviendo a unirse al grupo—. ¿Podemos abrirnos camino a través de la telaraña y echar a correr sin más?

—No, al otro lado del embudo de seda hay veintenas de tejedores preparados para zurcir cualquier agujero y atacarnos con el veneno de sus colmillos. Si huimos hacia arriba, seguramente saltarán sobre nosotros desde las alturas —susurró Solovet.

—¿Y qué nos queda entonces? —preguntó Gregor.

—Sólo nos queda una única alternativa. Tenemos que dañar la telaraña tanto y tan rápidamente que no puedan repararla, y que no aguante tampoco su peso —indicó Solovet. Se quedó callada un momento—. Alguien deberá ejecutar la Maniobra en Espiral.

Todos miraron a Luxa, de modo que Gregor los imitó. Su murciélago dorado, que estaba detrás de ella, inclinó la cabeza y le tocó el cuello.

—Podemos hacerlo nosotros —dijo Luxa despacio.

—No insistimos, Luxa. El peligro, especialmente arriba de todo, es muy grande. Pero a decir verdad, eres nuestra mayor esperanza —dijo Vikus con tristeza.

Henry la rodeó con el brazo.

—Pueden hacerlo. Las he visto entrenar. Ambas son veloces y precisas.

Luxa asintió con la cabeza con expresión resuelta.

—Podemos hacerlo. No perdamos más tiempo.

—Gregor, monta el murciélago de Vikus. Vikus, tú, conmigo. Henry y Mareth, ocúpense de un reptante cada uno —ordenó Solovet.

—Necesitamos una distracción para cubrir a Luxa —dijo Mareth—. Yo podría ir por un lado.

—No con una herida en la pierna —dijo Solovet, dirigiendo la mirada en derredor—. Y nadie se aventura por un lado. Significa una muerte segura.

—Los tejedores son muy sensibles al ruido —comentó Vikus—. Lástima que no tengamos cuernos.

Gregor sintió un par de piececitos que golpeaban furiosos su pierna. Se dio la vuelta y vio a Boots en el suelo, dándole patadas.

—¡Basta! —le dijo severamente—. ¿Quieres que te castigue?

—¡Castigar no! ¡Tú castigado! ¡Tú castigado! ¡Galleta! ¡Galleta! —gimoteó Boots. Estaba a punto de estallar de un momento a otro.

—¿Necesitamos ruido? —preguntó Gregor con gran frustración—. Pues aquí lo tienen. —Cogió a Boots en brazos y la metió a la fuerza en la mochila.

—¡No! ¡No! ¡No! —gritó Boots, con una voz cada vez más fuerte y aguda.

—¿Todos preparados? —preguntó Gregor, sacando una galleta de la bolsa de Dulcet.

Los demás no estaban muy seguros de lo que estaba haciendo, pero unos segundos después estaban todos listos para levantar el vuelo. Solovet asintió con la cabeza.

—Estamos preparados.

Gregor blandió la galleta.

—¡Eh, Boots! —dijo—. ¿Quieres una galleta?

—¡No *quero* galleta! ¡No, no, no, no! —contestó Boots, para quien ya no existía galleta que pudiera quitarle el enfado.

—Está bien —dijo Gregor—. Pues entonces, me la como yo. —Y, asegurándose de que Boots pudiera verlo, se comió la galleta de un solo bocado.

—¡Es mía! —chilló Boots—. ¡Es mía! ¡Es mía! ¡Míiiiiiiaaaaa! —Era un chillido tan fuerte como para romperle el tímpano a cualquiera, y Gregor sintió que le iba a estallar el cerebro.

—¡Adelante, Luxa! —exclamó Solovet. La chica levantó el vuelo con su murciélago. Ahora entendía Gregor por qué era tan difícil la Maniobra en Espiral. Luxa se elevaba describiendo círculos por dentro de la tela a una velocidad de vértigo, blandiendo la espada por encima de su cabeza. Con ésta iba cortando el embudo, dejándolo hecho jirones. Sólo un extraordinario jinete, increíblemente flexible, podría realizar una maniobra así.

—¡Caray! —exclamó Gregor con admiración. Subió de un salto al gran murciélago de Vikus.

—¡Míiiiaaa! —seguía chillando Boots—. ¡Míiiaaa!

Por encima de su cabeza veía a Luxa dando vueltas y cortando la tela con su espada. Los demás la seguían, cortando a su vez las paredes del embudo de seda. Gregor cerraba la marcha con Boots y sus ensordecedores chillidos.

En lo alto del embudo, el murciélago estaba suspendido en el aire, ejecutando cabeza abajo una complicada figura en forma de ocho. Bajo el amparo de la espada de Luxa, los de las Tierras Bajas se escabulleron hacia la libertad.

Gregor era el único que seguía en el embudo cuando todo ocurrió. Desde arriba cayó con fuerza sobre Luxa un chorro de seda, que rodeó el brazo que sostenía la espada, y derribó a la chica de su montura. Un par de patas rayadas tiraron de ella como si fuera un pez atrapado en una caña de pescar.

Los colmillos de la reina Wevox se abrieron para recibir el cuello de su presa.

CAPÍTULO DECIMOCTAVO

Gregor se quedó boquiabierto de horror. Luxa estaba a unos segundos de morir. Ella también lo sabía. Se debatía, aterrorizada, tratando de romper con los dientes el hilo que aprisionaba su muñeca, pero era demasiado grueso.

Gregor buscó un arma desesperadamente. ¿Qué tenía él? ¿Pañales? ¿Galletas? ¿Por qué no le habrían dado una espada? El guerrero estúpido, ése era él. Metió la mano en su bolsa de cuero y encontró la lata de gaseosa. ¡Gaseosa! Sacó la lata, agitándola con todas sus fuerzas.

—¡Al ataque! ¡Al ataque! —gritó.

Justo cuando los colmillos estaban a punto de hincarse sobre la garganta de Luxa, Gregor levantó el vuelo y abrió la lata. El chorro de gaseosa salió disparado, golpeando a la araña en plena cara. Ésta soltó a Luxa, y se llevó las patas a los ojos.

Luxa cayó y su murciélago la recogió. Se unieron a los demás, que ya regresaban para ayudarla.

—¡Sierra circular! —ordenó Solovet, y los murciélagos se congregaron para formar el mismo círculo estrecho que había rodeado a Gregor la vez que había tratado de escapar del estadio. Los humanos blandieron sus espadas, apuntando a los lados del embudo, y la formación empezó a moverse por el aire, describiendo círculos cerrados, como una sierra eléctrica.

Los espantosos gritos de Boots obligaban a las arañas a protegerse asustadas, acurrucándose como ovillos. Gregor no sabía si era por el ruido, por la sierra circular, o por miedo a la gaseosa. Lo único que sabía era que, unos minutos después volaban libres, lejos de las arañas.

Gregor relajó las piernas cuando se dio cuenta de que debía de estar asfixiando a su murciélago. Todavía sostenía en la mano la lata de gaseosa medio vacía. De haber sido capaz de tragar, se la habría bebido.

Los gritos de Boots pronto se fueron convirtiendo en gemidos. Apoyó la cabeza en el hombro de Gregor y se quedó dormida. Estaba tan alterada que aún seguía gimiendo en sueños. Gregor se dio la vuelta y le besó la cabecita llena de rizos.

Luxa estaba tumbada sobre su murciélago, viva pero exhausta. Vio que Solovet y Vikus se le acercaban volando para hablar con ella. Luxa asintió, pero no se incorporó. Ambos se pusieron a la cabeza de la formación, y los murciélagos se alejaron de allí, surcando la oscuridad a la velocidad del rayo.

Sobrevolaron túneles desiertos por un largo rato. Gregor no vio señal alguna de vida, ya fuera animal o vegetal. Por fin, Solovet y Vikus les indicaron que descendieran, y el grupo aterrizó en una amplia cueva que se abría en la boca de un túnel.

Todos se dejaron caer prácticamente al suelo desde sus monturas, y no se movieron. Temp y Tick parecían casi inconscientes de puro miedo. Los murciélagos se acercaron unos a otros, formando un grupito cerrado y tembloroso.

Poco después, Gregor se oyó a sí mismo decir:

—Bueno, ¿no piensan que ya va siendo hora de que yo también tenga una espada?

Hubo un momento de silencio, y luego todos estallaron en sonoras carcajadas. No podían parar de reír. Gregor no veía dónde estaba el chiste, pero se rió con ellos, sintiendo que las tinieblas iban abandonando su cuerpo poco a poco.

La risa despertó a Boots, que se frotó los ojos y preguntó alegremente:

—¿*Onde* está la araña?

Por algún motivo, esa pregunta volvió a provocar las carcajadas de todos. Encantada con la reacción, Boots repetía una y otra vez «¿*Onde* está la araña?», ante las risas complacientes de los demás.

—La araña se ha ido, adiós, adiós —le dijo Gregor por fin—. ¿Quieres una galleta?

—¡Síiii! —exclamó Boots, sin la menor sombra de enfado por el incidente anterior. Ésa era una de sus grandes virtudes. Una vez que se calmaba y se dormía, al despertar volvía a ser la niña dulce de siempre.

Cuando se dieron cuenta de que la princesa no los odiaba, Temp y Tick se unieron a ellos, y se pusieron a corretear por allí, jugando al lobo con Boots.

Mareth empezó a preparar la comida, pero Solovet le ordenó que se tumbara y pusiera la pierna en alto. Ella y

Vikus prepararon la cena mientras Henry y Mareth se enfrascaban en algo que parecía un juego de naipes.

Gregor se acercó a Luxa, que estaba sentada sobre un saliente de roca. Se acomodó junto a ella, y comprobó que la chica aún temblaba.

—¿Qué tal estás? —le preguntó.

—Estoy bien —contestó con voz tensa.

—Me gustó un montón esa espiral que hiciste —le dijo Gregor.

—Era la primera vez que estaba en una telaraña de verdad —le confesó ella.

—Yo también. Aunque, claro, en las Tierras Altas los tejedores son pequeños, y no los consideramos nuestros vecinos —explicó Gregor. Luxa hizo una mueca.

—Nosotros no tratamos mucho con ellos.

—Pues tanto mejor, me parece a mí. O sea, quiero decir, ¿quién querría tratar con alguien que se pasa el rato pensando en cómo beberte las entrañas? —dijo Gregor.

Luxa parecía escandalizada.

—¡No te burlarías de esa manera si la reina te hubiera atrapado a ti!

—Eh, oye, un momento, que yo estuve una hora ahí colgado, gritando, hasta que a ustedes se les ocurrió aparecer, ¿eh? —protestó Gregor—. Y las arañas me odiaban a muerte.

Luxa se rió.

—Ya me he dado cuenta, sí. Por lo que ha dicho la reina Wevox. —Luxa calló unos instantes. Le costó mucho pronunciar la siguiente palabra—: Gracias.

—¿Por qué? —preguntó Gregor.

—Por salvarme con... ¿Qué arma es ésa? —señaló la lata de gaseosa.

—No es un arma. Es una gaseosa —explicó Gregor. Bebió un sorbito.

Luxa parecía asustada.

—¿No es peligroso beberla? —preguntó.

—Qué va, pruébala —dijo Gregor, ofreciéndole la lata con presteza.

Luxa bebió un sorbo cautelosamente, y abrió los ojos como platos.

—Siento como un extraño cosquilleo en toda la lengua —comentó.

—Sí, ya, por eso explotó. La agité para que hubiera muchas burbujas. Pero ahora no es peligrosa. Es como beber agua. Anda, termínatela si quieres —dijo, y Luxa siguió bebiendo sorbitos, con mucha curiosidad.

—Bueno, de todas maneras te debía una —dijo Gregor—. Tú me salvaste de la rata la primera noche. Así que estamos en paz.

Luxa asintió con la cabeza, pero se veía muy preocupada.

—Hay una cosa más. No debí haberte pegado por tratar de escapar. Lo siento.

—Y yo siento haber dicho que tu tierra me ponía los pelos de punta. No es del todo verdad. Hay partes que están genial —dijo.

—¿Yo también «te pongo los pelos de punta»? —preguntó Luxa.

—No, qué va. Lo que me pone los pelos de punta son cosas como las ratas, ya sabes, cosas que te dan escalofríos. Tú eres simplemente... difícil —dijo Gregor, tratando de expresar sus sentimientos con sinceridad pero sin mala educación.

—Tú también lo eres. Resulta difícil persuadirte de que... de que hagas ciertas cosas —explicó Luxa.

Gregor asintió con la cabeza, pero hizo una mueca de impaciencia cuando ella no lo miraba. Luxa era la persona más terca que había conocido en su vida.

Vikus los llamó a todos a cenar, y hasta las cucarachas se sintieron lo suficientemente cómodas como para unirse a ellos.

—Estoy bebiéndome el arma que usó Gregor contra los tejedores —anunció Luxa, blandiendo la lata de gaseosa. Gregor tuvo que volver a explicar otra vez lo de las burbujas, y luego todos quisieron probar un sorbito.

Cuando la lata llegó hasta Boots, Gregor dijo:

—Bueno, ya casi no queda nada. —Pensaba que la niña se bebería de un trago el poquito que quedaba. Pero, en vez de eso, Boots vertió la gaseosa en el suelo formando dos charquitos.

—Bichos *gandes* —dijo, señalando el primer charco—. *Mulcélagos* —dijo, indicando el segundo. Ambos grupos de animales obedecieron diligentemente y se acercaron para probar la gaseosa.

—Boots es una embajadora nata —dijo Vikus sonriendo—. Trata a todos con una igualdad a la que yo mismo aspiro. Y ahora, a comer.

Todos se lanzaron sobre sus platos como si nunca antes hubieran visto comida. Una vez que hubo engullido la suficiente cantidad para empezar a detenerse a saborearla, Gregor formuló la pregunta que lo había estado preocupando desde que habían escapado de las arañas.

—¿Podemos seguir con nuestra búsqueda aunque no nos acompañe ningún tejedor?

—Ésa es la cuestión —contestó Vikus—. Ésa es la cuestión que todos hemos de considerar. Es obvio que no podemos esperar que ningún tejedor se una a nosotros por voluntad propia.

—Deberíamos haber atrapado a dos de ellos cuando tuvimos oportunidad —dijo Henry sombríamente.

—La profecía dicta que los tejedores han de mostrar su aquiescencia, es decir, aceptar —objetó Vikus—. Sin embargo, sabemos que las ratas han hecho prisioneros a muchos tejedores. Tal vez podamos liberar a unos cuantos y persuadirlos de que se unan a nosotros. He tenido buenos resultados con ellos en múltiples ocasiones.

—Pero tú no estarás allí, Vikus —dijo Solovet con voz serena.

—¿Qué quiere decir? —preguntó Gregor, y sintió que se le aceleraba la sangre en las venas.

Vikus calló un momento, observando a todo el grupo con mucha atención.

—Ha llegado la hora de que quienes no aparecemos en la profecía regresemos a casa. Mareth, Solovet y yo nos marcharemos cuando hayamos descansado.

Gregor vio su propia sorpresa reflejada en los rostros de Luxa y de Henry.

—Nada en la profecía te prohíbe venir, Vikus —objetó Luxa.

—No hay razón para que estemos aquí. Y además, tenemos una guerra que ganar —dijo Solovet.

La idea de dar un solo paso sin Vikus y Solovet llenó de pánico a Gregor.

—Pero no pueden abandonarnos. Si ni siquiera sabemos adónde vamos —protestó Gregor—. ¿Saben ustedes acaso adónde hay que ir? —preguntó a Luxa y a Henry. Ambos negaron con la cabeza—. ¿Lo ven?

—Ya se las arreglarán. Henry y Luxa están bien preparados, y tú has dado muestras de una gran inventiva —dijo Solovet. Habló con sencillez y determinación. Estaba pensando en la guerra, en asuntos mucho más importantes, no en ellos.

Gregor supo instintivamente que no conseguiría hacerle cambiar de opinión. Se volvió hacia Vikus.

—No pueden irse. Los necesitamos. Necesitamos a alguien... ¡alguien que sepa lo que hay que hacer!

Miró a Luxa y a Henry para ver si se habían ofendido con este comentario, pero ambos aguardaban ansiosos la respuesta de Vikus. «Lo saben», pensó Gregor. «Se hacen los duros, pero saben perfectamente que no podemos arreglárnoslas solos».

—No es mi intención abandonarlos en la Tierra de la Muerte —dijo Vikus.

—Vaya, fantástico, encima estamos en la Tierra de la Muerte —dijo Gregor—. Entonces, ¿qué piensan hacer...? ¿Dibujarnos un mapa?

—No, les he previsto un guía —contestó Vikus.

—¿Un guía? —preguntó Henry.

—¿Un guía? —repitió Luxa como un eco.

Vikus respiró hondo, como si estuviera a punto de lanzarse a una larga explicación. Pero entonces alguien lo interrumpió.

—Bueno, yo, la verdad, prefiero considerarme una leyenda, pero supongo que tendré que conformarme con ser un guía —pronunció una voz profunda y lánguida que emergió de algún lugar entre las sombras.

Gregor apuntó con su linterna en la dirección en que provenía la voz.

Apoyada en la entrada del túnel había una rata con una cicatriz que le cruzaba la cara en diagonal. Gregor apenas tardó unos segundos en reconocer al animal que Vikus había derribado y empujado a las aguas del río.

tercera parte

LA RATA

CAPÍTULO DECIMONOVENO

Quietos! —exclamó Vikus al ver que Luxa, Henry y Mareth se ponían en pie de un salto, espada en mano—. ¡Quietos!

La rata miró divertida a los tres humanos armados.

—Sí, quietos, no vaya a tener que moverme yo, y eso siempre me pone de pésimo humor —dijo lánguidamente.

Luxa y Mareth se detuvieron, sin saber muy bien cómo reaccionar, pero Henry hizo caso omiso de la orden de Vikus y se lanzó sobre la rata. Sin mover ningún otro músculo, esta chasqueó la cola. El apéndice salió disparado, como un látigo, sobre la mano de Henry, haciéndole soltar la espada. El arma rebotó sobre el suelo de piedra y chocó contra la pared de la cueva. Henry se sujetó la muñeca, dolorido.

—La lección más difícil que ha de aprender un soldado es obedecer órdenes que estima equivocadas —dijo la rata filosóficamente—. Ten cuidado, muchacho, o terminarás como yo, desposeído de toda respetabilidad y calentando tu triste trasero a la lumbre de tus enemigos. —La rata hizo un gesto con la cabeza al anciano—. Vikus.

—Ripred —dijo Vikus con una sonrisa—. Acabamos de empezar a cenar. ¿Quieres unirte a nosotros?

—Pensaba que nunca me lo ibas a preguntar —dijo Ripred, abandonando la pared donde seguía apoyado, y acercándose al fuego arrastrando los pies. Se sentó sobre las patas traseras, junto a Solovet—. Mi querida Solovet, qué amable de tu parte salir a recibirme. Estando además en guerra.

—Por nada del mundo me hubiera perdido la oportunidad de compartir el pan contigo, Ripred —dijo Solovet.

—Vamos, vamos, sabes perfectamente que sólo me has seguido para sonsacarme información —dijo Ripred—. Y para regocijarte con tu victoria.

—Te destruí —dijo Solovet con júbilo—. Tu ejército dio media vuelta y se metió aullando en las aguas del río.

—Ejército —se burló Ripred—. Si eso es un ejército yo soy una mariposa. Habría tenido más oportunidades si hubiera luchado con un grupo de reptantes. —La rata miró a Temp y Tick, que se refugiaban asustados contra la pared de la cueva, y suspiró—. Exceptuando a los presentes, por supuesto.

Boots frunció el ceño y gateó hasta Ripred. Lo señaló con su dedo regordete.

—¿Tú *latón?*

—Sí, soy un ratón. Mira cómo chillo: hiiii, hiiii. Y ahora, largo de aquí y vuelve con tus amiguitos los bichos —dijo Ripred, cogiendo un pedazo de carne seca. Arrancó un trozo con los dientes, y entonces vio que Boots no se había movido de su sitio. Estiró los labios, revelando así una hilera de dientes puntiagudos y le lanzó un siseo amenazador.

—¡Huy! —exclamó Boots, corriendo hacia las cucarachas—. ¡Huy!

—No hagas eso —dijo Gregor. La rata volvió hacia él sus ojos brillantes, y Gregor se quedó atónito ante lo que vio en ellos: inteligencia, un destello letal y, lo más sorprendente de todo, dolor. Esta rata no era como Shed o Fangor. Era mucho más compleja y mucho más peligrosa. Por primera vez, desde que estaba en las Tierras Bajas, Gregor sintió que la situación lo superaba por completo. Si tenía que luchar contra esta rata, no tendría ni la más mínima posibilidad de salir vencedor. Perdería. Moriría.

—Ah, éste debe de ser nuestro guerrero —dijo Ripred suavemente—. Pero cuánto te pareces a tu papaíto.

—No asustes a mi hermana —dijo Gregor, tratando de que no le temblara la voz—. No es más que un bebé.

—Según me han dicho, tiene más agallas que todos ustedes juntos —dijo Ripred—. Por supuesto, el valor sólo cuenta cuando sabes contar. Supongo que todos los demás saben contar, así que ya están armándose de valor para venir a sentarse aquí conmigo, muy bien.

La rata lanzó una mirada en derredor a Luxa, Mareth y Henry, que se mantenían a distancia. Los murciélagos extendían y replegaban las alas, sin saber muy bien qué hacer.

—Bueno, ¿qué pasa, es que nadie más tiene hambre? Odio comer solo. Me hace sentir tan poco querido...

—No los había preparado, Ripred —dijo Vikus.

—Salta a la vista —contestó la rata—. Resulta obvio que mi llegada es un placer inesperado. —Se puso a roer el hueso de carne, haciendo un espantoso ruido con los dientes.

—Les presento a Ripred, el roedor —dijo Vikus al resto del grupo—. Se unirá a la búsqueda en calidad de guía de la expedición.

Se oyó una especie de suspiro, pues la mitad de los presentes tragó aire con dificultad. Siguió una larga pausa, en la que nadie se atrevió a respirar. Gregor trató de asimilar lo que Vikus había anunciado con tanta tranquilidad. Una rata. Los abandonaba en las garras de una rata. Quiso protestar, pero se le había petrificado la garganta.

Por fin Luxa habló con una voz ronca de odio.

—No, no lo hará. Nosotros no viajamos con ratas.

—La Profecía del Gris así lo exige, Luxa —dijo Solovet—. «Un roedor al lado».

—«Al lado» podría significar cualquier cosa —gruñó Henry—. Tal vez signifique que lo dejamos «de lado», que lo matamos y no viene con nosotros.

—Tal vez sí. Pero habiendo sido testigo de tu último ataque, lo dudo mucho —dijo Ripred, concentrándose en un pedazo de queso.

—Hemos matado a cinco ratas desde el mediodía —dijo Luxa.

—¿Te refieres a los imbéciles que escogí cuidadosamente por su cobardía y su ineptitud? Oh, sí, bravo, majestad. Todo un ejemplo de maestría en el combate —dijo Ripred, con una voz cargada de sarcasmo—. No cantes victoria, todavía no te has enfrentado a una rata de verdad.

—Ellos mismos fueron quienes mataron a Shed y a Fangor —intervino Mareth con valentía.

—Bien, entonces permíteme que me corrija. Fangor y Shed eran excelentes guerreros, en las escasas ocasiones en que estaban sobrios —dijo Ripred—. Sin embargo, me imagino que los superabas en número, y que estaban algo aturdidos por la llegada de nuestro guerrero. ¿Qué dices tú, guerrero? ¿Tú también te niegas a ir conmigo?

Gregor observó los ojos burlones y atormentados de Ripred. Quería negarse, pero si lo hacía, ¿encontraría alguna vez a su padre?

Como si le hubiera leído el pensamiento, Vikus se le adelantó:

—Necesitarás a Ripred para que te guíe hasta tu padre. Los humanos no tenemos mapas de estos túneles. Sin él nunca encontrarás el camino.

Pese a todo, no dejaba de ser una rata. Gregor sólo llevaba unos pocos días en las Tierras Bajas y ya despreciaba a las ratas. Habían matado a los padres de Luxa y de Henry, habían hecho prisionero a su padre, y casi se los habían comido a él y a Boots. Sintió que una especie de oleada de poder recorría todo su cuerpo cuando pensó en lo mucho que las odiaba. Pero si todas las ratas eran malvadas, ¿quién era esa extraña criatura que lo miraba desde el otro lado de la hoguera, y que se ofrecía a servirles de guía?

—¿Y qué ganas tú con esto? —le preguntó Gregor a Ripred sin vacilar.

—Una pregunta de lo más justa —contestó la rata—. Pues bien, guerrero, estoy planeando derrocar al rey Gorger y necesito que me ayudes.

—¿Que te ayude, cómo? —quiso saber Gregor.

—No lo sé —reconoció Ripred—. Ninguno de nosotros lo sabe.

Gregor se levantó y cogió a Vikus del brazo.

—Tengo que hablarle a solas —dijo. Él mismo se sorprendió de la rabia que afloraba en su voz. ¡Pues sí, estaba furioso! La rata no formaba parte del trato. Esto no era en lo que él había aceptado embarcarse.

Vikus se tomó su enfado con calma. Tal vez se había imaginado que reaccionaría así. Se alejaron unos metros del resto del grupo.

—Bueno, ¿cuánto tiempo hace que tiene este plan con la rata? —preguntó Gregor.

Vikus reflexionó un momento.

—No sabría decirte con exactitud. Tal vez unos dos años. Por supuesto, todo dependía de tu llegada.

—¿Y cómo es que no me ha dicho nada hasta ahora? —quiso saber Gregor.

—No soy partidario de dar a la gente más información de la que puede asimilar —contestó Vikus.

—¿Quién dice que no puedo asimilarla? ¡Sí puedo asimilarla! —dijo Gregor, dejando más que patente que en realidad no podía.

—Tal vez puedas, por lo menos mejor que Luxa y Henry. Es posible que te lo hubiera contado si hubiéramos terminado nuestra charla sobre la Profecía del Gris —añadió Vikus—. No cabe duda de que me habrías preguntado, y sí, es muy posible que te lo hubiera contado.

Gregor se sacó la profecía del bolsillo y dijo:

—Vamos a terminarla ahora. —Buscó la parte en la que se habían quedado la última vez.

Un roedor al lado y uno perdido antes.

—Así que Ripred es el «roedor», y mi padre es el «otro perdido antes» —dijo Gregor. Prosiguió su lectura.

Tras contar a los muertos
ocho vivos serán los restantes.

—¿Qué significa esto? —preguntó Gregor, señalando el verso con el dedo.

—Si sumas todos los participantes de la profecía, dos de arriba, dos de abajo, dos voladores, dos reptantes, los dos tejedores, un roedor y uno perdido, son doce en total —dijo Vikus con gravedad—. Al final de la búsqueda, sólo quedarán ocho con vida. Cuatro habrán muerto. Pero nadie sabe quiénes serán esos cuatro.

—Ah —dijo Gregor, anonadado. Había oído antes esas palabras, pero sólo ahora empezaba a asimilarlas—. Cuatro de nosotros, muertos.

—Pero ocho vivos, Gregor —dijo Vikus con dulzura—. Y tal vez un mundo entero salvado.

Gregor no podía pensar en eso ahora, no podía dejar de preguntarse una y otra vez quién seguiría con vida al final de la prueba. Pasó a la estrofa final de la profecía.

El último en morir su bando elegirá.

El destino de los ocho en su mano estará.
Rogadle, pues, prudencia cuando con cautela salte,
pues la vida puede ser muerte
y la muerte, vida, en un instante.

—No entiendo esta última parte —declaró Gregor.

—Yo tampoco, ni nadie. Es muy enigmática. Creo que nadie la entenderá completamente hasta que llegue el momento final —dijo Vikus—. Gregor, lo que te pido que hagas no es agradable ni fácil, pero es esencial. Esencial para ti, si quieres encontrar a tu padre. Esencial para mi pueblo, si queremos sobrevivir.

Gregor sintió que la rabia lo iba abandonando y el miedo iba ocupando todos los resquicios de su ser. Adoptó una táctica distinta.

—No quiero ir con esa rata —dijo Gregor, con voz casi suplicante—. Nos matará.

—No, no puedes juzgar a Ripred por lo que sabes de otras ratas. Tiene una sabiduría a la que ninguna otra criatura podría siquiera aspirar. Las cosas no siempre estuvieron tan mal entre los humanos y las ratas. Cuando Solovet, Ripred y yo mismo éramos más jóvenes, vivíamos en una paz relativa. A Ripred le gustaría restaurar esa paz, pero el rey Gorger desea ver muertos a todos los humanos —explicó Vikus.

—Así que está usted diciendo que Ripred es una rata buena —dijo Gregor, atragantándose con las palabras.

—Si no lo fuera, ¿crees que le confiaría a mi nieta? —le preguntó Vikus.

—¿Su nieta? —dijo Gregor, atónito.

—La madre de Luxa, Judith, era mi hija —le explicó Vikus.

—¿Es usted su abuelo? ¿Y por qué lo llama Vikus? —preguntó Gregor. Esta gente era tan extraña y tan ceremoniosa. ¿Por qué nadie le había dicho nada?

—Son nuestras costumbres —dijo Vikus—. Cuida de ella. Si esto es duro para ti, para Luxa es una tortura.

—¡Todavía no he dicho que acepto! —exclamó Gregor. Miró al anciano a los ojos—. Está bien, de acuerdo, acepto. ¿Hay alguna otra cosa más que necesite saber y que todavía no me haya dicho?

—Sólo una: a pesar de lo que te dije, desde el primer momento en que te vi supe que eras el guerrero de la Profecía —confesó Vikus.

—Gracias. Fantástico. Eso me ayuda mucho —dijo Gregor, y ambos volvieron junto al resto del grupo—. Bien, Boots y yo nos vamos con la rata. ¿Quién más se apunta?

Durante un momento, nadie dijo nada.

—Adonde va la princesa, vamos nosotros —dijo Temp con decisión.

—¿Qué dices tú, Luxa? —preguntó Vikus.

—¿Qué puedo decir, Vikus? ¿Puedo volver a mi pueblo y decirle que abandoné la búsqueda cuando nuestra supervivencia pende de un hilo? —dijo Luxa amargamente.

—Por supuesto que no puedes, Luxa. Por eso ha calculado tan bien su maniobra —dijo Henry.

—Podrías optar por... —empezó diciendo Vikus.

—¡Podría optar! ¡Podría optar! —replicó Luxa—. ¡No me ofrezcas opciones cuando sabes que no existe ninguna! —ella y Henry le dieron la espalda al anciano.

—¿Voladores? —inquirió Solovet, al ver que Vikus parecía haber perdido la habilidad de hablar.

—Aurora y yo vamos allá adonde vayan nuestros vínculos —dijo Ares entre dientes.

—Entonces, está decidido. Ven, Mareth, nos necesitan en Regalia —dijo Solovet.

Mareth, muy apesadumbrado, se puso a preparar rápidamente paquetes de comida para los miembros de la búsqueda.

—Vuelen alto —dijo con voz ahogada, y montó a lomos de su murciélago.

Solovet subió al suyo y desenrolló su mapa. Mientras Ripred la ayudaba a trazar el camino más seguro de vuelta a Regalia, Vikus se dirigió a Henry y Luxa. Ninguno de los dos se volvió para mirarlo.

—No quisiera despedirme así, pero comprendo sus corazones. Tal vez algún día puedan perdonarme este momento. Vuela alto, Henry. Vuela alto, Luxa —dijo Vikus. Aguardó una respuesta, pero no obtuvo ninguna. Se dio la vuelta y se dejó caer pesadamente sobre su murciélago.

Por muy desgraciado que se sintiera Gregor de que lo abandonaran en manos de una rata, sentía más tristeza aún por Vikus. Quería gritarle a Luxa: «¡Di algo! ¡No dejes que tu abuelo se marche así! ¡Cuatro de nosotros no volveremos!». Pero las palabras quedaron atrapadas en su garganta. Y además, una parte de él tampoco estaba dispuesta a perdonar a Vikus por abandonarlos así.

—Vuela alto, Gregor de las Tierras Altas —se despidió Vikus.

Gregor se debatía internamente sobre cómo reaccionar. ¿Debía hacer caso omiso de Vikus? ¿Hacerle ver que ninguno de ellos, ni siquiera uno de las Tierras Altas, podía perdonarlo? Justo cuando había decidido no contestarle, Gregor pensó en los dos años, siete meses y, ¿cuántos días sumaban ya, quince? Había tantas cosas que deseaba haberle dicho a su padre cuando aún era posible... Cosas como lo genial que era cuando subían al tejado por la noche para ver las estrellas. O cuánto le gustaba cuando tomaban el metro hasta el estadio para ver un partido de béisbol. O decirle simplemente que se sentía afortunado de que, entre todas las personas que había en el mundo, él fuera su padre.

Ya no cabían en su corazón más palabras no pronunciadas. Los murciélagos estaban levantando el vuelo. Sólo tenía un segundo.

—¡Vuela alto, Vikus! —gritó—. ¡Vuela alto!

Vikus se volvió, y Gregor vio lágrimas brillando en sus mejillas. El anciano levantó la mano hacia Gregor, en un gesto de agradecimiento.

Hecho esto, desaparecieron.

CAPÍTULO VIGÉSIMO

De modo que ahí se quedaron los nueve, completamente solos. Gregor se sentía como si todos los adultos se hubieran marchado, dejando a los niños con una rata de niñera. En su interior se sentía mareado, vacío, y muy vulnerable. Miró a su alrededor y cayó en la cuenta de que no había nadie a quien pudiera recurrir en busca de protección.

—Bueno, será mejor que descansemos un poco —declaró Ripred con un gran bostezo—. Así recuperaremos fuerzas y podremos marcharnos dentro de unas horas. —Se sacudió de encima unas migas de queso, se agazapó, y menos de un minuto después ya estaba roncando.

Ninguno sabía qué decir. Gregor extendió su manta en el suelo y llamó a Boots.

—¿Se van adiós-adiós? —preguntó la niña, señalando en la dirección en que había visto desaparecer a Vikus y a los otros.

—Sí, Boots, se fueron adiós-adiós. Vamos a dormir aquí. Es hora de irse a la cama. —Gregor se tumbó sobre la manta, y Boots se acurrucó a su lado sin protestar. Temp y

Tick se colocaron uno a cada lado de ellos. ¿Estarían montando guardia? ¿De verdad pensaban que podrían hacer algo en caso de que Ripred decidiera atacarlos? Con todo, de alguna manera era reconfortante tenerlos ahí.

Luxa no quiso tumbarse. Aurora vino y la envolvió entre sus alas doradas. Ares apoyó su suave espalda negra contra la de Aurora, y Henry se tumbó a los pies de su murciélago.

Por muchas precauciones que tomaran, Gregor estaba seguro de que Ripred podía matarlos a los ocho en un abrir y cerrar de ojos. «Primero, dejará fuera de combate a Henry y a Luxa, ya que son los únicos que van armados; y luego ya no tendrá más que ocuparse de los demás, uno por uno», pensó Gregor. Tal vez Ares o Aurora pudieran escapar, pero los demás eran presas fáciles. Ésa era la verdad, más le valía aceptarla.

Por extraño que parezca, una vez que la aceptó, Gregor se sintió más relajado. No tenía más opción que fiarse de Ripred. Si podía confiar en la rata, entonces lograría quedarse dormido. Así que dejó que lo fuera invadiendo el sueño, tratando de eliminar de su cabeza imágenes de patas peludas de arañas y puntiagudos dientes de rata. Francamente, había sido un día de perros.

Se despertó sobresaltado al oír un fuerte chasquido. Instintivamente, se inclinó sobre Boots para protegerla con su cuerpo, hasta que cayó en la cuenta de que el ruido lo había hecho Ripred golpeando el suelo con su cola.

—Vamos, vamos —gruñó—. Es hora de levantarse. Coman algo y luego nos vamos.

Gregor emergió de debajo de su manta y esperó a que Mareth le trajera la comida. Entonces recordó que Mareth se había marchado.

—¿Cómo quieres que nos organicemos para la comida y eso? —le preguntó a Henry.

—Luxa y yo no servimos comida, somos de sangre real —contestó él muy altanero.

—¿Ah, sí? Pues yo soy el guerrero, y Boots es una princesa. Y ustedes dos van a pasar mucha, pero mucha hambre si esperan a que yo les sirva la comida —dijo Gregor. La verdad es que a él le importaba un pepino esa tontería de la sangre real.

Ripred se echó a reír.

—Díselo, chico. Dile que tu país combatió una guerra para que no tuvieras que someterte a ningún rey, ni a ninguna reina.

Gregor miró a Ripred, sorprendido.

—¿Cómo sabes tú eso?

—Oh, yo sé muchas cosas de las Tierras Altas que nuestros amigos ni se imaginan. He pasado mucho tiempo enfrascado en sus libros y papeles —explicó Ripred.

—¿Pero tú sabes leer? —preguntó Gregor.

—La mayoría de las ratas sabe leer. Nuestra frustración es que no podemos sostener una pluma para escribir. Y ahora, muévete, chico. Come, no comas, me da igual, pero en marcha —ordenó Ripred.

Gregor inspeccionó los paquetes de comida para comprobar de qué provisiones disponían. Había sobre todo carne seca, pan y esa especie de camotes. Calculó que bastaría para tres días, si tenían cuidado. Aunque claro, Ripred comía como un cerdo, y probablemente contaría con que le dieran de comer a él también. Así que bueno, más bien dos días.

Luxa se acercó y se sentó a su lado. Parecía estar muy incómoda.

—¿Qué pasa? —le dijo Gregor.

—¿Qué hay que hacer para... preparar la comida? —preguntó por fin.

—¿Qué quieres decir?

—Henry y yo nunca antes hemos preparado comida —reconoció.

Desde donde estaba, Gregor vio que Henry miraba a Luxa con el ceño fruncido, pero ésta hacía caso omiso de su actitud.

—¿Me estás diciendo que ni siquiera te habías hecho nunca un sándwich? —preguntó Gregor. Él no tenía mucha idea de cocinar, pero si su madre tenía que quedarse hasta tarde trabajando, a veces hacía él la cena. Sólo se atrevía con cosas fáciles, como huevos revueltos, o macarrones con queso, pero era capaz de arreglárselas.

—¿Un sándwich? ¿Es eso un plato llamado así en honor de Bartholomew de Sandwich? —preguntó perpleja. Gregor le contestó:

—Pues la verdad es que no lo sé. Son dos rebanadas de pan con carne dentro, o queso, o mantequilla de cacahuate, o lo que se te ocurra.

—No he preparado nunca un sándwich —dijo Luxa con humildad.

—No es difícil. Mira, corta rodajas de carne. No muy gruesas —le dijo, tendiéndole un cuchillo. Gregor se ocupó del pan, y consiguió sacar 18 rebanadas de una sola barra. Luxa cortó muy bien la carne; claro, estaba acostumbrada a manejar cuchillos. Gregor le enseñó entonces cómo preparar los sándwiches. Luxa parecía bastante orgullosa de lo bien que se las había arreglado. Cogió cuatro para ella, su primo y los dos murciélagos. Gregor se ocupó de los otros cinco. Esperar que sirviera también a Ripred y a las cucarachas obviamente era pedirle demasiado.

Luego despertó a Boots, y ésta atacó inmediatamente su sándwich. Temp y Tick agradecieron los suyos con corteses gestos de cabeza. Después Gregor se acercó a Ripred, que estaba apoyado contra la pared del túnel, con cara de mal humor. Le tendió su comida.

—Toma —le dijo.

—¿Para mí? —preguntó Ripred, con exagerada sorpresa—. Pero qué detalle de tu parte. Estoy seguro de que el resto del grupo se alegraría de matarme de hambre.

—Si te mueres de hambre, nunca encontraré a mi padre —dijo Gregor.

—Muy cierto —replicó la rata, metiéndose el sándwich entero en la boca—. Me alegro de que tengamos este acuerdo. La necesidad mutua constituye un vínculo muy fuerte. Más fuerte que la amistad; incluso, más fuerte que el amor.

—¿Es que acaso pueden las ratas sentir amor? —preguntó Gregor secamente.

—Oh, sí —contestó Ripred con una sonrisita—. Sentimos mucho amor por nosotras mismas.

«Sí, eso salta a la vista», pensó Gregor. Se alejó y fue a sentarse junto a Boots, que se estaba comiendo hasta la última miga de su sándwich.

—Más —dijo la niña, señalando el de su hermano. Gregor estaba muerto de hambre, pero no podía dejar a su hermanita así. Justo cuando iba a partir su sándwich por la mitad, Temp empujó el suyo delicadamente con la pata hasta dejarlo delante de Boots.

—La princesa puede comerse el mío —dijo.

—Pero, tú también necesitas comer, Temp —objetó Gregor.

—No mucho —contestó el insecto—. Tick estará encantada de compartir su comida conmigo.

Encantada. Así que Tick era entonces una cucaracha hembra.

—Yo comparto con él —dijo Tick.

Y Temp era un macho. Tampoco es que eso cambiara mucho las cosas para Gregor; pero así por lo menos ya sabía algo más para evitar ofender a los insectos.

Como Boots ya se había comido la mitad del sándwich de Temp, Gregor aceptó el ofrecimiento. En la próxima ocasión ya intentaría él darles parte de su comida.

Terminaron de desayunar en dos minutos, y recogieron sus cosas. Estaban a punto de montar sobre sus murciélagos cuando Ripred los hizo detenerse.

—No vale la pena. Allí adonde vamos no podrán volar —dijo, señalando el túnel. Apenas medía un metro ochenta de alto y uno y medio de ancho.

—¿Tenemos que meternos ahí? ¿No hay ningún otro camino para llegar hasta mi padre? —preguntó Gregor.

No quería avanzar por un espacio tan estrecho y oscuro con Ripred, por mucho que se necesitaran mutuamente.

—Hay otro camino, pero no es mejor que éste. A no ser que ustedes sepan de alguno—contestó Ripred.

Gregor vio que los murciélagos se agitaban, presas de la angustia.

—¿Y qué hay de los murciélagos?

—Estoy seguro de que sabrás cómo arreglarlo —dijo Ripred con un tono de profundo hastío.

—¿Puedes andar? —le preguntó Gregor a Ares.

—No mucho. No muy lejos —contestó éste.

—Entonces, tendremos que llevarte a cuestas —concluyó Gregor.

—¿Montas, voladores, montas? —preguntó Temp amablemente.

—Los voladores no montan a lomos de reptantes —dijo Aurora muy tensa.

—¿Y por qué no? Ellos sí montaron sobre ustedes —dijo Gregor. Ya estaba harto de que todos despreciaran tanto a las cucarachas. Ellas nunca se quejaban de nada, arrimaban el hombro y cuidaban de Boots. En general, los bichos eran los mejores compañeros de viaje de todo el grupo.

Los murciélagos aletearon con reserva, pero guardaron silencio.

—Pues bien, yo no pienso cargar con ustedes. Ya tengo a Boots, y una bolsa con comida. Y Luxa y Henry no pueden cargar ellos solos con los dos. De modo que si son demasiado buenos como para montar a lomos de un reptante, supongo que no les queda más opción que pedirle a Ripred que los lleve él.

—No les hables en ese tono —le espetó Luxa—. No es que desprecien a los reptantes. El problema es la estrechez del túnel. A los voladores no les gusta estar en un lugar donde no pueden extender las alas.

—Sí, bueno, está bien, pero te recuerdo que la mitad de nosotros tampoco la ha pasado muy bien que digamos teniendo que volar por los aires, a cientos de metros del suelo —le replicó Gregor. Se dio cuenta entonces de que estaba empezando a comportarse como un completo idiota. Ares y Aurora no se habían mostrado impacientes ni desagradables cuando a las cucarachas y a él les había dado miedo volar—. Miren, sé que no va a ser fácil, pero estoy seguro de que el viaje entero no será por túneles tan estrechos. ¿Verdad, Ripred?

—Pues claro que el viaje «entero» no —contestó él, a quien esta discusión aburría mortalmente—. ¿Podemos marcharnos ya, por favor? Para cuando nos hayamos puesto de acuerdo sobre los planes de viaje la guerra ya habrá terminado.

—Montaremos sobre los reptantes —dijo Ares para atajar la discusión.

Gregor ayudó a Luxa y a Henry a instalar a los murciélagos a lomos de las cucarachas. Tenían que tumbarse boca abajo, aferrándose al caparazón con sus garras. Gregor tuvo que reconocer que no parecía una manera muy cómoda de viajar. Luego metió a Boots en la mochila, y cargó con la parte de comida que le correspondía.

—Está bien, muéstranos el camino —le pidió Gregor a Ripred.

—Por fin, ya iba siendo hora —contestó éste, y se adentró por la boca oscura del túnel. Detrás lo seguía Henry, con una antorcha y blandiendo su espada. Gregor se imaginó que lo hacía para tratar de infundir algo de seguridad a los murciélagos. Éstos lo seguían, en fila india, a lomos de las cucarachas. Gregor esperó para dejar pasar primero a Luxa, pero ésta negó con la cabeza.

—No, Gregor, creo que es mejor que yo les cubra a todos las espaldas.

—Supongo que sí —dijo Gregor, y entonces se dio cuenta de que seguía sin tener una espada. Se adentró por fin en el túnel, y le dio a Boots la linterna para que la sostuviera. Luxa cerraba la marcha.

El túnel era horroroso: estrechísimo, sin aire y con un líquido asqueroso con olor a huevos podridos que goteaba del techo. Los murciélagos estaban muy tensos por las condiciones del viaje, pero las cucarachas se sentían como en su casa.

—¡Guácala! —dijo Boots cuando una gota del líquido cayó sobre el casco de su hermano—. ¡Qué *aco*!

—Sí, guácala, qué asco —corroboró Gregor. Esperaba que el túnel no fuera muy largo; uno se podía volver loco en poco tiempo dentro un agujero como ése. Se volvió para ver qué tal estaba Luxa. No parecía muy contenta, pero se las arreglaba.

—¿Qué significa eso de «guácala»? —le preguntó llena de curiosidad.

—Pues... asco, lo que te da algo repugnante... inmundo —explicó Gregor.

—Sí, todo eso describe bien la tierra de las ratas —dijo Luxa con un resoplido.

—Oye, Luxa, por cierto —dijo Gregor—, ¿cómo es que te sorprendió ver aparecer a Ripred? O sea, yo no conozco muy bien la profecía, pero tú sí. ¿No sabías que habría también una rata?

—No. Pensaba que «un roedor al lado» significaba que nos seguiría una rata, que tal vez incluso nos daría caza. Nunca imaginé que formaría parte de la búsqueda —explicó.

—Vikus ha dicho que podíamos confiar en él —dijo Gregor.

—Vikus habla demasiado —contestó Luxa. Parecía tan furiosa que Gregor decidió dejar el tema.

Siguieron avanzando trabajosamente y en silencio durante un rato. Por las gotas que caían periódicamente sobre su cara, Gregor sabía que también Boots se estaba mojando. Trató de ponerle su casco, pero se le caía a cada rato. Al final, decidió cubrirle la cabeza con unos paños empapadores. Lo último que necesitaban era que se resfriara.

Tras varias horas de camino en esas horribles condiciones, todo el mundo estaba empapado y deprimido. Ripred los llevó hasta una pequeña cueva. El agua maloliente resbalaba sobre las paredes como si fuera lluvia. Los murciélagos estaban tan rígidos que Luxa y Henry tuvieron que bajarlos en brazos de las cucarachas, y ayudarlos a extender las alas.

En tanto, Ripred levantó el hocico y husmeó profundamente.

—Bien. Con esto hemos conseguido disfrazar bastante su olor —dijo con satisfacción.

—¿Quieres decir que nos has llevado por ese camino sólo para que oliéramos a huevos podridos? —se indignó Gregor.

—Bien necesario que era. Eran una pandilla de lo más repugnante —declaró Ripred.

Gregor estaba demasiado agotado como para discutir con él. Luxa y él abrieron los paquetes y se pusieron a repartir comida. Nadie tenía ganas de hablar. Ripred se zampó su almuerzo de un bocado, y se quedó montando guardia en la entrada del túnel.

Estaban terminando de comer cuando los murciélagos dieron la voz de alarma.

—Tejedores —advirtió Aurora.

—Sí, sí, han estado siguiéndonos la pista casi desde que empezamos el viaje. Mi olfato no me puede decir cuántos son, con tanta agua como hay aquí. Me pregunto qué querrán —Ripred golpeó el suelo con la cola y ordenó a Luxa y a Henry—: eh, ustedes dos, arco de tres puntos.

Luxa y Henry intercambiaron una mirada pero no se movieron.

—¡Arco de tres puntos, y éste no es momento de poner a prueba mi autoridad, chicos! —rugió Ripred, descubriendo sus terribles dientes. De muy mala gana, Henry y Luxa se colocaron cada uno a un flanco de Ripred, pero unos pasos atrás. Los tres formaban así un pequeño arco interpuesto entre el resto del grupo y la boca del túnel. Los murciélagos tomaron posición detrás de ellos.

Gregor aguzó el oído, pero no oía más que el ruido del agua que caía. ¿Los perseguía entonces un ejército de arañas? Una vez más se sintió desarmado e indefenso. Esta vez ni siquiera tenía una lata de gaseosa.

Todos se quedaron inmóviles. Gregor se dio cuenta de que ahora también Temp y Tick habían descubierto a los invasores. Boots chupeteaba solemnemente una galleta, pero sin hacer el más mínimo ruido.

Conforme se iban acercando los tejedores, Gregor vio tensarse los músculos de la ancha espalda gris de Ripred. Gregor se preparó para recibir una avalancha de arañas sedientas de sangre, pero nunca llegó.

Una gran araña naranja que llevaba a la espalda a otra más pequeña de color marrón entró tambaleándose y se derrumbó sobre el suelo. Del cuerpo de la araña marrón manaba un extraño líquido azul. Con gran esfuerzo, consiguió incorporarse un poco. Sus patas delanteras acariciaron su torso mientras hablaba.

—Nos envía Vikus. Los roedores han atacado las telarañas. Hemos perdido muchos tejedores. Nosotros dos... nos unimos... a la búsqueda.

Y habiendo dicho esto, la araña marrón cayó al suelo, sin vida.

CAPÍTULO VIGESIMOPRIMERO

Gregor miró a la araña horrorizado. En su agonía final, el animal se había tumbado boca arriba, encogiendo las patas. Un líquido azul manaba de una herida que tenía en el abdomen, manchando el suelo de piedra.

—Ya estamos todos —dijo Gregor en voz baja.

—¿Qué quieres decir? —preguntó Henry.

Gregor se sacó la profecía del bolsillo.

—Sandwich tenía razón. Ya estamos todos reunidos. O por lo menos lo hemos estado, por espacio de unos segundos. —Leyó en voz alta:

Dos de arriba, dos de abajo de real ascendencia,
dos voladores, dos reptantes,
dos tejedores dan su aquiescencia.
Un roedor al lado y uno perdido antes.

Gregor no fue capaz de leer el verso siguiente, así que Ripred tuvo que hacerlo por él:

—«Tras contar a los muertos ocho vivos serán los

restantes». Bien, uno ha muerto ya, así que sólo quedan tres —comentó, dándole un empujón a la araña muerta con la punta de la cola.

—¡No hagas eso! —exclamó Gregor.

—Vamos, ¿qué pasa? Ninguno de nosotros puede fingir que sintiera mucho aprecio por este tejedor. Ni siquiera sabemos cómo se llamaba. Bueno, tú sí, tal vez —le dijo Ripred a la araña naranja.

—Se llamaba Treflex —contestó la araña—. Y yo me llamo Gox.

—Bien, Gox, supongo que tendrás hambre después del viaje, pero nuestras provisiones son reducidas. Ninguno de nosotros se escandalizará si optas por cenarte a Treflex —dijo Ripred.

Inmediatamente, Gox empezó a cubrir de líquido el cuerpo de Treflex.

—No irá a... ¡oh, madre mía! —exclamó Gregor.

—Las arañas no son ni tiquismiquis, ni sentimentales —explicó Ripred—. Afortunadamente.

Gregor se dio la vuelta para que ni Boots ni él tuvieran que presenciar la escena de canibalismo. Se alegró de ver que también Henry y Luxa parecían impresionados.

—Eh, si algo me pasara a mí o a Boots, no dejen que esa araña nos beba así. Nos tiran por un precipicio, a un río, lo que sea, ¿está bien?

Ambos asintieron con la cabeza.

—¿Nos devolverás ese mismo favor? —preguntó Luxa con voz lánguida—. ¿Y a nuestros murciélagos también?

—Y a Tick y a Temp, prometido —aseguró Gregor. Oía los lentos sorbidos de Gox mientras se bebía las entrañas de Treflex—. ¡Qué espanto! —añadió.

Afortunadamente, Gox no tardó mucho en terminar su cena. Ripred empezó a interrogarla sobre el ataque de las ratas. Gox le contó que un ejército entero —por lo menos varios centenares de ratas— había invadido la tierra de las arañas. Éstas habían logrado contener el ataque, pero las bajas habían sido numerosas en ambos bandos. Por fin las ratas se habían batido en retirada. Vikus había llegado después de la matanza y había enviado a Gox y a Treflex hasta la entrada del túnel a lomos de su murciélago.

—¿Por qué? —preguntó Gox—. ¿Por qué nos matan los roedores?

—No lo sé. Tal vez el rey Gorger haya decidido lanzar un ataque indiscriminado en las Tierras Bajas. O puede ser también que las ratas se enteraran de que dos habitantes de las Tierras Altas se dirigen a su territorio. ¿Mencionaron al guerrero de la Profecía del Gris? —preguntó Ripred.

—No hubo palabras, sólo muerte —dijo Gox.

—Es una suerte que nos encontraran. Nos habría llevado mucho tiempo liberar a dos tejedores de las prisiones del rey Gorger sin dar la alarma, y no tenemos tiempo que perder —le dijo Ripred. Luego se volvió hacia Gregor—. Este ataque sobre los tejedores no augura nada bueno para tu padre.

—¿Por qué? ¿Qué quieres decir? ¿Por qué no? —preguntó Gregor, sintiendo que se le helaban las entrañas.

—Vikus ha hecho una magnífica labor para ocultarte. Ninguna rata aparte de mí que te haya visto ha vivido para contarlo. Las ratas no saben que ha llegado el guerrero. Pero el hecho de que los humanos hayan llevado a habitantes de las Tierras Altas ante los tejedores levantará sospechas entre las ratas —explicó Ripred. Mientras hablaba, iba sacando conclusiones en su cabeza—. Afortunadamente, la guerra provoca mucha confusión y, por el momento, ninguna rata te ha identificado. ¡Y ahora en marcha!

Nadie protestó. Recogieron los bártulos y atravesaron la cueva en dirección a un túnel más espacioso y seco. Aurora y Ares ya podían volar, aunque el lugar era peligroso para los jinetes.

—Iremos a pie —le dijo Luxa a su murciélago—. Aunque ustedes pudieran llevarnos, ¿qué haríamos con el roedor? —Entonces, los murciélagos levantaron el vuelo, cargados con todos los bultos.

Gregor los contempló con envidia.

—Menos mal que no soy un murciélago. A lo mejor me daba por huir de aquí volando, sin mirar atrás.

—Aurora y Ares no harían nunca una cosa así. Están vinculados a Henry y a mí —dijo Luxa.

—¿Y cómo es que funciona eso exactamente? —preguntó Gregor.

—Cuando un murciélago y un humano se vinculan el uno al otro, juran luchar hasta la muerte el uno por el otro —explicó Luxa—. Aurora nunca me dejaría en peligro, ni yo a ella.

—¿Y todo el mundo tiene un murciélago? —preguntó Gregor, pensando que sería bonito saber que alguien iba a estar cerca de él, defendiéndolo, en un lugar como ése.

—Oh, no. Algunos nunca encuentran un murciélago al que vincularse. Aurora y yo nos convertimos en uno cuando yo era muy pequeña, pero eso no es frecuente —dijo Luxa.

—¿Y cómo te vinculaste tan pronto? —quiso saber Gregor lleno de curiosidad.

—Después de que asesinaron a mis padres, pasé un tiempo en el que nunca me sentía a salvo en el suelo. Me pasaba las horas en el aire con Aurora. Por eso volamos tan bien juntas —explicó—. Vikus convenció al Consejo de que nos permitiera vincularnos antes de lo normal. Después de eso, dejé de sentir tanto miedo.

—¿Tienes miedo ahora? —le preguntó Gregor.

—A veces —reconoció Luxa—. Pero no más que cuando estaba en Regalia. ¿Sabes?, me cansé de sentir miedo constantemente, de modo que tomé una decisión. Cada día, cuando me despierto, me digo a mí misma que éste será mi último día. Si uno no trata de aferrarse al tiempo, no le da tanto miedo perderlo.

Gregor pensó entonces que ésta era la cosa más triste que le había dicho nadie nunca. No tenía respuesta.

—Y luego, si uno llega vivo a la noche, siente el gozo de haberle ganado un día más a la muerte —dijo ella—. ¿Entiendes?

—Creo que sí —contestó Gregor, como atontado. Acababa de ocurrírsele una idea espantosa. ¿No era acaso la estrategia de Luxa una forma extrema de su propia norma? Bueno, no es que él pensara todos los días que se iba a morir, pero se negaba a sí mismo el lujo de pensar en el futuro, con o sin su padre. Si no se hubiera caído por el conducto de ventilación de su lavandería y no hubiera descubierto así que su padre estaba aún vivo, si su padre nunca hubiera regresado a casa, ¿cuánto tiempo habría seguido él negándose el derecho a ser feliz? ¿Toda su vida? «Tal vez. Tal vez toda mi vida», pensó. Se apresuró a seguir su conversación con Luxa.

—Bueno, ¿y cómo se hace eso de vincularse con un murciélago? —le preguntó.

—Es una ceremonia sencilla. Se congregan numerosos humanos y murciélagos. Uno se coloca frente a su murciélago, y recita una promesa. De esta manera —dijo Luxa, extendiendo la mano:

> *«Aurora, yo me vínculo a ti,*
> *nuestra vida y nuestra muerte una son,*
> *nosotras, dos.*
> *En las tinieblas, en la luz, en la guerra, en la huida,*
> *yo te salvaré a ti como a mi propia vida».*

—Y luego tu murciélago la recita a su vez, pero incluyendo tu nombre. A continuación hay un banquete de celebración —concluyó Luxa.

—¿Y qué pasa si uno de los dos rompe la promesa? ¿Qué pasaría, por ejemplo, si Aurora se marchara volando y te dejara en peligro? —quiso saber Gregor.

—Aurora no haría algo así, si bien es cierto que algunas promesas se han roto. El castigo es severo. El culpable es desterrado y obligado a vivir solo en las Tierras Bajas

—dijo Luxa—. Y aquí nadie consigue sobrevivir solo por mucho tiempo.

—Sus rituales nativos son fascinantes, ¿pero les parece que podríamos tratar de avanzar en silencio? Dado que hasta la última rata nos está buscando, tal vez sería lo más prudente —dijo Ripred.

Luxa y Gregor cerraron el pico. Gregor hubiera deseado poder seguir hablando. Luxa se comportaba de otra manera cuando no estaba con Henry. Más simpática, y menos arrogante. Pero Ripred tenía razón en lo de no hacer ruido.

Por fortuna, Boots se quedó dormida. Durante horas, lo único que oyeron fue el tenue sonido de sus pasos sobre el suelo y el ruido que hacían los dientes de Ripred mientras roía un hueso que se había guardado del almuerzo.

Gregor volvía a consumirse de angustia por las nuevas preocupaciones que le habían surgido sobre su padre. Por lo que le había dicho Ripred, parecía probable que las ratas lo mataran para impedir que Gregor diera con él. Pero, ¿por qué? ¿Acaso podría eso cambiar la profecía? Suponía que nadie lo sabía a ciencia cierta. ¿Y qué significado tenía la última estrofa? Desenrolló la profecía y la leyó tantas veces que al final se la aprendió de memoria sin proponérselo.

El último en morir su bando elegirá.
El destino de los ocho en su mano estará.
Rogadle, pues, prudencia cuando con cautela salte,

pues la vida puede ser muerte
y la muerte, vida, en un instante.

Para Gregor, eso no tenía pies ni cabeza. Lo único que lograba entender era que quienquiera que fuera el cuarto en morir, tenía una responsabilidad enorme para con los demás. Pero, ¿cómo?, ¿dónde?, ¿cuándo? La última estrofa de la Profecía del Gris no mencionaba ninguno de los detalles que más útiles habrían resultado para entenderla.

Ripred los obligó a seguir caminando hasta que todos tropezaban de puro agotamiento. Dio la orden de detenerse en una cueva que al menos tenía un suelo seco y una fuente de agua potable.

Gregor y Luxa repartieron sus cada vez más escasos víveres, que se iban consumiendo mucho más rápido de lo que Gregor había calculado. Trató de protestar cuando las cucarachas le dieron su parte de comida a Boots, pues ya había pensado antes en compartir la suya con su hermana.

—Deja que le den su comida —dijo Ripred—. Un reptante puede sobrevivir un mes sin comer si tiene agua suficiente. Y no te molestes en alimentar a Gox. Treflex le durará más que nuestro viaje.

Hacía frío en la cueva. Gregor le quitó a Boots la ropa mojada y la vistió con prendas secas. Pero la niña no parecía encontrarse bien; estaba demasiado callada, y tenía la piel sudorosa y fría. Se tumbó junto a ella bajo la manta, abrazándola, para tratar de calentarla con su propio cuerpo. ¿Qué haría él si Boots se enfermaba? Necesitaba estar de vuelta en casa con su madre, que siempre sabía la dosis exacta de medicinas, zumos y mantas para curar lo que fuera. Trató de consolarse con la idea de que su padre los ayudaría en cuanto lo encontraran.

Todos estaban tan cansados a causa de la larga caminata que se quedaron dormidos inmediatamente.

Algo despertó a Gregor de un profundo sueño. ¿Un ruido? ¿Un movimiento? No estaba seguro. Lo único que sabía era que, en el momento en que abrió los ojos, Henry estaba inclinado sobre Ripred, a punto de hundir su espada en el cuerpo dormido de la rata.

CAPÍTULO VIGESIMOSEGUNDO

Gregor abrió la boca para gritar «¡No!» en el mismo momento en que Ripred entreabrió los ojos. Henry se encontraba detrás de la rata. Todo lo que debió de acertar a ver ésta fue la expresión en el rostro de Gregor, pero no le hizo falta más.

En la décima de segundo que tardó Henry en asestarle una estocada con su espada, Ripred se dio la vuelta y le lanzó un zarpazo con sus terribles garras. La hoja de la espada abrió un corte en el pecho del animal, pero éste acertó a propinarle a Henry una profunda herida en el brazo.

Para entonces el «¡No!» ya había salido de la boca de Gregor, y su grito despertó al resto del grupo. Ripred, sangrando a chorros, se irguió furioso sobre las patas traseras, aterrorizándolos a todos. En comparación, Henry parecía pequeño y débil; apenas podía blandir la espada con el brazo herido. Al instante, Luxa y Aurora levantaron el vuelo, y Ares se lanzó en picado sobre la rata.

Pero Gregor la alcanzó primero. Se interpuso entre ésta y Henry, con los brazos extendidos.

—¡Quietos! —gritó—. ¡Quietos!

Por increíble que parezca, todos obedecieron. Gregor suponía que ésta debía de ser para todos la primera vez que veían a alguien interponerse en una pelea entre una rata y un humano. Su segundo de vacilación le dio el tiempo justo de hablar:

—¡Todo el que quiera matar a alguien, antes tendrá que pasar por encima de mi cadáver!

Su exclamación no fue especialmente poética, pero logró el efecto deseado. Nadie quería que Gregor muriera. Todos sabían que el guerrero era esencial para la búsqueda.

—¡Apártate, Gregor; la rata nos matará a todos! —ordenó Luxa, preparándose para atacar a Ripred.

—La rata sólo estaba durmiendo. Créeme, cachorrito, si mi intención hubiese sido matarlos, ahora mismo no estaríamos manteniendo esta conversación —declaró con ironía Ripred.

—¡No malgastes tus mentiras con nosotros, roedor! —dijo Luxa—. ¿Acaso piensas que creeríamos en tu palabra por encima de la de uno de los nuestros?

—¡Es la verdad! ¡Dice la verdad! ¡Él no empezó la pelea! ¡Fue Henry! —gritó Gregor—. ¡Ha intentado matar a Ripred mientras dormía!

Todos se volvieron hacia Henry. Éste escupió:

—¡Sí, y ahora estaría muerto si no hubiera sido por Gregor!

A estas palabras siguió un momento de confusión. Por la expresión de Luxa, Gregor adivinaba que no estaba al corriente de los planes de Henry. Luxa había dado por hecho que la rata había sido la primera en atacar. Ya no sabía qué hacer.

—¡Quieta, Luxa! ¡Por favor! —le rogó Gregor—. ¡No podemos permitirnos el lujo de perder a ningún buscador más! ¡Tenemos que mantenernos todos juntos! —Se le había ocurrido la palabra «buscador» sobre la marcha, y le pareció que quedaba muy bien.

Luxa bajó despacio al suelo, pero permaneció sobre su murciélago. Ares siguió en el aire, sin saber muy bien qué hacer. Gregor se preguntó entonces si el murciélago estaba al corriente de las intenciones de su jinete. Pero si lo estaba, ¿por qué no habían atacado juntos desde el aire? Era tan difícil adivinar los pensamientos de los murciélagos...

Gregor se percató entonces, por primera vez, de que las dos cucarachas estaban de pie delante de Boots, protegiéndola con sus cuerpos. Gox seguía colgada de la telaraña improvisada que había tejido para dormir.

—Se acabó —dijo Gregor con una autoridad que hasta entonces no sabía que tuviera—. Envaina tu espada, Henry. Y tú, Ripred... ¡siéntate! ¡Se acabó!

Gregor no sabía si lo obedecerían, pero estaba decidido a mantenerse firme. Fue un momento muy largo, de mucha tensión. Entonces Ripred bajó el labio inferior para cubrir sus colmillos y estalló en una carcajada.

—Tengo que reconocer, guerrero, que no te falta audacia —dijo.

Henry dejó caer su espada, lo cual no era una gran concesión, pues Gregor vio que apenas podía sostenerla.

—O traición —dijo Henry en voz baja.

Gregor lo miró fijamente:

—¿Sabes una cosa? En las Tierras Altas no

tenemos en gran estima a los que se levantan por la noche sin hacer ruido y apuñalan a una persona mientras duerme.

—No es una persona, es una rata —dijo Henry—. Si no sabes hacer esa distinción, pronto te contarás entre los muertos.

Gregor sostuvo la mirada fría de Henry. Sabía que después se le ocurrirían un par de respuestas cortantes para hacerlo callar, pero en ese momento no le venía ninguna a la cabeza. En lugar de eso, se volvió hacia Luxa y le dijo ásperamente:

—Será mejor que los curemos.

Para curar heridas no eran mucho más expertos que para cocinar, pero al menos Luxa sabía qué ungüento utilizar. Gox resultó ser la criatura más útil del grupo. Tejió una telaraña especial, y les dijo que aplicaran puñados de aquellos hilos de seda sobre las heridas. En unos minutos, las hemorragias de Ripred y Henry habían cesado.

Mientras Gregor aplicaba compresas de seda adicionales sobre el pelaje de Ripred, éste dijo entre dientes:

—Supongo que debería darte las gracias.

—Olvídalo —contestó Gregor—. Sólo lo he hecho porque te necesito. —No quería que Ripred pensara que eran amigos ni nada por el estilo.

—¿Ah, sí? Pues cuánto me alegro —dijo Ripred—. Me había parecido detectar en ti una inclinación por la justicia y el juego limpio. Algo muy peligroso en las Tierras Bajas, muchacho.

A Gregor le hubiera gustado que dejaran de una vez de decirle lo que era peligroso para él en las Tierras

Bajas. El lugar entero era un gran campo de minas. Hizo caso omiso del comentario de Ripred y siguió aplicando las telarañas. Detrás de él oyó a Luxa susurrarle a Henry:

—¿Por qué no nos dijiste nada?

—Para mantenerlos a salvo —le contestó éste en otro susurro.

«A salvo. Sí, seguro», pensó Gregor. Aunque volviera a las Tierras Altas, Gregor no creía que pudiera sentirse a salvo nunca más.

—No debes volver a hacerlo, Henry —le oyó decir a Luxa—. No puedes acabar con él tú solo.

—Podría haberlo hecho, si él no hubiera interferido —contestó Henry.

—No, el riesgo es demasiado grande, y podemos tal vez necesitarla —replicó Luxa—. Deja a esa rata en paz.

—¿Es una orden, majestad? —preguntó Henry, con una voz algo molesta.

—Si esa es la única forma de que hagas caso a mis consejos, entonces sí, lo es —dijo Luxa con severidad—. Controla tu espada hasta que entendamos mejor nuestra situación.

—Hablas exactamente igual que ese viejo loco de Vikus —dijo Henry.

—No, hablo como yo misma —contestó ella, dolida—. Y como hablaría alguien que quiere que ambos sobrevivamos.

Los primos se dieron cuenta entonces de que habían alzado tanto la voz que todos podían oírlos, de modo que dejaron de hablar. En medio del silencio, Ripred siguió royendo el hueso que llevaba consigo desde hacía un buen rato. El sonido de sus dientes ponía nervioso a Gregor.

—¿Podrías dejar de hacer eso, por favor? —le pidió Gregor a Ripred.

—Pues no, el caso es que no podría, no —contestó Ripred—. A las ratas nos siguen creciendo los dientes durante toda nuestra vida, por lo que necesitamos roer todo el rato para ir desgastándolos y que tengan así el tamaño adecuado. Si no royera a menudo, mis dientes inferiores crecerían tanto que me atravesarían el cráneo, y se me clavarían en el cerebro, provocándome, desgraciadamente, la muerte.

—Ah, está bien, bueno es saberlo —dijo Gregor, aplicando un último fragmento de tela sobre la herida. Luego apoyó la espalda sobre la pared de la cueva, y preguntó—: Y ahora, ¿qué?

—Bueno, pues como está claro que nadie quiere volver a soñar con los angelitos, lo mejor será que empecemos ya a buscar a tu padre —dijo Ripred poniéndose en pie rápidamente.

Gregor fue a despertar a Boots. Al tocarla se asustó muchísimo. La cara le ardía como un brasero.

—Oh, no, —dijo, sintiéndose desamparado—. Eh, Boots, eh, linda —la sacudió por el hombro suavemente. Ésta gimoteó algo entre sueños pero no se despertó.

—Luxa, tenemos un grave problema. Boots está enferma —dijo.

Luxa le tocó la frente con la mano.

—Tiene fiebre. Ha pescado alguna pestilencia de la tierra de las ratas.

Pestilencia. Gregor esperaba que no fuera tan grave como sonaba. Luxa rebuscó entre los frascos que les había dejado Solovet y eligió uno, aunque no parecía estar muy segura.

—Creo que éste es para la fiebre.

Ripred lo husmeó y arrugó la frente.

—No, ese mata el dolor. —Metió la cabeza en la bolsa y extrajo un frasquito de vidrio azul—. Éste es el que necesitas. Dale sólo unas gotas. Es muy pequeña y su organismo no aguantaría mucha cantidad.

Gregor no tenía muchas ganas de darle esa extraña medicina, pero Boots estaba ardiendo. Le echó unas cuantas gotas entre los labios, y le pareció que la niña se las tragaba. Trató de levantarla para meterla en la mochila, pero ella gimió de dolor. Gregor se mordió el labio.

—No puede viajar conmigo, le hace daño —dijo.

Tumbaron a Boots sobre una manta, y la colocaron encima de Temp. Gox tejió una tela para sujetar a la niña al caparazón del insecto.

Gregor se moría de preocupación.

Tras contar a los muertos ocho vivos serán los restantes.

No podía perder a Boots. De ninguna manera. Tenía que llevarla de vuelta a casa. Debería haberla dejado en Regalia. Nunca debería haber aceptado participar en la búsqueda. Si algo le ocurría a Boots, sería culpa suya.

La oscuridad del túnel le atravesó la piel y lo fue calando hasta los huesos. Quería gritar de dolor, pero las tinieblas lo ahogaban. Habría dado casi cualquier cosa por ver el sol, aunque sólo fuera un instante.

El grupo avanzaba despacio, trabajosa y recelosamente, inquietos todos por las mismas preocupaciones que nadie expresaba en voz alta. Incluso Ripred, que era con diferencia el más endurecido, parecía encogerse bajo el peso de la situación.

Esa desesperación general no fue sino una de las muchas razones por las cuales no detectaron a las ratas hasta que casi se hubieron topado con ellas. Ni el propio Ripred fue capaz de distinguir el olor en un lugar que apestaba a sus congéneres. Los murciélagos no pudieron detectarlas por la estrechez del túnel, y porque se estaban aproximando a un río, y el estruendo del agua era cada vez mayor. Los humanos no podían ver nada en la oscuridad.

Ripred los condujo fuera del túnel hacia una gigantesca cueva dividida por una profunda garganta por la que fluía un ancho y caudaloso río. Un puente colgante se extendía sobre éste, uniendo ambas orillas de la garganta. Se debió haber fabricado en tiempos mejores, con los esfuerzos conjuntos de varias especies. Unas gruesas bandas de seda tejidas por las arañas sujetaban delgadas losas de piedra cortadas por los humanos. Debieron de necesitar también las habilidades de vuelo de los murciélagos para construir un puente de esas características.

Cuando Gregor dirigió su linterna hacia arriba para ver cómo estaba sujeto el puente a la tierra, las descubrió: una veintena de ratas sentadas inmóviles encima de las rocas que bordeaban la entrada al túnel. Justo encima de sus cabezas. Esperando.

—¡Corre! —gritó Ripred pisándole literalmente los talones a Gregor. Éste dio un traspié y echó a correr por el puente, resbalando sobre las gastadas losas de piedra. Sentía en su cuello el aliento caliente de Ripred. Henry y Luxa volaban por encima de él, cruzando el río a toda velocidad.

Ya iba por la mitad del puente cuando recordó que Boots no estaba a su espalda. Había estado con él constantemente desde el principio del viaje, tanto que había empezado a pensar que eran inseparables. ¡Pero ahora iba a lomos de Temp!

Gregor dio bruscamente media vuelta para volver sobre sus pasos. Ripred, como si hubiera anticipado ese movimiento, le dio la vuelta de un empujón, y agarró la mochila entre sus dientes. Gregor se sintió levantado por los aires, mientras Ripred corría como un poseso hacia el otro extremo del puente.

—¡Boots! —gritó Gregor—. ¡Boots!

Ripred corría a la velocidad del rayo. Cuando llegó a la otra orilla, dejó a Gregor en el suelo y se unió a Luxa y a Henry, que trataban desesperadamente de hacer trizas las cuerdas de seda que sujetaban el puente.

Gregor alumbró con su linterna y vio que Gox ya había recorrido tres cuartas partes del puente. Detrás de ella, cargando con su hermana, Temp avanzaba trabajosamente. Lo único que separaba ahora a Boots de las veinte ratas asesinas que corrían por el puente era Tick.

—¡Boots! —gritó Gregor, lanzándose hacia el túnel. Ripred agitó la cola, golpeándolo con ella a la altura del pecho, y derribándolo al suelo, sin respiración. Gregor inspiró, tratando de llenarse de aire los pulmones, luego se puso a gatas y empezó a avanzar hacia el puente. Tenía que ayudarla. Tenía que hacerlo.

Gox recorrió como una flecha el resto del puente, y empezó a cortar las cuerdas con sus mandíbulas.

—¡No! —exclamó Gregor—. ¡Mi hermana! —se puso en pie justo a tiempo para recibir otro coletazo de Ripred.

Las cucarachas estaban como a tres metros de la orilla cuando las ratas las alcanzaron. No intercambiaron ni una sola palabra; era como si los insectos hubieran ensayado esa escena hacía tiempo. Temp se lanzó en un sprint final hasta el extremo del puente, y Tick se dio la vuelta para enfrentarse ella sola al ejército de ratas.

Cuando saltaron sobre ella, Tick se lanzó volando directamente sobre la cara de la que iba en cabeza. Ésta retrocedió, sorprendida. Hasta ese momento, Gregor ni siquiera se había dado cuenta de que las cucarachas tuvieran alas. Tal vez tampoco lo sabían las ratas. Pero no les llevó mucho tiempo reponerse de la sorpresa. La rata saltó hacia adelante y decapitó a Tick de un solo mordisco.

Temp se derrumbó sobre la orilla en el preciso instante en que el puente cedía. Veinte ratas, una de las cuales aún sostenía a Tick entre sus fauces, cayeron en picado al río. Como si esta imagen no fuera ya lo suficientemente espantosa, la superficie del agua se convulsionó mientras enormes pirañas emergían, devorando a las ratas que gritaban despavoridas.

Todo terminó en menos de un minuto. Cuando las aguas recuperaron la calma, ya no quedaba ni rastro de las ratas. Y Tick había desaparecido para siempre.

CAPÍTULO VIGESIMOTERCERO

Deprisa, deprisa, deprisa! —los apuró Ripred, conduciéndolos a todos desde la orilla hasta la entrada de un túnel, por el que los hizo avanzar durante unos minutos hasta que quedaron a salvo de la vista y el olfato de las ratas. Llegados a una pequeña cámara, les ordenó detenerse.

—Deténganse. Siéntense. Descansen.

Sin decir una palabra, los demás miembros de la expedición se desplomaron sobre el suelo del túnel. Gregor se sentó con Temp, dando la espalda a los demás. Recorrió el caparazón del insecto con la mano hasta encontrar los deditos calientes de Boots, y los rodeó con los suyos. Había estado a punto de perderla. De perderla para siempre. Boots nunca habría tenido la oportunidad de conocer a su padre, ni de volver a abrazar a su madre, ni de jugar con Lizzie o con él, ni de nada de nada.

No quería mirar a nadie. Todos habrían estado dispuestos a que Boots y los reptantes cayeran al agua con tal de detener a las ratas. No tenía nada que decirle a ninguno de ellos.

Y luego estaba Tick. La pequeña y valiente Tick, que se había enfrentado a un ejército de ratas para salvar a su hermanita. Tick, que nunca hablaba mucho. Tick, que compartía su comida con Boots. Tick, que después de todo no era más que una cucaracha. Una simple cucaracha que había sacrificado todo el tiempo que le quedaba sólo para que Boots pudiera tener más.

Gregor se llevó a los labios los deditos de Boots, y sintió que las lágrimas resbalaban por sus mejillas. No había llorado ni una sola vez en todo el tiempo que llevaba allá abajo, y eso que le habían pasado muchas cosas malas. Pero de alguna manera, el sacrificio de Tick había hecho pedazos la fina coraza que lo protegía del dolor. Desde ese momento, Gregor sentía una lealtad por las cucarachas que sabía que nunca se desvanecería. Nunca jamás volvería a quitarle la vida a una cucaracha. Ni en las Tierras Bajas, ni en las Tierras Altas, si es que por algún milagro conseguían regresar a casa.

Sintió que empezaba a temblar. Probablemente los demás lo encontraran ridículo, llorando ahí por la muerte de una cucaracha, pero le daba igual. Los odiaba. Los odiaba a todos.

Temp, cuyas antenas colgaban ahora miserablemente a ambos lados de su cabeza, extendió una de ellas y tocó a Gregor.

—Gracias. Gracias por llorar cuando Tick ha perdido tiempo.

—Boots también lloraría, si no estuviera... — Gregor no pudo terminar la frase pues otra oleada de sollozos lo asaltó. Se alegraba de que la niña no hubiera presenciado la muerte de Tick. Le habría impresionado mucho, y no lo habría entendido. Él tampoco lo entendía.

Gregor sintió una mano sobre su hombro, y se retorció para zafarse. Sabía que era Luxa, pero no quería hablar con ella.

—Gregor —susurró ésta con tristeza—. Gregor, debes de saber que habríamos recogido a Boots y a Temp si hubieran caído al vacío. También habríamos recogido a Tick, de haber habido una razón.

Gregor se apretó los párpados con los dedos para bloquear las lágrimas y asintió con la cabeza. Bueno, eso hacía que se sintiera un poquito mejor. Por supuesto que Luxa se habría lanzado a salvar a Boots si ésta hubiera caído. A los de las Tierras Bajas no les preocupaba caer al vacío tanto como a él, pues tenían siempre a sus murciélagos al lado.

—Está bien —dijo—. Lo sé. —Cuando Luxa se sentó junto a él, Gregor no se apartó—. Supongo que te debe parecer muy estúpido que llore por la muerte de una cucaracha.

—Aún no conoces a los habitantes de las Tierras Bajas si piensas que no derramamos lágrimas —dijo Luxa—. Lloramos. Lloramos, y no solamente por nosotros mismos.

—Sin embargo, no por Tick —dijo Gregor con una sombra aún de amargura.

—Yo no he llorado desde la muerte de mis padres —dijo Luxa despacio—. Pero por lo que respecta a eso, no se me considera normal.

Gregor sintió más lágrimas resbalando por sus mejillas cuando pensó en lo mucho que debía de haber sufrido una persona para perder la capacidad de llorar. En ese momento le perdonó todo a Luxa. Incluso olvidó por qué tenía que perdonarla.

—Gregor —dijo suavemente cuando éste hubo dejado de llorar—. Si regresas a Regalia y yo no... dile a Vikus que lo he entendido.

—¿Que has entendido qué? —preguntó Gregor.

—Por qué nos dejó con Ripred —dijo Luxa—. Teníamos que ir con un roedor. Ahora entiendo que estaba tratando de protegernos.

—Está bien, se lo diré —aseguró Gregor, sonándose la nariz. Permaneció un momento callado, y luego preguntó—. Bueno, ¿cada cuánto hay que darle a Boots la medicina? Todavía está muy caliente.

—Démosle una dosis ahora, antes de reanudar la marcha —dijo Luxa, acariciando la frente de la niña. Ésta murmuró algo en sueños, pero no despertó. Vertieron otras gotas más de medicina entre sus labios.

Gregor se puso en pie y trató de sacudirse de encima el dolor.

—Reanudemos la marcha —dijo sin mirar a Ripred. La rata había participado en montones de guerras. Probablemente habría visto morir a muchísimas criaturas. Le había dicho a Gox que se comiera a Treflex. Gregor estaba seguro de que la muerte de Tick le afectaba tan poco como... bueno, como a los neoyorquinos les afectaba matar a una cucaracha.

Pero cuando Ripred habló, su voz carecía de su habitual tonillo malicioso.

—Anímate, muchacho. Tu padre está cerca.

Gregor levantó la cabeza al oír esas palabras.

—¿Qué tan cerca?

—A menos de una hora de camino. Pero también lo están sus carceleros. Debemos avanzar con extrema cautela. Envuelvan sus pies en telarañas, no hablen y permanezcan juntos detrás de mí. Tuvimos una suerte poco común en el puente. No creo que nos acompañe allí adonde nos dirigimos ahora.

Gox, a quien Gregor apreciaba cada vez más conforme iba pasando el tiempo, les tejió rápidamente unos gruesos zapatos de seda para ahogar el ruido de sus pasos. Cuando Gregor alumbraba a Luxa con su linterna mientras se los ponía, la luz se apagó. Rebuscó en su bolsa y sacó las últimas dos pilas que quedaban.

—¿Cuánto tiempo más puede durarte la antorcha? —le preguntó a Luxa. Se había percatado de que se habían limitado a una sola antorcha tras el encuentro con Ripred, al parecer para ahorrar combustible. Ahora esa única antorcha tenía una llama muy débil.

—Poco tiempo —reconoció Luxa—. ¿Y qué pasó con tu palo luminoso?

—No lo sé —contestó Gregor—. Éstas son las últimas pilas que tengo, y no sé cuánta energía les queda.

—Una vez que rescatemos a tu padre, no necesitaremos luz. Ares y Aurora pueden llevarnos de vuelta a casa en la oscuridad —dijo Luxa para animarlo.

—No les va a quedar más remedio —dijo Gregor.

Los buscadores se reagruparon. Ripred iba a la cabeza, y lo seguían Temp y Boots. El túnel era lo suficientemente ancho como para que Gregor pudiera caminar a su lado. Detrás seguían Ares y Aurora, que avanzaban a pequeños vuelos, sin hacer ruido con las alas. Henry y Luxa cerraban la marcha a pie, espada en mano. Ripred les hizo un gesto con la cabeza y todos se adentraron, paso a paso, en territorio enemigo.

Avanzaban de puntillas, sin apenas atreverse a respirar. Gregor se quedaba petrificado de miedo cada vez que una piedrecita se movía bajo sus pies, pensando que había desencadenado otro ataque de las ratas. Tenía muchísimo miedo, pero una emoción nacía dentro de él, dándole las fuerzas necesarias para seguir poniendo un pie delante del otro. Era la esperanza. Fluía por su cuerpo, insistiendo en hacerle romper su norma. Su padre estaba cerca. Lo vería pronto. Si conseguían seguir avanzando sin que los descubrieran, lo vería pronto.

Cuando llevaban caminando sin ruido cerca de media hora, Ripred se detuvo de pronto en un recodo del túnel. Todo el grupo se inmovilizó a su vez. Ripred empezó a husmear el aire furiosamente y se acuclilló en el suelo.

Un par de ratas doblaron la esquina y se abalanzaron sobre ellos. Con un movimiento casi imposible de ejecutar, Ripred rebanó el cuello de una de ellas con los dientes, mientras golpeaba a la otra en los ojos con las patas traseras. Un instante después, ambas ratas yacían muertas en el suelo. Nadie había tenido tiempo de esbozar un solo gesto. La defensa de Ripred confirmaba lo que Gregor había sospechado la primera vez que lo había mirado a los ojos: incluso para los de su propia especie, Ripred era letal.

Ripred se limpió el hocico en el pelaje de uno de los cadáveres y dijo en un susurro:

—Éstos eran los centinelas de este túnel. Estamos a punto de entrar en un espacio abierto. Permanezcan pegados a la pared, en fila india, pues el suelo es inestable, y la caída al vacío, inconmensurable —todos asintieron medio atontados. Su ferocidad los había dejado anonadados—. Tranquilícense —añadió—. Y recuerden que estoy del lado de ustedes.

Al otro extremo del recodo del túnel se abría una gran explanada.

Ripred giró hacia la derecha, y todos lo siguieron en fila india. Un estrecho sendero bordeaba una profunda garganta. Cuando Gregor dirigió hacia allí la luz de su linterna, no vio nada más que un agujero negro. «Y la caída al vacío es inconmensurable», pensó.

El suelo bajo su pie izquierdo, el que estaba más cerca del precipicio, cedió bajo su peso, lanzando al vacío una pequeña avalancha de piedras y tierra. Gregor nunca la oyó tocar el fondo. Su único consuelo era que Ares y Aurora estaban en algún lugar detrás de él, listos para salvar a cualquiera que cayera al vacío.

Tras avanzar unos cien metros, llegaron a un terreno algo más sólido que se abría al otro lado de la garganta. Un arco de roca coronaba un ancho camino, cuyo suelo estaba desgastado por el paso de miles de ratas. Ripred tomó velocidad tan pronto como cruzó el arco, y Gregor sintió que la escasa protección que hasta entonces les ofrecía el entorno había desaparecido.

Ripred, Temp y Gregor echaron a correr a toda velocidad por el camino. Luxa y Henry habían levantado el vuelo instintivamente, a lomos de sus murciélagos. Gregor sentía como si miles de ratas los espiaran desde cada grieta de la roca.

El camino terminaba abruptamente en el borde de una profunda fosa circular con paredes lisas como el hielo. Una tenue luz brillaba en el fondo, revelando una criatura peluda acurrucada sobre una losa de piedra, toqueteando algo nerviosamente. Al principio Gregor levantó la mano en señal de advertencia pues pensó que se trataba de una rata.

Entonces, la criatura levantó la cabeza y Gregor reconoció lo que quedaba de su padre.

CAPÍTULO VIGESIMOCUARTO

El hombre que había desaparecido de la vida de Gregor hacía dos años, siete meses y una cantidad ya incontable de días era entonces la viva estampa de la salud. Era alto, fuerte y alegre, y la energía parecía manar de todos los poros de su piel. El hombre que los miraba desde el fondo de la fosa estaba tan delgado y tan débil que ni siquiera consiguió ponerse en pie. Cayó en cuatro patas, y tuvo que ayudarse con una mano para sostener su cabeza hacia atrás para poder verlos.

—¿Papá? —trató de articular Gregor, pero se le había quedado la boca completamente seca. Él también cayó en cuatro patas al borde de la fosa y extendió la mano inútilmente. Más de cinco metros lo separaban de su padre, pero aun así extendió la mano.

Luxa y Henry descendieron a la fosa, subieron a lomos de Aurora el lastimoso cuerpo del padre de Gregor, y lo sacaron de allí.

Todavía de rodillas, Gregor apretó las manos, antaño tan fuertes y capaces, de su padre. Cuando palpó sus nudillos, Gregor recordó que su padre solía cascar nueces con las manos.

—¿Papá? —articuló, y esta vez sí consiguió hacerse oír—. Papá, soy yo, Gregor.

Su padre frunció el ceño, como si estuviera tratando de recordar algo.

—Es la fiebre. Vuelvo a tener alucinaciones.

—No, papá, soy yo, estoy aquí. Y Boots también está aquí —dijo.

—¿Boots? —repitió su padre. Volvió a fruncir el ceño, y Gregor recordó entonces que nunca había visto a Boots. Ella había nacido después de su caída a las Tierras Bajas.

—Margaret —rectificó. Al poco tiempo de que su madre quedara embarazada, sus padres decidieron ponerle al bebé el nombre de Margaret en honor de la abuela de su padre.

—¿Margaret? —dijo su padre, completamente confundido. Se frotó los ojos. —¿Abuela?

La profecía había mencionado a «uno perdido antes», pero Gregor no se había imaginado que su padre estaría perdido hasta ese punto. Estaba esquelético y muy débil, ¿y qué había sido de su pelo y su barba? Estaban blancos como la nieve. Gregor tocó el hombro de su padre y se dio cuenta entonces de que estaba vestido con una túnica hecha de piel de rata. No era de extrañar que desde arriba le hubiera parecido un roedor.

—Quiero dormir —dijo su padre confusamente. Eso era lo que más asustaba a Gregor. Había pensado que cuando encontrara a su padre, recuperaría a un adulto responsable. Y entonces, él podría dejar de tomar decisiones difíciles. Podría volver a ser un niño, sin más. Pero el hombre que tenía ante él era aún más desvalido que Boots.

Luxa extendió la mano, tocó la mejilla del padre de Gregor y frunció el ceño.

—Tiene fiebre, como tu hermana, y no le quedan fuerzas para combatirla. Por eso delira.

—Quizá si le hablo un minuto, lo recuerde todo. Tiene que recordar, Luxa —dijo Gregor desesperadamente.

—Ahora hemos de salir de aquí, Gregor —insistió Luxa, vertiendo un buen trago de la medicina contra la fiebre entre los labios del enfermo—. En Regalia lo curaremos como es debido. Henry, ayúdame a engancharlo a uno de los murciélagos. —Trató de sujetarlo a los lomos de Aurora con una banda de seda que Gox tejía rápidamente—. ¿Henry? —volvió a decir Luxa.

Pero Henry se mantenía alejado de ellos, sin ayudar, sin darse prisa, sin tan siquiera molestarse en fingir preocupación.

—No, Luxa, ya no debemos tener prisa.

Era una respuesta extraña. Nadie entendió lo que quería decir salvo Ripred. Una extraña expresión cruzó el semblante del animal.

—No, me imagino que Henry se ha ocupado de todo.

—Henry no ha tenido más remedio —contestó éste. Se llevó los dedos a la boca y emitió un largo silbido.

—¿Estás loco? ¿Qué estás haciendo? —le preguntó Gregor. Miró a Luxa, que parecía haberse convertido en una estatua. La cuerda de seda resbaló de entre sus dedos y cayó al suelo.

El ruido de muchos pasos de rata se hizo entonces audible. ¿Qué estaba ocurriendo? ¿Qué había hecho Henry?

—¿Ripred? —dijo Gregor.

—Parece que no soy el único espía del grupo, muchacho —dijo Ripred irónicamente—. Parece que tenemos también uno de sangre real.

—¿Quieres decir que Henry...? —Gregor nunca jamás hubiera creído que Henry pudiese ser un espía de las ratas. Éstas habían matado a sus padres, a su gente—. No puede ser —consiguió articular Gregor—. No puede ser un espía, porque ¿qué pasa entonces con Luxa? —ambos eran uña y carne.

—Lo lamento, prima —se apresuró a explicar Henry—. Pero no tenía elección. Con Vikus estábamos condenados a la perdición. Él quería aliarnos con los más débiles, cuando nuestra única posibilidad real de supervivencia es aliarnos con los más poderosos. Uniremos nuestras fuerzas a las de las ratas y reinaremos juntos, tú y yo.

Luxa habló con una serenidad que Gregor nunca le había visto.

—Ni ahora, ni nunca, Henry.

—Debes hacerlo, Luxa, no tienes elección. Debes unirte a nosotros, o perecer —dijo Henry fríamente, pero con un ligero temblor en la voz.

—Éste es un día tan bueno para morir como otro cualquiera —dijo Luxa—. Tal vez mejor, incluso —sus palabras sonaban como si tuviera mil años y estuviera a mil kilómetros de allí, pero no parecía asustada.

—De modo que te prometieron un trono, ¿no, es así? Vamos, Henry, no serás tan tonto como para pensar que cumplirán su palabra —dijo Ripred, irrumpiendo en una sonora carcajada.

—Sí que lo harán. Juntos echaremos a los reptantes y a los tejedores de las Tierras Bajas y nos repartiremos sus territorios —declaró Henry.

—¿Pero por qué? ¿Por qué quieres hacer eso? —quiso saber Gregor.

—Estoy cansado de tener a débiles y cobardes por aliados —contestó Henry—. Las ratas, por lo menos, no pecan de eso. Juntos nos protegeremos los unos a los otros. Juntos reinaremos. Juntos estaremos a salvo. Ya está decidido.

—Juntos, juntos —repitió Ripred con voz cantarina—. Cuánta camaradería estás planeando. Y cuánta soledad te aguarda. Ah, aquí están tus amigos.

Eran por lo menos cincuenta. Las ratas rompieron filas rápidamente y rodearon a los miembros de la expedición. Muchos reían, felices de haber capturado tantas presas de una vez.

Gregor miró a su alrededor. ¿Quién lucharía a su lado? Su padre estaba murmurando algo de un pez. Boots estaba tumbada sobre el caparazón de Temp, ajena a cuanto la rodeaba. Henry era un traidor, así que también podía descartar a Ares, pues ambos estaban vinculados. Sólo quedaban él, Luxa, Aurora, Gox, y... de repente no sabía qué pensar de Ripred. ¿Qué pasaba con Ripred? ¿En qué bando estaba realmente?

Gregor miró a Ripred, y éste le guiñó un ojo.

—Recuerda, Gregor, la profecía dice que sólo

cuatro de los doce morirán. ¿Crees que podemos acabar con ellos, tú y yo?

Qué bien, también podía contar con una rata sorprendente.

El círculo se agrandó, abriendo un espacio en el centro. Una enorme rata plateada avanzó para ocuparlo. Encasquetada sobre la oreja izquierda llevaba una corona dorada, claramente diseñada para una cabeza humana. Gregor oyó a Luxa respirar hondo, y comprendió entonces que esa corona había pertenecido a su padre o a su madre.

—Rey Gorger —dijo Ripred, haciendo una gran reverencia—. No esperaba el honor de contar con su presencia entre nosotros.

—Un desdichado reptante nos dijo que te ahogaste, Ripred —dijo el rey en voz baja.

—Sí, bueno, ése era el plan —dijo Ripred, asintiendo con la cabeza—. Pero a menudo los planes fracasan.

—Tenemos que darte las gracias por traer a nuestras garras al guerrero. Bueno, en realidad, eso ha sido mérito de Henry, pero qué más da, lo importante es que ahora está aquí. Quería asegurarme. Quería verlo con mis propios ojos antes de matarlo. ¿De modo que es él? —preguntó el rey Gorger, mirando a Gregor con atención—. Esperaba mucho más.

—Oh, no lo juzgues precipitadamente —dijo Ripred—. A mí se me ha antojado una deliciosa caja de sorpresas. —Recorrió el círculo de ratas, levantando de vez en cuando una pata delantera para rascarse el hocico. Cada vez que lo hacía, las ratas que estaban cerca de él se estremecían—. Clawsin... Bloodlet... oh, esto me parte el corazón, ¿eres tú, Razor? No te puedes ni imaginar cuánto me duele verte en compañía de su majestad.

La rata llamada Razor apartó la mirada de Ripred. ¿Estaría avergonzada? ¿Acaso podían las ratas sentir vergüenza?

Ripred se acercó a Henry por detrás y lo empujó hacia las ratas.

—Ve, ve, ve con tus amiguitos —Henry tropezó y recuperó el equilibrio junto al rey Gorger, pisándole el rabo. Las demás ratas se rieron, pero no el rey, que chasqueó la cola para liberarla del pisotón, partiendo en dos a la pobre Gox.

Las ratas dejaron de reír. Gregor vio la sangre azul que manaba del cuerpo de la araña, formando un pequeño charco en el suelo. Todo había sido tan rápido... En una décima de segundo había muerto un tercer miembro de la búsqueda.

—¿Por qué han dejado de reír todos? —preguntó el rey Gorger—. ¡Vamos, rían! —ordenó, y las ratas dejaron escapar un sonido que más parecía un balido de oveja. Luego, se tumbó sobre el suelo en una postura de relajación total, pero Gregor veía que sus músculos seguían tensos por la rabia.

—¿A quién le toca ahora? —preguntó el rey—. Vamos, no sean tímidos. ¿Qué tal si nos ocupamos del cachorro? De todas maneras no parece que le quede mucho tiempo. —Dirigió sus ojos de rata hacia Boots.

«Boots, no», pensó Gregor. «No mientras me queden fuerzas». Había algo que le rondaba por la cabeza. ¿Qué era? ¿Qué era lo que trataba de recordar? Y de repente, lo supo. Supo lo que querían decir los siguientes versos de la profecía.

El último en morir su bando elegirá.
El destino de los ocho en su mano estará.

«Soy yo», cayó en la cuenta Gregor. «Yo soy el último en morir». Estaba claro. Era Gregor a quien las ratas querían matar. Él era el guerrero. Él era la amenaza. Él era el que tenía que decidir cuál era su bando. Y, desde luego, no pensaba quedarse ahí de pie, viendo morir a quien amaba. Él era el guerrero, y los guerreros salvan vidas.

Una vez descubierto esto, el resto resultaba más fácil. Calculó la altura, corrió siete pasos, y saltó por encima del cuerpo plateado del rey Gorger.

Un aullido resonó a sus espaldas mientras corría. Por algunos chillidos de rata que siguieron, imaginó que Luxa, Aurora y Ripred se habrían puesto en movimiento para cubrirlo. Pero estaba seguro de que todas las demás ratas que pudieran hacerlo lo estarían persiguiendo. Bien. Así, con un poco de suerte, los otros podrían escapar. Salvo Henry y Ares. Le importaba un rábano lo que les ocurriera a esos dos.

El haz de luz de la linterna que sostenía en la mano se fue apagando, así que se deshizo de ella. De todas maneras, estaba entorpeciendo su carrera. Pero correr en la oscuridad no era buena idea. Podría tropezar, y tenía que llevar a las ratas lo más lejos posible de todos los demás. Entonces se acordó de la bombilla que tenía en el casco.

Había querido conservarla como último recurso. Si es que había un último recurso, era éste. Encendió el botón sin perder el paso, y el poderoso haz de luz le iluminó el camino.

¡El camino! ¡Había olvidado lo corto que era el camino! A menos de doscientos metros por delante de él ya aparecía la garganta, cuya profundidad, según había dicho Ripred, era «inconmensurable». No tendría la más mínima posibilidad si trataba de rodearla. Las ratas lo atraparían en cuestión de segundos.

No quería morir de esa manera. No quería darle a las ratas la satisfacción de devorarlo. Las oía a su espalda, oía su respiración y el sonido de sus dentelladas. El rey Gorger resoplaba furioso.

En un espantoso segundo, Gregor comprendió el resto de la profecía.

Rogadse, pues, prudencia cuando con cautela salte,
pues la vida puede ser muerte
y la muerte, vida, en un instante.

Tenía que saltar, y con su muerte, los demás vivirían. Eso era. Eso era lo que Sandwich quería decir con su profecía, y en ese momento, Gregor lo creía.

Hizo un último sprint, como le había enseñado el entrenador de atletismo. Puso toda la carne en el asador. En los últimos pasos sintió un intenso dolor en la pantorrilla, y luego el suelo se hundió bajo sus pies.

Gregor de las Tierras Altas saltó.

CAPÍTULO VIGESIMOQUINTO

Gregor se lanzó al vacío, elevando su cuerpo al máximo. Sentía que la sangre resbalaba caliente por su pierna. Una de las ratas había conseguido pegarle un zarpazo justo antes de saltar.

«Estoy cayendo», pensó Gregor. «Como cuando caí a las Tierras Bajas». Sólo que ahora la caída era mucho más rápida. No había corrientes que lo sostuvieran desde abajo, únicamente el espantoso vacío que se abría bajo su cuerpo. Nunca había logrado entender del todo cómo había podido aterrizar sano y salvo la primera vez. Nunca había tenido un momento de calma y de serenidad para preguntárselo a Vikus. Y ahora, ya nunca lo sabría.

Tal vez todo formara parte del mismo sueño y ahora, por fin, se despertaría en su cama y podría ir a la habitación de su madre para contárselo. Pero Gregor sabía que no se trataba de un sueño. Estaba cayendo de verdad. Y cuando se estrellara contra el suelo, no se despertaría en su cama.

Pero algo no era igual que en su primera caída. Esta vez, a juzgar por el ruido, tenía mucha más compañía.

Gregor consiguió ladear su cuerpo en el aire. La bombilla de su casco iluminó una escena asombrosa. Las ratas que lo habían estado persiguiendo, que habían sido casi todas, estaban cayendo ahora tras él, en medio de una avalancha de piedras. El terreno inestable al borde del precipicio había cedido bajo el peso, sepultando con él a todo el ejército.

Muy impresionado, Gregor vio que entre las ratas había también un humano. Henry. Él también se había lanzado tras Gregor. Pero eso no podía ser. No podían morir los dos. La profecía sólo mencionaba un muerto más entre los buscadores.

El atisbo de un ala le dio a Gregor la respuesta. Por supuesto. Era Ares, el murciélago vinculado al traidor. Ares salvaría a Henry, y así se cumpliría la profecía. Pero también estarían a salvo los demás miembros de la búsqueda.

Gregor nunca había visto a Ares lanzarse en picado. Se dirigía hacia el suelo a una velocidad vertiginosa, esquivando a las ratas que trataban de agarrarse de él. Gregor empezó a dudar que el murciélago lograra remontar el vuelo antes de estrellarse. «Ha rebasado la velocidad necesaria», pensó Gregor mientras el murciélago dejaba atrás a Henry.

Entonces, Gregor escuchó la súplica desesperada de Henry: «¡Ares!».

En ese momento, Gregor se estrelló contra algo.

«Estoy muerto», pensó, pero no se sentía muerto porque le dolía muchísimo la nariz y tenía la boca llena de pelo. Luego tuvo la sensación de elevarse en el aire, y supo que estaba a lomos de Ares. Miró hacia abajo por encima del ala del murciélago y vio a las primeras ratas estrellándose sobre las rocas del fondo del precipicio. Gregor casi había tocado el suelo cuando Ares lo rescató. La visión de las ratas estrellándose era insoportable, aunque hubieran estado a punto de matarlo. Justo antes de que Henry chocara contra el suelo, Gregor escondió la cara entre el pelaje de Ares y se tapó los oídos.

Cuando se quiso dar cuenta, ya habían aterrizado. Luxa había montado a su padre sobre Aurora, y después Temp subió a lomos de Ares, detrás de él.

Ripred, ensangrentado, estaba con tres ratas que debían de haberse unido a él en el último momento. Le dedicó a Gregor una amarga sonrisa.

—Una deliciosa caja de sorpresas, eso eres tú.

—¿Qué vas a hacer ahora, Ripred? —le preguntó Gregor a la rata.

—Correr, chico. Correr como el viento. ¡Vuela alto, Gregor de las Tierras Altas! —dijo Ripred, antes de echar a correr por el camino.

—¡Vuela alto, Ripred! ¡Vuela alto! —gritó Gregor, mientras Ares y Aurora levantaban el vuelo por encima de la cabeza de la rata.

Sobrevolaron la garganta. En algún lugar por debajo de ellos yacían los cadáveres del rey Gorger, su ejército de ratas y Henry. La garganta llegó a su fin, y los murciélagos enfilaron por un ancho túnel que se alejaba de allí serpenteando.

Ahora que estaba a salvo, Gregor empezó a sentir retrospectivamente el pánico de su caída al abismo negro. Empezó a temblarle todo el cuerpo. Hundió el rostro en el pelaje de Ares, aunque así le doliera aún más la nariz. Oyó al murciélago susurrar:

—No lo sabía, Gregor. Te juro que no lo sabía.

—Te creo —le contestó Gregor con otro susurro. Si Ares hubiera estado al corriente del plan de Henry, ahora Henry estaría volando sobre su murciélago, y Gregor, sin lugar a dudas, estaría...

Entonces volvió a recordar las últimas palabras de la profecía.

El último en morir su bando elegirá.
El destino de los ocho en su mano estará.
Rogadle, pues, prudencia cuando con cautela salte,
pues la vida puede ser muerte
y la muerte, vida, en un instante.

De modo que hablaba no sólo de Gregor, sino también de Henry. Henry había resuelto que su bando era el de las ratas. Eso había decidido el destino de los otros ocho buscadores. No había saltado con cautela, no había mirado en absoluto dónde saltaba porque estaba demasiado enfrascado en ayudar a las ratas. Henry había muerto a causa de su decisión. Hasta sus últimos segundos de vida había pensado que Ares lo salvaría. Pero Ares había elegido salvar a Gregor.

—Gregor, tenemos problemas —susurró Ares, interrumpiendo sus pensamientos.

—¿Por qué? ¿Qué ocurre? —preguntó Gregor.

—Aurora y yo no sabemos qué dirección hay que tomar para llegar a Regalia —dijo el murciélago.

—¿Quieres decir que estamos perdidos? —dijo Gregor—. Creía que Luxa había dicho que podían llevarnos a casa a oscuras.

—Sí, podemos volar a oscuras, pero debemos saber en qué dirección hacerlo —explicó Ares—. Los voladores no tenemos mapas de esta zona.

—¿Qué piensa Luxa que debemos hacer? —preguntó Gregor.

Hubo un silencio. Gregor dio por hecho que Ares estaría comunicándose con Aurora. Entonces Ares dijo:

—Luxa no puede hablar.

«Luxa estará probablemente conmocionada», pensó Gregor. «Después de lo que le ha hecho Henry...».

—Y para complicar más las cosas, Aurora tiene un ala rota que se le debe curar pronto si queremos proseguir el vuelo —añadió Ares.

Gregor cayó de pronto en la cuenta de que era él quien estaba al mando.

—Pues entonces busca un lugar seguro donde aterrizar, ¿te parece?

El túnel serpenteante pronto se abrió sobre un ancho río. La fuente era una grandiosa cascada que manaba de un arco de piedra y caía doscientos metros, hasta mezclarse con las aguas del río. Por encima del arco había un saliente natural de piedra, de unos tres metros de ancho. Ares y Aurora descendieron hacia él y aterrizaron. Sus jinetes pusieron pie en la roca.

Gregor fue corriendo hacia Luxa, con la esperanza de poder trazar con ella algún plan, pero le bastó una mirada para saber que no podría ayudarlo en nada. Luxa tenía la mirada perdida y temblaba como una hoja. «¿Luxa? ¿Luxa?», la llamó. Como bien había dicho Aurora, no era capaz de pronunciar una sola palabra. Sin saber muy bien qué otra cosa podía hacer, Gregor la envolvió en una manta.

Después se volvió hacia Aurora. Su ala izquierda presentaba un largo desgarro del que manaba sangre.

—Puedo tratar de coserte esa herida —dijo Gregor, aunque la idea no le hacía mucha gracia. Sabía coser un poquito, poner botones y zurcir pequeños descosidos. Le angustiaba mucho la idea de perforar con una aguja la delicada ala del animal.

—Ocúpate primero de los demás —dijo Aurora. Luego, ésta se acercó volando hasta Luxa y rodeó a la chica con su ala sana.

Boots seguía dormida sobre el caparazón de Temp, pero su frente no estaba tan caliente como antes. La medicina también parecía haber calmado a su padre, pero Gregor seguía preocupado por lo frágil que se veía. Estaba claro que las ratas casi lo habían matado de hambre. Gregor se preguntó qué más cosas le habrían hecho.

Ares estaba acurrucado, en una postura que indicaba una tristeza tan extrema que Gregor decidió que era mejor dejarlo solo. El engaño de Henry casi había destruido al murciélago.

Salvo Aurora y él mismo, nadie parecía físicamente herido tras el enfrentamiento con el ejército del rey Gorger. Gregor abrió el botiquín y rebuscó en su interior. Si tenía que coser al murciélago, mejor sería hacerlo enseguida, antes de que le dieran ganas de cambiar de idea. Encontró un paquetito con agujas metálicas y escogió una al azar. En el botiquín también había varios ovillos de seda de los tejedores. Empezó a preguntarle a Gox cuál debía usar cuando recordó la sangre azul manando del cuerpo naranja sin vida. Eligió un hilo que le pareció delgado y resistente a la vez.

Limpió la herida de Aurora lo mejor que pudo, y luego le aplicó un ungüento que según le dijo ella serviría para anestesiar un poco la zona. Luego, con mucho miedo, empezó a coser el desgarrón. Le hubiera gustado proceder deprisa, pero coser aquella ala era una tarea lenta y meticulosa. Aurora trataba de permanecer inmóvil, pero una y otra vez reaccionaba involuntariamente al dolor.

—Lo siento, perdona —decía Gregor todo el rato.

—No, estoy bien —contestaba el animal. Pero Gregor se daba cuenta, por sus movimientos y gestos, de que le estaba haciendo mucho daño.

Cuando terminó, estaba bañado en sudor de tanta concentración. Pero el ala volvía a estar en su lugar, de una pieza.

—Trata de moverla —le dijo a Aurora, y ésta la extendió con cuidado.

—Está bien cosida —dijo—. Debería aguantar hasta que lleguemos a Regalia.

Gregor se sintió aliviado, y un poquito orgulloso de sí mismo por haberlo conseguido.

—Ahora debes ocuparte de tus propias heridas — le dijo Aurora—. Yo de todas formas no podré volar hasta que se me pasen los efectos del ungüento.

Gregor se limpió la herida de la pierna y se aplicó un poco de ungüento de un tarro de arcilla roja que recordaba haber visto utilizar a Solovet. Su nariz era harina de otro costal. Se limpió la sangre, pero seguía hinchada, tenía dos veces su tamaño normal. Lo más seguro era que estuviera rota, pero Gregor no sabía qué solían hacer los médicos con una nariz rota. Una nariz no se podía coser. No hizo nada, pues pensó que tocársela le haría más mal que bien.

Una vez que se hubo ocupado de las heridas de todos, Gregor no tenía ni idea de qué hacer a continuación. Trató de analizar su situación. Estaban perdidos. Tenían provisiones para tal vez una comida más. La antorcha de Luxa se había consumido, así que la única luz que tenían era la de su casco. Boots estaba enferma, su padre deliraba, Luxa estaba en estado de conmoción, Aurora, herida, y Ares, desesperado. Sólo quedaban Temp y él.

—¿Temp? —dijo Gregor—. ¿Qué te parece que tenemos que hacer ahora?

—No sé —contestó Temp, y en seguida agregó: — ¿Oyes a las ratas, las oyes?

—¿Cuando cayeron al vacío, te refieres? —preguntó Gregor—. Sí, sí, claro que lo oí, y fue horrible.

—No. ¿Oyes a las ratas, las oyes? —repitió Temp.

—¿Ahora? —Gregor sintió una oleada de náuseas—. ¿Dónde? —se acercó reptando hasta el borde del saliente de roca y echó un vistazo.

Centenares de ratas se estaban congregando a la orilla del río. Algunas estaban sentadas sobre las patas traseras, y con las garras de las delanteras arañaban las paredes rocosas que rodeaban la cascada. Un par de ratas trataron de trepar por ellas, pero resbalaron. Entonces empezaron a arañar la superficie rocosa, para crear muescas a las que poder agarrarse y trepar. Les llevaría cierto tiempo escalar la pared, pero Gregor sabía que al final lo conseguirían. Encontrarían la manera de llegar hasta arriba.

Retrocedió reptando hasta donde estaban los demás y se rodeó con fuerza las rodillas con los brazos. ¿Qué iban a hacer ahora? Volar, no había más remedio. Aurora tendría que arreglárselas para hacerlo si las ratas trepaban hasta allí. Pero ¿volar adónde? La bombilla de su casco no podía durar eternamente. Cuando se apagara, estaría en la oscuridad más absoluta, con un puñado de inválidos. ¿Acaso habían sobrevivido a toda esa pesadilla para acabar pereciendo en la Tierra de la Muerte?

Tal vez Vikus les enviara ayuda. ¿Pero cómo podría saber dónde se encontraban? Y además, no imaginaba cómo estarían las cosas en Regalia. Gregor y Henry habían escenificado la última estrofa de la Profecía del Gris. ¿Pero significaba eso que los humanos habían ganado la guerra? No tenía ni idea.

Gregor cerró los ojos y apretó los párpados con fuerza, cubriéndoselos con las palmas de las manos. Nunca, en toda su vida, se había sentido tan desamparado. Trató de darse consuelo con la idea de que la Profecía del Gris decía que ocho de ellos sobrevivirían. «Bien, supongo que Ripred se las arreglará, pero si los que estamos aquí sentados sobre este saliente hemos de sobrevivir, vamos a necesitar un milagro», pensó.

Y fue entonces cuando ocurrió el milagro.

—¿Gregor? —dijo una voz perpleja. No estaba muy seguro de haberla oído—. Gregor, ¿eres tú?

Despacio, sin atreverse a creerlo, Gregor levantó los ojos hacia donde provenía el sonido. Su padre se había incorporado trabajosamente, apoyándose sobre un codo. Temblaba por el enorme esfuerzo y su voz era débil, pero en sus ojos había una expresión de reconocimiento.

—¿Papá? —pronunció Gregor—. ¿Papá?

—¿Qué estás haciendo aquí, hijo? —preguntó su padre, y Gregor supo entonces que su mente estaba lúcida.

Gregor no era capaz de moverse. Debería haber corrido a abrazar a su padre, pero de pronto tuvo miedo de ese desconocido vestido con pieles de rata y que se suponía que era su padre. ¿Estaba de verdad cuerdo ahora? ¿O cuando Gregor atravesara los metros de piedra que los separaban volvería a murmurar algo sobre un pez, y a abandonar a Gregor en la más absoluta oscuridad?

—¡Gue-go! —sonó una vocecita—. ¡Gue-go, quero salir! —dijo Boots. Gregor se dio la vuelta y la vio tratando de zafarse de la tela de araña que la sujetaba al caparazón de Temp. Corrió hasta ella y rasgó los hilos de seda. Era más fácil que ocuparse de su padre.

—Teno sed. Teno hambe —dijo Boots mientras Gregor la liberaba de sus ataduras.

Gregor sonrió. Si quería comer, tenía que ser porque se encontraba mejor.

—¿Galleta? —preguntó la niña esperanzada.

—Está bien, está bien —le dijo Gregor—. Pero mira quién está aquí, es papá —dijo, señalando a su padre. Si lo acompañaba su hermana, tal vez Gregor tuviera entonces el valor de hacerle frente a su padre.

—¿Papá? —preguntó Boots con curiosidad. Lo miró, y una gran sonrisa se dibujó en su rostro—. ¡Papá! —exclamó. Se retorció para zafarse de los brazos de Gregor y corrió directamente a los de su padre, derribando su frágil cuerpo al suelo.

—¿Margaret? —dijo éste, tratando de volver a incorporarse—. ¿Eres Margaret?

—¡No, soy Boots! —dijo la niña, halándole la barba hirsuta.

Bueno, tal vez el valor de Boots sólo contara cuando supiera contar, pero su capacidad de amar contaba siempre. Al contemplarla, Gregor sintió que su desconfianza empezaba a desaparecer. Se había enfrentado a ratas y arañas, y a sus más terribles temores sólo para reunirse con su padre. ¿Qué estaba haciendo ahora, ahí sentado, como si se hubiera comprado una entrada para contemplar el espectáculo?

—Conque Boots, ¿eh? —preguntó su padre. Estalló en una carcajada que sonó como si sus cuerdas vocales estuvieran completamente oxidadas.

La risa inundó a Gregor como una explosión de sol. Era él. ¡Era su padre de verdad!

—¡Papá! —Gregor corrió medio tropezándose hasta su padre, y se tiró a sus brazos.

—Oh, Gregor —dijo su padre, las lágrimas resbalando por sus mejillas—. ¿Cómo está mi niño? ¿Cómo está mi hombrecito?

Gregor se echó a reír cuando sintió que también sus ojos se llenaban de lágrimas.

—¿Qué estás haciendo aquí? ¿Cómo fuiste a parar a las Tierras Bajas? —preguntó su padre, que de repente parecía preocupado.

—De la misma manera que tú, supongo —contestó Gregor, que por fin había recuperado el habla—. Boots y yo caímos por el conducto de ventilación de la lavandería. Luego partimos en tu búsqueda, y aquí estás. —Dio unas palmaditas en el brazo de su padre, como para demostrarse a sí mismo que era cierto—. Aquí estás.

—¿Dónde es aquí exactamente? —preguntó su padre, esforzándose por mirar a su alrededor, a pesar de la oscuridad.

Gregor volvió de pronto a la realidad.

—Estamos encima de una cascada, en la Tierra de la Muerte. Unas cuantas ratas están tratando de escalar la pared rocosa. Muchos de nosotros estamos en mal estado, y nos encontramos totalmente perdidos —dijo. Al instante se arrepintió. Tal vez no debería haberle dicho lo desesperado de la situación. Tal vez todavía no pudiera soportarlo. Pero vio que la mirada de su padre se agudizaba, mientras se concentraba para reflexionar.

—¿A qué distancia están ahora las ratas de nosotros? —preguntó.

Gregor volvió a acercarse al borde y miró hacia el exterior. Se asustó al ver que las ratas ya estaban a medio camino de la pared.

—A unos quince metros, tal vez —dijo.

—¿Y cómo andamos de luz? —le preguntó entonces su padre.

—Sólo nos queda ésta —dijo Gregor, dándose unos golpecitos en el casco—. Y no creo que las pilas vayan a durar mucho más. —De hecho, la luz parecía volverse más tenue conforme hablaba.

—Tenemos que regresar a Regalia —declaró entonces su padre.

—Ya lo sé, pero ninguno de nosotros conoce el camino —dijo Gregor, sintiéndose impotente.

—Está al norte de las Tierras Bajas —dijo su padre.

Gregor asintió con la cabeza, aunque no entendía muy bien de qué les servía saber eso. No tenían sol, ni Estrella Polar, ni musgo sobre la parte norte del tronco de los árboles para guiarse. Estaban en un gran espacio negro.

Los ojos de su padre se posaron sobre el ala dañada de Aurora.

—¿Cómo le cosiste el ala a ese murciélago?

—Con aguja e hilo —contestó Gregor, preguntándose si su padre no estaría volviendo a delirar.

—¿Una aguja metálica? —preguntó su padre—. ¿Todavía la tienes?

—Sí, aquí está —dijo Gregor, sacando de nuevo el paquetito de agujas.

Su padre eligió una aguja y se sacó una piedrecita del bolsillo. Empezó a frotarla sobre la aguja, con rápidos movimientos.

—Consígueme un cuenco, o algo parecido. Vacía ese tarro de medicina si es necesario —le indicó su padre—. Y llénalo de agua.

Gregor obedeció rápidamente sus instrucciones, aunque todavía no entendía adónde quería llegar su padre.

—¿Qué estás haciendo? —le preguntó.

—Esta piedra es magnetita, una piedra imán. Había un montón en la fosa donde me tenían prisionero. Me guardé una en el bolsillo, por si acaso —le explicó su padre.

—¿Por si acaso qué? —quiso saber Gregor.

—Por si acaso conseguía escapar. Allí en la fosa también tenía algunos trozos de metal, pero ninguno del tamaño adecuado. Esta aguja es perfecta —dijo.

—¿Perfecta para qué? —le preguntó Gregor.

—Si froto la aguja con la piedra imán, la magnetizaré. Para que lo entiendas, lo que quiero decir es que la convertiré en una aguja como la de una brújula. Si podemos conseguir hacerla flotar sobre el agua sin romper la tensión de la superficie... —su padre depositó cuidadosamente la aguja dentro del agua. Flotaba. Entonces, para asombro de Gregor, la aguja describió un arco de cuarenta y cinco grados hacia la derecha, y luego permaneció inmóvil— ... nos indicará el norte.

—¿Indica el norte? ¿Igual que una brújula? —preguntó Gregor sin podérselo creer del todo.

—Bueno, tal vez se equivoque en unos cuantos grados, pero es lo suficientemente exacta —le dijo su padre.

Gregor sonrió contemplando el cuenco de agua. Todo iba a salir bien. Su padre había regresado.

El sonido de unas garras arañando la superficie de piedra le borró la sonrisa de la cara.

—¡Aurora! —llamó Gregor—. ¿Puedes volar?

—Creo que no tengo más remedio —dijo ésta, que sabía perfectamente lo cerca que estaban las ratas.

—Ares, si ahora te indico en qué dirección está Regalia, ¿puedes volar sin perder el rumbo? —preguntó Gregor, sacudiendo ligeramente al murciélago.

—Puedo mantener perfectamente el rumbo si conozco la dirección en la cual volar —dijo Ares, irguiéndose.

—¡A sus monturas! —ordenó Gregor, como había hecho Vikus al empezar la búsqueda—. ¡A sus monturas! ¡Regresamos a casa!

Todos lo obedecieron como pudieron. Gregor le dijo a Temp que montara con Luxa, para que pudiera cuidar de ella. Metió a Boots en la mochila, y ayudó a su padre a subir a lomos de Ares. Volvió a comprobar la dirección que marcaba la aguja dentro del cuenco y le dio la señal a Ares.

—Hacia allá está el norte. Ésa es la dirección que hay que tomar para llegar a Regalia —le dijo.

Gregor estaba a punto de guardar el cuenco cuando vio la primera garra de rata que había llegado a lo alto del saliente. Saltó sobre Ares y los murciélagos levantaron el vuelo, dejando a sus espaldas el cuenco y un puñado de ratas que los maldecían.

Ares enfiló el túnel que llevaba hacia el norte, y tras cerca de una hora de vuelo, le dijo a Gregor:

—Ahora ya sé dónde estamos.

Volaron entonces directo hacia Regalia, por espaciosas cuevas abiertas.

Por doquier yacían víctimas de la guerra. Gregor vio cuerpos de ratas, humanos, cucarachas, arañas, murciélagos y otras criaturas que ni siquiera sabía que vivieran en las Tierras Bajas, como ratones y mariposas. Ripred había mencionado mariposas alguna vez, pero Gregor había pensado que era porque las había visto en las Tierras Altas. Todos los cuerpos tenían el mismo aspecto. Se veían totalmente inmóviles.

Fue para él casi un alivio cuando la luz de su casco se apagó por fin. Ya había visto demasiadas escenas de matanza. En medio de la oscuridad perdió toda noción del tiempo.

Gregor oyó los cuernos que anunciaban su llegada mucho antes de alcanzar la ciudad. Miró hacia abajo y vio a la gente que agitaba los brazos, gritando. Ni Luxa ni él respondieron al saludo.

Luxa ni siquiera miraba. Desde el momento en que levantaron el vuelo, había rodeado el cuello de Aurora con sus brazos, y había cerrado los ojos al mundo. Gregor no acertaba a imaginar lo que estaría sintiendo. Él había recuperado a su padre, y Boots estaba curada. Regresarían a las Tierras Altas y la familia volvería a estar reunida. Pero Henry era la familia de Luxa, y había preferido entregar a su prima a las ratas. ¿Qué sentimientos podía albergar ahora Luxa?

Las puertas del estadio se abrieron de par en par, y la ciudad apareció bajo sus pies. La multitud los aclamaba, agitando banderas. Divisaron entonces el palacio, y Ares se lanzó en picado hacia el Gran Salón.

Cuando ya estaban a pocos metros, los murciélagos, agotados, se desplomaron sobre el suelo, y se fueron deslizando sobre la superficie hasta detenerse por completo. Los habitantes de Regalia los rodearon en masa. En algún lugar entre la confusión de gente, Gregor vio a Dulcet cogiendo en brazos a Boots y alejándose deprisa del salón, seguida de la siempre fiel cucaracha. Dos personas extendieron a su padre sobre una camilla y se lo llevaron de allí. Los murciélagos apenas tenían fuerzas para protestar mientras también se los llevaban, pues estaban más necesitados de descanso que de cuidados médicos.

Gregor se resistió a los múltiples intentos de tumbarlo sobre una camilla, aunque sí aceptó un paño frío para aplicárselo sobre la nariz. Alguien tenía que contar la historia, y no le parecía que ahora mismo esa persona pudiera ser precisamente Luxa.

Ahí estaba la reina, pálida y perdida, ajena incluso al remolino de actividad que se afanaba a su alrededor. Sus preciosos ojos violetas estaban desenfocados, y sus brazos caían sin fuerza a ambos lados de su cuerpo. Gregor se situó a su lado, sin tocarla. Sólo quería que supiera que estaba junto a ella.

—Luxa, todo va a salir bien —le dijo, aunque sabía que sus palabras sonaban huecas.

La habitación quedó vacía, y Gregor vio a Vikus aproximarse corriendo hacia ellos. El anciano se detuvo a un metro escaso de donde se encontraban. La preocupación surcaba su rostro.

Gregor sabía que tenía que contarle lo que había ocurrido, pero lo único que acertó a decir fue:

—Henry estaba del lado de las ratas. Había hecho un trato con ellas para conseguir el trono.

Vikus miró a Luxa y abrió los brazos. Ésta permaneció de pie, aún petrificada, mirándolo como si fuera un perfecto desconocido.

—Luxa, es tu abuelo —le dijo Gregor. Le parecía lo mejor y lo más importante que podía decirle en ese momento—. Es tu abuelo.

Luxa entrecerró los ojos. Una lágrima diminuta se formó en ellos. En su rostro quedó reflejada entonces la batalla que estaba manteniendo con sus sentimientos, mientras trataba de impedir que afloraran a la superficie de su ser. Pero éstos ganaron la batalla y, para enorme alivio de Gregor, Luxa corrió a los brazos de Vikus.

CAPÍTULO VIGESIMOSEXTO

Al final, Gregor terminó contándole la historia a Solovet. Apareció poco después de Vikus y, tras besar las mejillas bañadas en lágrimas de Luxa, abrazó a Gregor. Aunque al chico no le preocupaban lo más mínimo sus heridas, a Solovet sí. Lo llevó inmediatamente a la enfermería del palacio para que lo curaran.

Mientras los médicos le limpiaban y cosían la herida de la pierna, y trataban de reducir la hinchazón de su nariz, Gregor le contó todo lo que había ocurrido desde su separación. El viaje a través de las malolientes cuevas, la llegada de las arañas, el intento de Henry de matar a Ripred, la fiebre de Boots, el sacrificio de Tick en el puente, el encuentro con su padre y la extraña serie de acontecimientos que habían hecho realidad la profecía de Sandwich.

Cuando terminó de hablar, se sintió como un globo que de pronto pierde todo el aire. Lo único que quería era ver a su padre y a Boots, e irse a dormir. Solovet lo llevó primero con Boots, que estaba en una enfermería con otros niños convalecientes. La habían bañado y le habían cambiado la ropa y, aunque seguía un poco caliente, Dulcet le aseguró que su enfermedad no era grave.

—Son muchas las cosas que no podemos curar, pero esto sí. No es más que un caso de fiebre de la humedad —le dijo para tranquilizarlo.

Gregor peinó con los dedos los ricitos de su hermana, y luego la dejó para ir a ver a su padre. Éste ya tenía mejor aspecto, y al verlo ahí dormido Gregor pensó que su rostro parecía más relajado. Los médicos no sólo lo habían bañado, sino que también le habían cortado el pelo y adecentado la barba. Habían sustituido las mugrientas pieles de rata por prendas de seda. Le habían dado de comer y le habían administrado un calmante.

—¿Y cuando despierte, estará bien del todo? —quiso saber Gregor.

—No se puede esperar que alguien que ha pasado años entre las ratas sobreviva intacto a esa experiencia —le dijo Solovet suavemente—. ¿Pero quieres saber si su mente y su cuerpo sanarán? Pienso que sí.

Gregor tuvo que contentarse con esa respuesta. Él mismo nunca volvería a ser el mismo después de lo que había vivido en las Tierras Bajas. Tenía que aceptar que su padre también cambiara en algunos aspectos.

Cuando salió de la enfermería, oyó una voz alegre que lo llamaba.

—¡Gregor! —Mareth lo envolvió en un gran abrazo de oso. Gregor se alegraba mucho de ver que Mareth estaba vivo, aunque mostrara heridas de batallas recientes.

—Hola, Mareth —le dijo—. ¿Qué tal va todo?

—Son tiempos oscuros, como siempre que estamos en guerra. Pero nos has devuelto la luz —le dijo con firmeza.

—¿En serio? —le preguntó Gregor. Se le había olvidado por completo esa parte de la profecía.

Un guerrero de las Tierras Altas, un hijo del sol, podría devolvernos la luz, o tal vez no.

Así que al final lo había conseguido. Les había devuelto la luz. No estaba muy seguro de cómo lo había hecho, pero si Mareth lo decía, seguro que todos los demás habitantes de las Tierras Bajas también lo creían.

—¿Qué luz? —preguntó. Las imágenes que poblaban su mente eran implacablemente oscuras.

—Cuando las ratas se enteraron de la noticia de la muerte del rey Gorger, el caos se apoderó de todo el ejército. Los hicimos retroceder hasta lo más profundo de la Tierra de la Muerte. Sin cabecilla, su desorganización es total —explicó Mareth.

—Ah, bien —dijo Gregor—. Espero que dure.

Mareth lo llevó a la que había sido su habitación, la que había compartido con Boots. Se dio un breve baño, lo justo para librarse del olor a huevos podridos que se había pegado a su cuerpo en aquel túnel hediondo, y se desplomó sobre la cama.

Se despertó con la sensación de haber dormido mucho tiempo. Durante un par de minutos permaneció allí tumbado, en una modorra que le hacía sentirse seguro, sin recordar nada. Después todo cuanto había ocurrido asaltó su mente de repente, y no pudo permanecer en la cama ni un segundo más. Se dio otro baño y luego se comió los alimentos que alguien había dejado en su habitación mientras él se aseaba.

Gregor se disponía a ir a la enfermería cuando Luxa entró corriendo en su habitación. Sus ojos estaban rojos de haber llorado, pero volvía a parecer la Luxa de siempre.

—¡Gregor, tienes que venir! ¡Date prisa! —le dijo, jalándolo del brazo y obligándolo a seguirla.

Lo primero que pensó Gregor fue que habían atacado el palacio, pero no se trataba de eso.

—¡Es Ares! ¡Quieren desterrarlo! —le dijo Luxa con un hilo de voz mientras corrían por los pasillos—. ¡Él no sabía nada, Gregor! ¡Tenía tan poco conocimiento de la traición de Henry como yo misma!

—¡Ya lo sé! —le contestó Gregor.

Desembocaron en una habitación que Gregor no había visto nunca. Era como un círculo de dimensiones reducidas. Sobre unas gradas que bordeaban un escenario central, había sentados varios centenares de humanos y murciélagos. En primera fila se encontraban los miembros del Consejo de Regalia, entre ellos Vikus y Solovet. En el centro del escenario, solo y encorvado, estaba Ares.

Cuando Gregor y Luxa penetraron corriendo en la habitación, Aurora aleteó desde las gradas para reunirse con ellos.

—¡Quietos! —gritó Gregor, tratando de recuperar el aliento—. ¡No pueden hacer esto! —ignoraba por completo en qué consistía un destierro, pero sí recordaba haberle oído a Luxa decir que nadie sobrevivía mucho tiempo solo en las Tierras Bajas. Tal vez una rata como Ripred sí, pero él era extraordinario en todos los sentidos, y en cualquier situación.

Todos se pusieron en pie al ver aparecer a Gregor, y se inclinaron en señal de respeto.

—Bienvenido, guerrero, y muchas gracias por todo lo que nos has devuelto —le dijo Vikus tal y como mandaba el protocolo. Pero también le dedicó una sonrisa triste que le pareció mucho más personal.

—Sí, muy bien, de nada —contestó Gregor—. ¿Qué le están haciendo a Ares?

—Estamos a punto de votar para decidir su suerte —explicó Vikus—. Hemos sometido a un exhaustivo debate la cuestión de si tenía o no conocimiento de la traición de Henry.

—¡No sabía nada! —exclamó Gregor—. ¡Por supuesto que no sabía nada! De no ser así, yo no estaría aquí ahora. ¡Me salvó a mí, y dejó que Henry muriera cuando se dio cuenta de lo que estaba ocurriendo!

—Estaba vinculado a Henry —dijo un gran murciélago rojo—. Resulta difícil creer en su inocencia.

—¿Y qué hay de mi inocencia? —preguntó Luxa con voz tensa—. Nadie conocía tan bien a Henry como yo misma. ¿También piensas desterrarme a mí?

Un incómodo murmullo recorrió la habitación. Todos sabían lo unidos que habían estado los dos primos y, sin embargo, pese a todo, Luxa había sido el blanco de la traición de Henry.

—Aunque Ares fuera declarado inocente de la acusación de traición que sobre él pesa, queda aún la cuestión de que rompiera su vínculo —dijo el murciélago rojo—. Eso en sí es motivo de destierro.

—¿Incluso cuando descubres que estás vinculado a un tipo muy malo? —quiso saber Gregor—. A mí me parece que para esos casos debería haber una ley especial.

Algunos miembros del Consejo empezaron a rebuscar entre montones de viejos manuscritos, como si esperaran encontrar en ellos una respuesta a su pregunta. Pero otros eran claramente partidarios de que corriera la sangre.

—Poco me importa si lo desterramos por traición o por haber roto el vínculo. Sólo quiero que desaparezca. ¿Quién de nosotros podría volver a confiar en él? —gritó una mujer.

Hubo un gran alboroto en la sala. Ares pareció encogerse aún más, como aplastado por el peso de tanto odio.

Gregor no sabía qué hacer. No podía quedarse ahí parado, sin hacer nada, mientras desterraban a Ares a la Tierra de la Muerte a que se las arreglara solo. Pero, ¿cómo podía hacerles cambiar de opinión?

El murciélago rojo repitió las palabras de la mujer.

—Sí, ¡eso es! ¿Quién de nosotros podría volver a confiar en él?

—¡Yo! —gritó Gregor, haciendo callar a la multitud—. ¡Yo le confío mi vida! —y entonces supo lo que tenía que hacer.

Corrió junto a Ares y extendió la mano. El murciélago levantó la cabeza, perplejo, pero enseguida comprendió.

—Oh, no, Gregor —susurró el murciélago—. No soy digno de ello.

Gregor extendió la mano derecha y sujetó la garra izquierda de Ares. Se hizo un silencio tal que se podría haber oído volar a una mosca.

«*Ares, yo me vinculo a ti,*

Esto era todo cuanto recordaba de la promesa que Luxa le había recitado, pero ella se encontraba justo detrás, soplándole las palabras en voz baja.

nuestra muerte una son,
nosotros, dos.
En las tinieblas, en la luz, en la guerra, en la huida,

Gregor entonces recordó la última línea, sin necesidad de ayuda.

yo te salvaré a ti como a mi propia vida».

Ares parecía ahora más esperanzado. Que el guerrero se vinculara a él no le garantizaba que consiguiera escapar al destierro, pero tampoco era algo que se pudiera ignorar fácilmente. Pese a todo, vaciló.

—Dilo —le dijo Gregor en voz baja—. Por favor, dilo tú ahora.

Y Ares por fin obedeció, sustituyendo su nombre por el de Gregor.

«Gregor, yo me vínculo a ti,
nuestra vida y nuestra muerte una son,
nosotros, dos.
En las tinieblas, en la luz, en la guerra, en la huida,
yo te salvaré a ti como a mi propia vida».

Gregor dio un paso atrás para hacer frente a la multitud. Ares y él los miraban a todos, mano y garra aún entrelazadas. Gregor habló con una autoridad que le era del todo desconocida.

—Yo soy el guerrero. Yo soy el que ha llamado. ¿Quién de ustedes osa desterrar a Ares, mi vínculo?

CAPÍTULO VIGESIMOSÉPTIMO

Las palabras de Gregor fueron recibidas con enojo y dieron pie a un acalorado debate sobre la ley, pero al final el Consejo no pudo desterrar a Ares. El hecho de que Gregor se vinculara a él tuvo más peso del que se esperaba.

Un anciano seguía rebuscando furiosamente entre sus pergaminos hasta que Vikus le dijo:

—Oh, deja de agitar esos papeles, es obvio que no tenemos precedente para esto.

Gregor se volvió hacia su nuevo murciélago.

—Bueno, no creo que siga aquí mucho tiempo.

—No importa —le dijo Ares—. Mientras tenga fuerza para volar, siempre estaré a tu lado.

En cuanto las cosas se calmaron, Gregor se fue derechito a la enfermería. Se armó de valor antes de entrar en la habitación de su padre, por temor a que hubiera sufrido una recaída, pero cuando se decidió a entrar, lo esperaba una escena feliz. Su padre estaba sentado en la cama, riendo, mientras Boots trataba de darle de comer unas galletas.

—Hola, papá —lo saludó con una sonrisa.

—Oh, Gregor... —dijo su padre, devolviéndole la sonrisa. Le tendió los brazos, y Gregor corrió a acurrucarse en ellos, abrazándolo muy fuerte. Podría haber permanecido así para siempre, pero Boots los empujaba para separarlos.

—No, *Gue-go,* papá come galleta —dijo.

—La enfermera le ha dicho que me dé de comer, y se está tomando su tarea muy en serio —le explicó su padre sonriendo.

—¿Te encuentras bien? —le preguntó Gregor, sin dejar de abrazarlo.

—Oh, tras unas cuantas comidas como es debido, estaré como nuevo —dijo su padre. Ambos sabían que no sería tan sencillo. La vida nunca volvería a ser igual, pero por lo menos volvían a tener una vida, y podían disfrutarla juntos.

Gregor se pasó las siguientes horas con su padre y su hermana, y con Temp, que vino a ver cómo se encontraba la princesa. Gregor no se atrevía a pedirle a su padre que le contara por todo lo que había pasado, pero él parecía deseoso de hablar.

—Aquella noche, la noche de mi caída, no podía dormir. Bajé a la lavandería para tocar un poco el saxofón. No quería despertar a nadie.

—¡Nosotros también caímos por allí! —exclamó Gregor—. Por el conducto de ventilación.

—Eso es. La rejilla metálica empezó a abrirse y cerrarse, haciendo mucho ruido —comentó su padre—. Cuando me acerqué a ver qué pasaba, la corriente de aire me aspiró, y fui a parar aquí abajo. ¿Sabes?, es un fenómeno extraño éste de las corrientes de aire... —Y su padre se lanzó en una explicación de veinte minutos sobre los aspectos científicos de las corrientes de aire. Gregor no sabía de qué estaba hablando, pero era genial escucharlo de todos modos.

—Estuve en Regalia un par de semanas, pero los extrañaba tanto a todos que estaba perdiendo el juicio. De modo que una noche traté de escapar con un par de linternas y una escopeta de aire comprimido que encontré en el museo. Las ratas me alcanzaron antes de que pudiera llegar al Canal —contó su padre, con un gesto de fatalismo.

—¿Y cómo es que te perdonaron la vida? —preguntó Gregor.

—No fue por mí, sino por la escopeta. Cuando se me acabó la munición, me rodearon. Una de ellas me preguntó por el arma, así que me puse a hablar de ella sin parar. Las convencí de que sabía fabricarlas, y por eso decidieron mantenerme con vida. Me pasé el tiempo fabricando armas que yo podía utilizar, pero que se rompían en cuanto las ratas las tocaban. Una ballesta, una catapulta, un ariete... Apareciste en el momento más oportuno; creo que estaban empezando a sospechar que nunca iba a fabricarles nada que no se rompiera al primer uso —le contó su padre.

—No sé cómo pudiste soportarlo —dijo Gregor.

—Porque nunca dejé de creer que conseguiría regresar a casa —le contestó su padre. Entonces su semblante se ensombreció, y le costó mucho trabajo formular la pregunta siguiente—. Bueno, ¿y cómo está tu madre?

—Pues ahora mismo no debe de estar muy bien —dijo Gregor—. Pero se recuperará en cuanto volvamos todos a casa.

Su padre asintió con la cabeza y luego le preguntó:

—¿Y tú?

Gregor no le habló de lo mal que la había pasado, sino sólo de las cosas de las que no le resultaba difícil hablar. Le habló de sus entrenamientos de atletismo, de la escuela y de cómo había tocado el saxofón en el Carnegie Hall. No mencionó ratas ni arañas, ni lo mal que estaba desde que su padre había desaparecido.

Pasaron la tarde jugando con Boots, comiendo y, muchas veces, sin motivo especial, alargando la mano para tocarse el uno al otro.

Al final apareció Dulcet e insistió en que Boots y su padre necesitaban descansar, de modo que Gregor fue a dar un paseo por el palacio, sintiéndose más feliz de lo que se había sentido en dos años, siete meses y ya no le importaba cuántos días. No estaba dispuesto a seguir respetando su norma. Nunca más. Aunque volvieran malos tiempos, ya nunca más se negaría a sí mismo la posibilidad de ser feliz en el futuro aunque el presente fuera doloroso. Se permitiría a sí mismo soñar.

De camino a su habitación pasó por delante de la sala en la que lo habían encerrado como prisionero la noche en que había tratado de escapar de Regalia. Vikus estaba sentado a la mesa solo, rodeado por pilas de pergaminos y mapas. Su semblante se iluminó al ver a Gregor, y le indicó con un gesto que entrara.

—Pasa, pasa, aún no hemos tenido ocasión de hablar desde tu regreso —le dijo animadamente—. ¿Cómo se encuentra tu padre?

—Mejor. Mucho mejor —dijo Gregor, sentándose frente a Vikus.

—¿Y la princesa? —preguntó el anciano con una sonrisa en su rostro.

—Está bien. Ya no tiene fiebre.

Se quedaron ahí sentados un minuto sin decir nada, sin saber por dónde empezar a hablar.

—Bien, guerrero... al final saltaste—dijo Vikus.

—Sí, lo hice —dijo Gregor con una sonrisa de oreja a oreja—. Tuve suerte de que estuviera ahí Ares.

—También tuvo suerte Ares —dijo Vikus—. Todos tuvimos suerte. ¿Sabías que las ratas se están batiendo en retirada?

—Me lo ha dicho Mareth —asintió Gregor.

—Pienso que la guerra terminará pronto —dijo Vikus—. Las ratas han empezado a enfrentarse entre ellas por el trono.

—¿Y qué hay de Ripred? —quiso saber Gregor.

—Me han llegado noticias suyas. Está congregando en la Tierra de la Muerte a un grupo de ratas partidarias de su causa. No será tarea fácil asumir el liderazgo de las ratas. Primero ha de convencerlas de que la paz es deseable, y eso en sí será una larga lucha. Con todo, no es una rata que se deje amilanar —dijo Vikus.

—De eso estoy seguro —dijo Gregor—. Incluso las demás ratas tienen miedo de enfrentarse a él.

—Y con razón. Nadie puede defenderse de él —comentó Vikus—. Ah, eso me recuerda que tengo algo para ti. En varias ocasiones en el viaje hiciste constar que no tenías espada. El Consejo de Regalia me ha pedido que te haga entrega de ésta.

Vikus metió la mano por debajo de la mesa y extrajo un objeto alargado envuelto en una tela de seda muy gruesa. Gregor desenrolló la tela y encontró una espada increíblemente hermosa, con incrustaciones de piedras preciosas.

—Perteneció al propio Bartholomew de Sandwich. Es deseo expreso de mi pueblo que ahora sea tuya —declaró Vikus.

—No puedo aceptarla —dijo Gregor—. Quiero decir que es demasiado para mí, y además mi madre ni siquiera me deja tener una navaja. —Eso era cierto. Cuando Gregor cumplió diez años, su tío le regaló una navaja de bolsillo con más de quince accesorios, pero su madre se la quitó y dijo que la guardaría hasta que fuera mayor de edad.

—Entiendo —dijo Vikus. Observaba a Gregor con atención—. Tal vez si tu padre te la guardara, tu madre estaría de acuerdo.

—Tal vez. Pero hay otra cosa... —empezó a decir Gregor. Pero no sabía cómo explicar esa otra cosa, y era la razón principal por la que no quería ni tocar el objeto que tenía ante sí. Tenía que ver con Tick, Treflex y Gox; tenía que ver con todas las criaturas que había visto yacer sin vida en su camino de vuelta a Regalia. Tenía incluso que ver con Henry y con las ratas. Tal vez no fuera lo suficientemente inteligente para comprenderlo, pero Gregor tenía la sensación de que tenía que haber habido otra manera de arreglar las cosas que hubiera podido evitar todas esas muertes.

—Fingí ser el guerrero para poder recuperar a mi padre. Pero yo no quiero ser un guerrero —dijo Gregor—. Yo quiero ser como usted.

—Yo he participado en muchas guerras, Gregor —dijo Vikus con cautela.

—Ya lo sé, pero usted no va por ahí provocándolas. Primero trata de arreglar las cosas de cualquier otra manera posible. Incluso con las arañas. Y con Ripred —explicó Gregor—. Incluso cuando los demás creen que se equivoca, usted lo sigue intentando.

—En ese caso, Gregor, sé qué regalo me gustaría darte, pero sólo podrás encontrarlo tú mismo —dijo Vikus.

—¿Qué es? —le preguntó Gregor.

—La esperanza —contestó el anciano—. Habrá momentos en que te será muy difícil hallarla. Momentos en que será mucho más fácil optar mejor por el odio. Pero si quieres encontrar la paz, primero tendrás que ser capaz de esperar que esa paz sea posible.

—¿Y es que usted no piensa que yo sea capaz? —dijo Gregor.

—Al contrario, tengo grandes esperanzas de que lo seas —dijo Vikus sonriendo.

Gregor deslizó la espada por encima de la mesa para devolvérsela al anciano.

—Dígales que le dije que gracias, pero que no puedo aceptarla.

—No puedes imaginar lo feliz que estoy de transmitir ese mensaje —dijo Vikus—. Y ahora, debes descansar. Mañana te espera un viaje.

—¿Ah, sí? ¿Adónde? Espero que no tenga que volver a la Tierra de la Muerte, ¿no? —dijo Gregor, un poco mareado.

—No. Creo que es hora de que te enviemos de regreso a casa —dijo Vikus.

Aquella noche pusieron otra cama en la habitación de su padre para que pudieran dormir los tres juntos. Ahora que ya iba a regresar a casa, Gregor dejó que acudieran a su mente imágenes de Lizzie, de su abuela y, sobre todo, de su madre. ¿Seguirían todas bien cuando él regresara? Recordó su conversación con Vikus, y trató de tener esperanza.

En cuanto Boots y su padre se despertaron, los condujeron al muelle desde el que Gregor había escapado la primera noche. Un grupo de ciudadanos de las Tierras Bajas se había congregado para decirles adiós.

—Ares los llevará a la puerta que hay sobre el Canal —explicó Vikus—. De allí hasta su casa la distancia no es grande.

Mareth le dio un puñado de papeles. Gregor se dio cuenta de que era dinero.

—Lo he cogido del museo. Vikus dijo que tal vez lo necesitarás para viajar por las Tierras Altas.

—Gracias —le dijo Gregor. Se preguntaba cómo de lejos de su apartamento quedaría la entrada que comunicaba el Canal con las Tierras Altas. Se imaginó que pronto lo descubriría.

—El camino está ahora despejado de peligros, pero no se demoren. Como ya saben, en las Tierras Bajas las cosas pueden cambiar de la noche a la mañana —les dijo Solovet.

De repente, Gregor cayó en la cuenta de que jamás volvería a ver a ninguna de esas personas. Le sorprendió darse cuenta de lo mucho que iba a echarlas de menos. Habían vivido muchas experiencias juntos. Gregor se despidió de todo el mundo con un abrazo. Cuando llegó a Luxa, pensó que tal vez debía conformarse con estrecharle la mano, pero aun así le dio un abrazo a ella también. Y de hecho, ella se lo devolvió. Estaba un poco rígida, porque, claro, al fin y al cabo era una reina.

—Bueno, si alguna vez te pasas por las Tierras Altas, ven a casa a visitarnos —le dijo Gregor.

—Tal vez te volvamos a ver aquí algún día —le contestó Luxa.

—Oh, no lo sé. Seguro que al volver a casa no me la acabo —dijo Gregor.

—¿Qué quiere decir «no me la acabo»? —quiso saber Luxa.

—Que mi madre me castigará sin salir del apartamento nunca más —explicó Gregor.

—Eso no es lo que dice la Profecía de la Destrucción —comentó Luxa pensativamente.

—¿Qué? ¿Qué es eso? —preguntó Gregor, sintiendo que lo atenazaba el pánico.

—¿No te lo mencionó Vikus? Sigue a la Profecía del Gris —dijo Luxa.

—Pero yo no salgo en ella, ¿verdad? ¿Verdad que no, Vikus? —quiso saber Gregor.

—Ah, debes partir enseguida si quieres aprovechar la corriente —dijo Vikus, poniéndole a la espalda la mochila con Boots dentro y empujándolo hasta Ares, a lomos del cual ya estaba su padre.

—¿Qué me está usted ocultando? ¿Qué es la Profecía de la Destrucción? —insistió Gregor mientras lo levantaban en volandas para depositarlo sobre el murciélago.

—Ah, eso —dijo Vikus como sin darle importancia—. Es algo muy confuso. Nadie ha sido capaz de encontrarle una explicación en siglos y siglos. Vuela alto, Gregor de las Tierras Altas. —Vikus le hizo una señal a Ares y éste desplegó las alas.

—Pero, ¿de qué se trata? ¿Qué dice la profecía? —gritó Gregor desde el aire.

—¡Adiós, Temp! ¡Hasta *ponto!* —dijo Boots agitando la manita alegremente.

—¡No, Boots, no! ¡No vamos a volver! —le dijo Gregor con convicción.

Lo último que vio Gregor mientras se alejaban del palacio fue a Vikus agitando la mano en señal de despedida. No estaba seguro, pero le pareció oír que el anciano decía «¡Hasta pronto!».

Gregor volvía a ir río abajo, pero esta vez lo hacía sobrevolando las aguas agitadas sobre el fuerte lomo de Ares. Pronto llegaron a la playa donde se había topado con

Fangor y Shed. Descubrió la tierra ennegrecida, allí donde habían prendido fuego.

Diez minutos después, el río desembocó en lo que parecía un mar, o el lago más grande que Gregor había visto en su vida. Unas olas gigantescas agitaban la superficie del agua y se estrellaban sobre playas de rocas.

Entonces aparecieron dos guardias montados en sendos murciélagos y los escoltaron por encima del agua. Gregor no veía ratas por ninguna parte, pero quién sabe qué otras criaturas habría por ahí, buscando algo que echarse a la boca. Gregor vislumbró entonces durante un segundo una cola con púas, de unos seis metros de largo, que emergía del agua para volver a sumergirse enseguida. «No pienso siquiera preguntar qué era eso», se dijo a sí mismo.

Los centinelas se pusieron en guardia mientras Ares empezaba a ascender por el interior de un amplio cono de piedra. En su base, la superficie tenía por lo menos un kilómetro de diámetro. Un extraño viento neblinoso parecía empujarlos hacia arriba. «Esto deben de ser las corrientes», pensó Gregor.

Ares volaba en círculos cada vez más pequeños conforme iba ascendiendo. Tuvo que replegar las alas para poder pasar a través de la abertura que había en la cúspide del cono.

Después enfilaron a toda velocidad túneles que le resultaban familiares. No estaban hechos de piedra, sino de cemento, por lo que Gregor se imaginó que ya estarían cerca de casa. El murciélago aterrizó en la base de una escalera desierta y les señaló el final de la misma con un gesto de cabeza.

—Yo no puedo ir más lejos —dijo—. Ése es el camino para llegar a tu casa. Vuela alto, Gregor de las Tierras Altas.

—Vuela alto, Ares —dijo Gregor. Durante un momento, apretó fuertemente la garra de Ares con su mano. Luego la soltó, y el murciélago desapareció en la oscuridad.

Gregor tuvo que ayudar a su padre a subir la larga escalera. Arriba, en el techo, había una losa de piedra. Cuando Gregor la abrió, una ráfaga de aire fresco lo golpeó en la cara. Se trepó al exterior y sus manos palparon la hierba.

—Caray —dijo, apresurándose en ayudar a su padre—. Caray, mira esto.

—Luna —dijo Boots alegremente, señalando con su dedo índice hacia el cielo.

—Sí, linda, es la luna. ¡Mira, papá, es la luna! —su padre estaba demasiado agotado a causa de la subida por la larga escalera para poder contestar. Durante unos minutos permanecieron sentados en la hierba, contemplando la belleza del cielo nocturno. Gregor miró a su alrededor y por el horizonte de rascacielos vio que estaban en Central Park. Desde detrás de una hilera de árboles le llegaba el ruido del tráfico. Volvió a colocar la losa de piedra para tapar la abertura y ayudó a su padre a ponerse en pie.

—Venga, vamos a tomar un taxi. ¿Quieres ir ya con mi mamá, Boots? —preguntó.

—¡Síiii! —dijo Boots entusiasmada—. *Quero* ir ya con mi mamá.

Debía de ser ya muy tarde. Aunque algunos restaurantes seguían abiertos, no había nadie por la calle.

Tanto mejor, pues tenían una pinta bien rara, vestidos los tres con la pintoresca ropa de las Tierras Bajas.

Gregor paró un taxi y los tres se acomodaron en el asiento de atrás. El taxista no reparó en lo extraño de su aspecto, o no le importaba en absoluto. Probablemente ya había visto de todo.

Gregor apoyó la cara contra la ventanilla, bebiéndose los edificios, los coches, ¡y las luces! ¡Todas esas luces tan bonitas! El trayecto hasta su casa se le hizo cortísimo. Le pagó al taxista y añadió una gran propina.

Cuando llegaron al portal, su padre se sacó del bolsillo el llavero, el que le había hecho Gregor. Extendió las llaves con dedos temblorosos y encontró la que buscaba. Por una vez el ascensor no estaba averiado, y subieron hasta su planta.

Abrieron sin ruido la puerta del apartamento, para no despertar a nadie. Gregor vio a Lizzie dormida en el sofá. Desde la habitación oía a su abuela murmurando en sueños, así que ella también estaba bien.

Había una luz encendida en la cocina. Su madre estaba sentada a la mesa, totalmente inmóvil. Tenía las manos entrelazadas, y miraba fijamente una pequeña mancha en el mantel. Gregor recordaba haberla visto tantas noches así desde la desaparición de su padre... No sabía qué decir. No quería asustarla, ni sorprenderla, ni hacerla sufrir aún más de lo que ya había sufrido.

Así que entró en la cocina y dijo las únicas palabras que sabía que su madre estaba deseando oír.

—Hola, mamá. Ya estamos en casa.

AGRADECIMIENTOS

En primer lugar, quiero dar las gracias al maravilloso autor de literatura infantil James Proimos, sin cuyo aliento y generosidad nunca habría tenido el deseo de escribir libros. Le debo mucho por presentarme a nuestra agente, Rosemary Stimola. Según me dicen los editores, es la mejor profesional de este gremio, y no tengo motivos para ponerlo en duda. Durante muchos años antes de conocerla, mi abogado, Jerold Couture, me guió sabiamente por los entresijos del negocio del entretenimiento, por lo cual le estaré eternamente agradecida.

Quiero hacer aquí mención especial de Jane y Michael Collins, mis padres y, casualmente, el mejor equipo de investigación del mundo. Con todo mi cariño, les agradezco su ayuda a la hora de guiarme tanto en la vida como en los libros.

Tengo que destacar también en particular a dos amigos escritores por sus contribuciones específicas. Una primera conversación con Christopher Santos resultó de vital importancia para el enfoque final de este libro. Richard Register, confío en ti tanto y en tantas cuestiones, que tendré que conformarme con hacerte llegar un agradecimiento general por todo lo que haces.

Estoy tratando de encontrar las palabras adecuadas para expresar lo afortunada que me siento por haber dado con Kate Egan como editora. Le sobra talento, inteligencia y paciencia, y no concibo la posibilidad de desarrollar este libro con ninguna otra persona. Muchas gracias también a Liz Szabla por su experto asesoramiento y su ayuda, y al gran equipo de Scholastic Press.

Escribí la mayor parte de este libro en casas ajenas. Dixie y Charles Pryor, Alice Rinker, y Deb y Greg Evans, no estoy segura de cuándo habría terminado este libro —ni si lo hubiera conseguido terminar siquiera— si no me hubieran abierto sus hogares, dejándome compartir la tranquilidad de su espacio.

Gregor de las Tierras Altas es ante todo y sobre todo, la historia de una familia. Yo he tenido la suerte de nacer en una grande, donde reina el amor. Así que quiero dedicar esta novela a los clanes de los Collins, los Brady, los Pryor, los Rinker, los Pleiman, los Carmosino, los Evans, los Davis y los Owen, por ser pilares constantes en este mundo tan inestable.

Y hablando de familia, mi mayor agradecimiento va para Cap, mi marido, y para mis hijos, Isabel y Charlie, que me devuelven la luz todos los días.

ÍNDICE

Este libro se terminó de imprimir en los talleres
gráficos de HCI Printing and Publishing, Inc. en U.S.A .
en el mes de noviembre de 2007.